W0005455

HEYNE
BÜCHER

Das Buch

Philippa ist eine angehende Schriftstellerin, die erotische Kurzgeschichten schreibt. Ihre drei Freundinnen Helen, Julia und Chantal bekommen ihre Geschichten probeweise zu hören, und dabei werden auch sie angeregt, sich an eigene sexuelle Erlebnisse zu erinnern oder diese – zum Beispiel im Brief an eine Freundin – niederzuschreiben. Die Leserinnen dürfen all diese Geschichten genießen, und dabei erfahren sie viel mehr als jede einzelne der Freundinnen, die einander natürlich längst nicht alles erzählen …

Wir erleben mit, wie die Universitätsdozentin Helen den unerfahrenen Studenten Marc in die Liebe einführt, und was sie mit einem grobschlächtigen Lastwagenfahrer treibt, was der Fotografin Julia in China mit einem Schlangenbeschwörer passiert, was Chantal als Domina mit einem schwarzen Dressman anstellt und wie der schlaksige Jake mit den pelzigen Rastalocken von der sanften Julia zu der kühlen, intellektuellen Philippa wechselt.

Linda Jaivin beweist: Es gibt feministisch korrekte Pornographie! Machos sollten dieses Buch lieben nicht lesen!

Die Autorin

Linda Jaivin lebt als freie Autorin und Übersetzerin in Sydney. Sie schreibt für den *Rolling Stone* und für *The Australian*. Ihr zweiter Roman ist bereits fertig.

LINDA JAIVIN

HAUT UND HAAR

Roman

Aus dem Englischen
von
Brigitte Jakobeit

WILHELM HEYNE VERLAG
MÜNCHEN

HEYNE ALLGEMEINE REIHE
Nr. 01/10670

Titel der Originalausgabe
EAT ME
erschien bei The Text Publishing Company,
Melbourne und Broadway Books, New York

Im Anhang werden einige Namen
und Begriffe erläutert.

Umwelthinweis:
Das Buch wurde auf
chlor- und säurefreiem Papier gedruckt.

7. Auflage

Wilhelm Heyne Verlag GmbH & Co. KG, München
Printed in Germany 1999
Umschlagillustration: Pete McArthur
Umschlaggestaltung: Atelier Ingrid Schütz, München
Druck und Bindung: Elsnerdruck, Berlin

ISBN 3-453-13758-2

http://www.heyne.de

Für David

»Vernasch mich«

Sie ließ ihre Finger über die frischen Feigen wandern. Was für erstaunlich kleine Säckchen! Komisch, dunkel und verschrumpelt, und dabei so ein Genuß auf der Zunge. Als Mutter Natur die Feigen erfand, war sie in Gedanken bestimmt bei Vater Natur.

Ava blickte auf, warf ihre lange schwarze Mähne zurück und ließ ihre eisblauen Augen durch den Raum schweifen. Es sah aus, als hätte sie den ganzen Supermarkt für sich. Sarah, die Kassiererin im Spätdienst, hatte gerade den einzigen anderen Kunden abgefertigt und war wieder in ihren Kitschroman vertieft. Außer den brummenden Tiefkühlvitrinen und blutleeren Rhythmen der Berieselungsmusik war kein Laut zu hören. Die künstliche Kühle der Hochleistungsklimaanlage dämpfte das würzige Aromagemisch aus der süßen Reife der Bananen bis hin zu der stechenden Schärfe der Zitronen und Limonen, eine Duftfülle, die sonst womöglich unerträglich gewesen wäre. In Supermärkten war alles kalt – die blitzblank polierten Böden, der kühle Stahl der Regale, das frostige Weiß der Beleuchtung.

Ava nahm eine Feige vom Haufen. Sie schnupperte an der Frucht, streckte die Zunge heraus und leckte daran. Wenn kleine Muschis Milch mögen, überlegte sie, warum dann nicht auch Feigen? Langsam zog sie den schwarzen Minirock über die Spitzenränder ihrer

Strümpfe. Sie trug keine Unterwäsche. Das tat sie nie. Wozu auch? Mit der einen Hand streichelte sie sich und spürte ihre feuchte Wärme, mit der anderen steckte sie die Feige zwischen die Beine und kitzelte den Rand ihrer Möse – erst sanft, dann mit Schwung. Sie spürte, wie die Feigenhaut platzte. Ein paar klebrige Körner quollen heraus und blieben an den Schamlippen und geheimnisvollen Stellen ihrer Innenschenkel haften. Sie steckte die Feige in den Mund. Salzig-süß. Dann saugte sie das Fleisch aus.
Ava ließ die ausgelutschte Frucht wieder ins Regal fallen und näherte sich zielstrebig den Erdbeeren. Die großen roten und festen Dinger wußten genau, wohin sie gehörten, nämlich tief in sie hinein. In kleinen Trippelschritten setzte sie einen Stöckelschuh vor den anderen und konzentrierte sich auf das sinnliche Spektakel, das die aneinander vorbeiglitschenden und -drängelnden Erdbeeren in ihr auslösten. Ihr war, als könnte sie jeden kitzligen grünen Stiel einzeln orten. Dann hielt sie inne, lehnte sich mit dem Rücken an das Regal, schloß die Augen und zerquetschte die Beeren zu Brei.
Adam, der Ladendetektiv, schluckte schwer. Aus seinem Versteck hinter den aufgetürmten Kartoffelchipstüten versuchte er, einen besseren Blickwinkel auf Ava zu finden. Der Knoten in seiner Kehle wanderte seinen dicken Hals hinunter und verschwand im bis oben zugeknöpften Hemdkragen. Er hatte bereits hinter dem Regal mit dem Knabberzeug gestanden, als sie mit großen Schritten in die Obst- und Gemüseabteilung geeilt war. Ihm war nichts entgangen. Bei dem Akt mit der Feige hätte er sie aufhalten müssen, das wußte er, aber irgendwie fühlte er sich wie gelähmt vor ... ja, wovor

eigentlich? Ein Schauer lief ihm durch die Glieder. Er zog seine Khakihose hoch und strich sich ratlos und mit tolpatschigen Handbewegungen durch die kurzgestutzten Haare. Dabei fiel eine glänzende Packung cholesterinarmer blauer Bio-Maischips mit einem solchen Krach zu Boden, daß sein Herzschlag für eine Sekunde aussetzte.

Falls Ava den Lärm gehört hatte, ließ sie sich nichts anmerken. Ihre Miene hatte sich nicht verändert und war nach wie vor verzückt. Sie zog ihren Rock noch höher, bis über den Strumpfbandgürtel, schob sich zwei Finger tief in die eigene zarte Frucht und weichte sie heftig stochernd in den frischen, strengen Säften ein. Langsam zog sie die Finger wieder heraus, steckte sie in den Mund und lutschte sie zwischen gespitzten Lippen ab. An ihrem Kinn klebte ein erdbeerfarbener Sahneklecks. Jetzt suchte sie den Spiegel in ihrer Handtasche. Als sie ihn gefunden hatte, bückte sie sich, den Arsch in Adams Richtung geneigt, hielt ihn zwischen die Beine, teilte mit den Fingern die Schamlippen und studierte sich mit äußerster Konzentration.

Weintrauben! Dieser Gedanke schoß Ava plötzlich durch den Kopf.

Sie wählte sorgfältig aus. Ein dichtes Büschel mit festen Beeren. Große, runde, blaue Trauben. Sie drehte sich um, damit sie Adam wieder im Visier hatte, und lehnte sich mit weit gespreizten Beinen an das Regal. Mit der einen Hand zeichnete sie kleine Nullen um ihre Klitoris, und mit der zweiten schob sie sich eine Weintraube nach der anderen in die Möse, wobei sie vor jedem neuen Stoß ein wenig zurückzuckte. Die Stiele kratzten und kitzelten, und das gefiel ihr gut.

Ohne Vorwarnung hob Ava plötzlich den Kopf und sah

dem Mann, der sie die ganze Zeit bespitzelt hatte, direkt in die Augen. Ein Lächeln umspielte ihre blutroten Lippen. Natürlich wußte sie, daß er da hinten stand. Sie zog eine tropfende Weintraube hervor und bot sie ihm, süffisant grinsend, an. Adam erstarrte wie ein tiefgefrorenes TV-Dinner. Ava zuckte die Schultern. Dann spitzte sie die Lippen, saugte die Weintraube mit einem lauten Schlürfen in den Mund und legte das restliche Büschel wieder ins Regal. Ohne Adam auch nur eine Sekunde aus den Augen zu lassen, tastete sie hinter sich, bis sie eine reife Kiwi fand. Sie hielt sich die pelzige Frucht vors Gesicht, den Blick weiter streng auf ihn gerichtet, und grub die Fingernägel in das stachelbeergrüne Fleisch. Die Haut zerplatzte. Grüne Flüssigkeit rann ihr über die Finger. Ihre Augen bohrten sich in seine. Dann steckte sie die ramponierte Frucht in den noch immer hungrigen Schlund zwischen ihren Beinen, an denen mittlerweile Säfte jeder Couleur hinabliefen.
Adam wagte einen schüchternen Schritt in ihre Richtung. Sie tat, als merke sie es nicht. Gelassen holte sie die Kiwi hervor und verspeiste bedächtig die eine Hälfte. Die zweite hielt sie dem Ladendetektiv mit hochgezogener Braue hin. Jetzt kam er rasch auf sie zu. Nahm die Frucht. Verspeiste sie genüßlich. Und sank vor ihr auf die Knie.
Ava spreizte die Beine noch ein wenig. Mit einer flinken Handbewegung packte sie ihn hinten am Kopf und drückte seinen Mund an ihre Möse. Adam japste.
»Und jetzt vernasch mich«, befahl sie.
»Nein, ich …«, nuschelte er. In seiner Stimme lag ein ängstlicher Unterton.
»Vernasch mich, du dreckige Kartoffel«, wiederholte sie, diesmal drohend.

»Ich ...«
Mit der freien Hand wühlte Ava in ihrer Tasche, bis sie die Peitsche fand. Es handelte sich um ein zusammenschiebbares Exemplar, das sie immer bei sich hatte. Ava ließ sie neben Adam auf den Boden klatschen.
Er schüttelte verzweifelt den Kopf, doch seine dicken, kurzen Haare steigerten ihre Erregung nur noch mehr, als sie über ihr empfindliches, geschwollenes Geschlecht wischten. Seine Bartstoppeln kratzten sie wohlig an den Innenschenkeln.
»Vernasch mich, du Kaffeefleck. Du verschimmelter Käselappen. Du vergammelter Pferdefleischfladen«, spottete sie und triezte ihn dabei mit dem Peitschengriff im Nacken.
»Nein!« protestierte er. »Nein, mach ich nicht! Und zwingen kannst du mich nicht! Ich bin ein braver Junge!«
»Ein sündhafter Junge«, widersprach Ava. »Sündhaft wie extragroße Fritten mit Essig und Salz. Sündhaft wie himmlischer Schokokuchen.« Mit einem Ruck zog sie ihn näher.
»Stimmt nicht!« keuchte Adam und klammerte sich mit beiden Händen an ihren Beinen fest. »Ich bin so unbefleckt wie Sandkuchen und rein wie Vollkornnudeln. Ich hab keine Lust – *au*! – auf dein widerliches Spielchen.« Sie zog ihn kräftig am Ohr. Er wimmerte und gab den Widerstand auf.
»Na gut«, flüsterte er in ihre Möse. »Du willst es so. Ich werde dich vernaschen. Ich mach es. Du bist meine Pastete, meine Calamari, mein Kürbisrisotto, mein Sonntagsbraten mit drei verschiedenen Gemüsen ...« Und jetzt langte Adam zu und aß wie ein Mann, der am Verhungern war. Er verschlang sie mit Zunge, Lippen, Zäh-

nen und Händen. Er verputzte auch noch den letzten Rest von Feige, Erdbeeren, Weintrauben und Kiwi, alles, was ihr Liebesmixer in einen warmen, salzigen, tropischen Fruchtjoghurt verwandelt hatte.

Ava ließ die Peitsche fallen. Sie nahm ein Bündel Bananen und glitt langsam zu Boden. Adam kniete zwischen ihren Beinen und futterte noch immer an ihrem köstlichen Trog. Er packte ihre Hände, drückte sie mit seinen auf den Boden und zwang sie, die Bananen loszulassen. Sie hob den Kopf und starrte ihn wütend an. Wehrte sich, doch es nützte nichts. Jetzt grinste er süffisant und widmete sich mit dem ihm eigenen, langsamen Tempo wieder ihrer Möse. Als Ava stöhnend in seinem Mund kam, kickte sie einen Fuß wie wild in die Luft, und ihr Stöckelschuh flog durch den Gang in die Nähe der Frühstücksflocken und Müslis. Er leckte sie weiter und gab ihre Hände frei, die schlaff neben ihr lagen. Dann tastete er nach den Bananen und schälte eine. Sie hielt die Luft an, als er das weiche Ding in sie hineinschob. Er stand umständlich auf und beobachtete aus den Augenwinkeln, wie sie sich mit gut abgepaßten Stößen erneut zum Orgasmus brachte. Sie hörte erst auf, als die Banane sich in Brei auflöste.

»Du widerliches Biest«, spuckte Adam. Er schlich zum Gemüse und holte eine schlanke Gurke, Herkunftsland Libanon. Ava war inzwischen aufgestanden und hatte die Peitsche wieder aufgehoben.

»Was hast du gesagt?« Ihr Tonfall war gebieterisch, wenn auch ein bißchen zittrig. »Du kleines Rattensalamiwürstchen«, fauchte sie heiser.

»Du widerliches Biest«, wiederholte er, nun schon etwas unsicherer. Seine Augen ruhten auf der Hand mit der Peitsche. »Ich verachte dich mehr als Minestrone

aus der Dose, mehr als, als ... mehr als Fertigkuchenmischung, mehr als Käsescheibletten.«
»Zieh die Hose runter, Matschgesicht«, sagte sie und streichelte das Leder.
»Kommt nicht in Frage, Fischfuß.«
»Ich hab gesagt, Hose runter, Fettarsch.«
»Biest. Fotze. Suppenknochen.«
Ava ließ die Peitsche blitzschnell niedersausen. Die Spitze streifte Adam am Oberschenkel.
Seine Nasenflügel blähten sich. Er zog die Hose runter und offenbarte, daß auch er keine Unterwäsche trug. Er hatte eine gewaltige Erektion. Ava schlug mit der Peitsche sanft auf seinen Schwanz und grinste spöttisch. »Na also. Bis jetzt hat's dir ja anscheinend Spaß gemacht.«
Adam wich ihrem Blick aus.
»Bück dich.«
»Nein.«
»Wehe, du ärgerst mich.«
Mit finsterem Gesicht beugte er sich vor, den Arsch ihr zugedreht, und stützte sich mit den Händen am Obstregal ab.
»Gib mir die Gurke.«
Er drehte den Kopf und beobachtete, wie Ava sich die Gurke in die Vagina stopfte und sie ihm dann sehr langsam in den Hintern schob. Adam stöhnte und wand sich vor Schmerz und Lust.
Plötzlich herrschte Totenstille. Jemand hatte die Berieselungsmusik ausgeschaltet. Ava und Adam standen wie erstarrt. Es folgte ein schwaches elektronisches Knistern, und Sarahs Stimme meldete sich räuspernd über die Lautsprecheranlage. »Liebe Kunden. Unser Geschäft schließt in wenigen Minuten. Bitte beenden Sie Ihren

Einkauf und zahlen Sie an der Kasse. Wir danken Ihnen für Ihr Verständnis und würden uns freuen, Sie bald wieder bei uns zu sehen.«
Ava zog Adam die Gurke aus dem Anus und warf sie wieder in die Gemüseabteilung. Sie landete direkt bei ihren zahlreichen Artgenossen.
»Guter Wurf, Törtchen.«
»Danke.« Sie lachten beide ein bißchen heiser und strichen schnell die Kleider glatt. Ava holte ihren Schuh zurück, schob die Peitsche zusammen und steckte sie wieder in die Handtasche. »Ich glaube, ich kaufe lieber noch schnell was«, flüsterte sie und dachte dabei unwillkürlich an kleine Estragontütchen und Kokosnußmilch.
»Kommst du nächste Woche, Honigtopf?« fragte Adam. »Gleiche Zeit, gleicher Ort?«
»Aber sicher, Schleckermaul.«
»Also, bis dann.«
»Bis dann.« Adam beobachtete, wie Ava durch den Gang zur Kasse schlenderte. Sarah sah zu ihr hoch und fragte sich, wieso ihr ein Strumpf um den Knöchel hing. Hatte sie das denn nicht gemerkt?
»Gutes Buch?« fragte Ava und reichte Sarah die wenigen Sachen.
»Ja, sehr gut«, seufzte Sarah. Ihr Blick ruhte auf Avas bloßem Schenkel. »Ich mag Liebesgeschichten. Sie auch?«
»Und wie«, erwiderte Ava zwinkernd. »Ich hab dauernd welche.«

Kalbfleisch

»Köstlich«, schnurrte Chantal, kniff ihre dramatisch grünen Augen zusammen und ließ die Zunge aufreizend über ihren Kußmund wandern. Ein Mann, der in dem Café gerade an ihrem Tisch vorbeiging, blieb bei dem Anblick wie angewurzelt stehen und wäre beinahe über die eigenen Füße gestolpert. Sogar im Stadtteil Darlinghurst mit seinem soliden Angebot an weiblichen Appetithappen stach Chantal wie ein von Designerhand präparierter Leckerbissen hervor: elegant, farblich perfekt abgestimmt, pikant. Sie sah mit jeder Faser aus wie die Moderedakteurin, die sie auch war. Falls sie den Mann bemerkt hatte, verriet sie es mit keiner Miene, und er rauschte verlegen weiter.

Links von Chantal saß Julia und balancierte ihr zierliches spitzes Kinn auf gefalteten Händen. Die braunen Augen waren geschlossen, die Lippen umflorte ein verträumtes Lächeln. Julias warmer, dunkler Teint leuchtete im Sonnenlicht, und ihre lange schwarze Mähne ruhte starr auf dem Rücken. Sie saß so reglos da, daß nicht ein Stück von ihrem üppigen Silberschmuck klimperte.

Rechts von Chantal hockte Helen, ein kerniges, sommersprossenübersätes Bündel von Frau in Beige und Braun. Ihre senfgrünen Augen blickten durch eine Hornbrille auf die Manuskriptseiten, die verstreut auf dem Tisch lagen. Sie schüttelte anerkennend den Kopf.

»Chantal hat recht, Phippa«, sagte sie begeistert zu der vierten in der Clique, die gegenüber von Chantal saß. »Köstlich ist das richtige Wort.«
»Ja, die Dinger dürften dir auch ganz gut tun«, erwiderte Philippa trocken. Sie hielt ein halbes Apfel-Walnuß-Muffin hoch und tat so, als begutachtete sie es genau. »Kein Zucker, keine tierischen Fette, keine künstlichen Zutaten.«
»Hör auf, Phippa«, fiel Helen ihr ins Wort und verdrehte die Augen. »Wir reden nicht über Muffins, sondern über deine Geschichte. Das weißt du genau. Ich finde es schön, daß du uns endlich was aus deinem Werk vorgelesen hast.«
»Hat euch das wirklich gefallen?« Philippa lächelte schüchtern, sah nach unten und schob die Seiten zusammen. Sie schüttelte den Stapel sorgfältig aus, um verirrte Krümel zu entfernen, und ließ ihn in den Tiefen ihrer Schultertasche verschwinden, die sodann wieder an der Stuhllehne landete.
Die vier Freundinnen saßen beim Frühstück im Cafe Da Vida, ihrem Lieblingstreff in der Victoria Street. Es war ein herrlicher Frühlingsmorgen in Sydney, und daß es Samstagvormittag war, machte ihn nur noch schöner. Die einheimische Fauna von Darlinghurst, megaschick gekleidet, tigerte durch den Stadtdschungel ihren bevorzugten Cafés entgegen. Alles war vertreten: Schauspieler, Maler, Prostituierte, Junkies und Krankenschwestern; Schauspieler, die zugleich Junkies, und Maler, die zugleich Prostituierte waren; Prostituierte, die Krankenschwestern vorschützten, Schwule, Heteros, Bis, heterospielende Schwule, schwulspielende Heteros, Einwanderer mit ungarischem Akzent, junge Rucksacktouristen aus England, Deutschland und Frankreich. Sie gingen in

Paaren und Gruppen. Auch Singles waren dabei. Manche trugen nur die riesigen schwarzen Säcke unter ihren Augen spazieren, andere dagegen schleppten abgegriffene Zeitschriften mit sich, Wochenendzeitungen oder schmale Bücher von gerade hochgejubelten Autoren. Philippa wünschte sich nichts mehr, als diesem hochgejubelten Autorenkreis anzugehören. Sie wußte, es gab zwei Tatsachen im Verlagswesen, die ihre Chancen begünstigten. Erstens: Sex verkauft sich gut. Zweitens: Ihr Bild auf dem Schutzumschlag würde großartig aussehen. Im wirklichen Leben war sie zwar mit einer gewissen körperlichen Unbeholfenheit gestraft, die den Hemmungen wegen ihrer hochgewachsenen, grobknochigen Gestalt entsprang. Aber auf Fotos wirkte sie wie ein heißblütiger Vamp, wie der Inbegriff der Femme fatale. Sie hatte dicke schwarze Haare, die ihr bis zu den Schultern reichten, einen zarten Teint und graue Augen. In Kleiderfragen kultivierte sie einen Hang zu schwarzen Rollis mit dunklen Jeans, die sie mit breiten schwarzen Gürteln befestigte und in schweren schwarzen Lederstiefeln verankerte. Auf diesen Stil reagierten Lesben aus der Lederszene sowie ein bestimmter neurotischer Künstlertyp mit einladenden Blicken. Blicke, die sie erwiderte. Aus denen sie aber selten – wenigstens soweit ihre Freundinnen das beurteilen konnten – Kapital schlug. Philippa war anscheinend unbeirrbar auf ihr Schreiben fixiert. Sie arbeitete als Teilzeitjournalistin für ein Ministerium und als Vollzeitautorin an ihrer erotischen Prosa. Ich bin, sagte sie oft, die Herrin der V-Wörter: Vermittlung und Voyeurismus. Ich führe, behauptete sie immer, ein ausgezeichnetes und befriedigendes Sexualleben, aber es findet in meinem Kopf statt und nicht im Bett.

»Helen.« Philippa wirkte plötzlich beunruhigt. »Du kennst dich doch auf dem Gebiet aus. Wie ist eigentlich der letzte Stand in der Pornographie-Frage unter den Feministinnen? Das macht mir etwas Sorgen. Meinst du, sie würden meine Geschichte ablehnen?«
»Ach, weißt du, das ist alles nicht so klar«, antwortete Helen. »Manche Feministinnen vertreten nach wie vor die Position, jegliche Form von Pornographie sei symbolische Gewalt gegen Frauen. Ich glaube allerdings, dieser Standpunkt ist kaum auf erotische Frauenliteratur übertragbar. Schon gar nicht, wenn es darin um eine Frau geht, die einem Kerl eine libanesische Gurke in den Arsch stopft. Nein, ich fand die Geschichte toll«, beteuerte sie. »Wirklich. Sie war so, ähm ...« – Helen hob die Augen gen Himmel und legte eine Pause ein, als erkundige sie sich da oben nach der richtigen Formulierung – »erotisch und gleichzeitig bestärkend.« Helen mochte Wörter wie »bestärkend«. Ihre Arbeit als feministische Akademikerin und Filmkritikerin brachte solche Begriffe wie von selbst mit sich. Sie überlegte eine Weile und zog ihren ziemlich langen Rock züchtig über die Knie, bevor sie hinzufügte: »Die Peitsche hättest du allerdings stärker einsetzen können.«
Chantal spitzte die Lippen, schlug mit einer imaginären Peitsche auf den Gehsteig und erschreckte mit ihrer Geste einen Typ auf Rollerblades. Ein älterer Europäer am Nebentisch starrte völlig hingerissen über den Rand seiner Espressotasse.
Philippa stupste Helen an und zeigte mit dem Kinn auf Julia. Chantal sah ebenfalls zu ihr. »An was denkt sie denn?« fragte Philippa in Lippensprache ihre beiden Freundinnen.

An Sex. Genau daran dachte Julia im Augenblick.
Julia hatte vor kurzem eine himmlische Nacht erlebt. Sie hatte sich zwar nach Kräften bemüht, Philippas Geschichte zu verfolgen, doch ihre eigene heiße Story spulte sich hartnäckig in ihrem Kopf ab, und sie fand einfach nicht den Knopf zum Abschalten. Inzwischen war sie bei der Szene, in der sie Jake beobachtete, wie er mit dem restlichen Brot die letzten Krümel Rindfleisch mit Chili vom Teller löffelte. Dabei mußte sie lächeln. Sie war froh, daß sie sich überwunden und ihn angerufen hatte.
Jake war auf Sozialhilfe und ein am Hungertuch nagender Musiker mit einer alten Klapperkiste, die jederzeit wieder in den Besitz der Bank übergehen konnte. Er spielte in einer Band, die so von internen Auseinandersetzungen zerfressen war, daß er sie ausschließlich »Bosnien« nannte. Er wohnte in einem gräßlichen Haus, das eine Gemeinschaft von jungen Leuten gemietet hatte, und seine Dreadlocks bezeichnete er als einzige Errungenschaft seines Lebens. Julia hatte ihn bei einer Party in Glebe kennengelernt, die sie am vorigen Wochenende mit Philippa besucht hatte.
Bei der Party hatte sie mit Jake getanzt. Hinterher war er in die Küche gegangen, um Bier zu holen. Er hatte ihr die kühle Dose an den Hals gedrückt, bevor er sie ihr gab, und dann vorgeschlagen, sie sollten sich ein ruhiges Plätzchen zum Unterhalten suchen. Nachdem sie sich in einem der weniger bevölkerten Zimmer in ein Sofa gekuschelt hatten, fragten sie einander zunächst die üblichen Sachen und später auch einige unübliche. Er erzählte ihr von seiner Band, sie plauderte über ihre Arbeit als Fotografin. Sie erwähnte ihre Faszination für China; er behauptete, er hätte beinahe einmal Manda-

rin gelernt. Ihre Schenkel berührten sich ganz leicht. Seine Beine unter der grauen Levi's 501 wirkten endlos lang; er war fast schon abwegig langgliedrig. Jake hatte einen glatten honigfarbenen Teint, warme braune Augen, eine hübsche kleine Nase, einen breiten Mund und einen trockenen lakonischen Humor. Es klang ehrlich, als er sagte, er würde sich gern ihre Fotos ansehen. Als Julia einmal über eine Bemerkung so heftig lachen mußte, daß sie sich vorbeugte und ihr die langen schwarzen Haare ins Gesicht fielen, strich Jake ihr die Strähnen mit einer erstaunlich intimen Handbewegung über die Schultern zurück. Er brachte ihr südländisches Blut in Wallung.

Typisch für seine Generation, die schon die erste oder – je nachdem, wie man rechnete – die zweite nach ihr war, legte Jake eine solche Lässigkeit an den Tag, daß sie nicht wußte, welche Absichten er verfolgte oder ob er überhaupt welche hatte. Als sich eine alte Bekannte von Julia zu ihnen gesellte und mit einer endlosen Liste von Hast-du-den-und-den-in-letzter-Zeit-Gesehen nervte, entschuldigte Jake sich und verschwand in ein Nebenzimmer. Julia verbarg ihre Enttäuschung, fühlte sich aber durch die Tatsache getröstet, daß sie bereits – auf ihre Veranlassung hin – die Telefonnummern ausgetauscht hatten. Später entdeckte sie ihn in der Küche, doch er steckte in einem angeregten Konversationsstrudel.

Schließlich kam Philippa und fragte Julia, ob sie sich ein Taxi nach Hause teilen wollten. Philippa wohnte in der Cross Street und konnte Julia unterwegs an ihrer Wohnung in Surry Hills absetzen. Auf der Fahrt unterhielten sie sich über die Party, wobei Julia die Begegnung mit Jake unterschlug. Es war nicht so, daß Phil-

ippa nichts davon wissen sollte. Aber in solchen Dingen war Julia abergläubisch und meinte, wenn man eine Geschichte zu früh erzähle, bringe das dem ganzen Unternehmen womöglich Unglück.
Fünf Tage später saßen sie jedenfalls in einem dezenten indischen Restaurant in einer Seitenstraße von Glebe. Nachdem Jake sich mit einem kurzen Blick über Schüsseln und Teller überzeugt hatte, daß nichts Eßbares übriggeblieben war, unterdrückte er einen Rülpser, griff über den Tisch und legte seine Hand auf ihre Hände. Julia knickte ihren Mittelfinger ein und berührte ganz leicht seinen Handteller.
»Ich bin froh, daß du keine Vegetarierin bist, Julia«, sagte er nach längerem Schweigen.
»Und wieso?« fragte Julia.
»Ach, ich weiß nicht. Eigentlich sind es nicht die Vegetarier, sondern die eingefleischten Veganer, die mir suspekt sind. Aber das sollte ich dir vielleicht gar nicht erzählen. Jedenfalls nicht gerade in der Umgebung.«
»Aber jetzt hast du mich schon neugierig gemacht.«
»Später.«
Na schön. »Später« – das Wort gefiel ihr ausnehmend gut. »Versprochen?«
»Versprochen.«
Julia sah jetzt auf seine Hand hinunter. Sie fand Hände immer wieder faszinierend – nichts als Nervenenden und Kapillaren, Sensoren und Blut. Und besonders die von jüngeren Männern konnten so schön sein, so zärtlich und geschmeidig. Sie überprüfte ihre These und kitzelte ihn mit der Fingerspitze. Er schauderte kaum wahrnehmbar und beugte sich zu ihr. Sie küßte ihn über den Tisch hinweg und darunter streichelte sie ihn mit dem Fuß am Bein. Nach einer Minute flüsterte er

etwas heiser: »Ich hab eine Wahnsinnserektion.« Julia lächelte, winkte einem vorbeihuschenden Kellner und sagte: »Kann ich bitte die Rechnung haben?«

Chantal grinste süffisant. »Hier brennt doch Licht. Ist jemand da? Oh, Juu-li-ja!« Sie sang den Namen ganz laut, Silbe für Silbe, re-re-do.
Julia riß die Augen auf, und ihr Blick signalisierte vorübergehend Panik.
»Na«, fragte Philippa nach einer bedeutungsvollen Pause. »Hat dir meine Geschichte gefallen?« Und plötzlich unsicher, fügte sie kleinlaut hinzu: »Du mußt natürlich nicht sagen, daß sie dir gefällt, wenn es gar nicht stimmt.«
Julia stieg schnell in die Raumfähre Richtung Erde und landete blinzelnd. »Ähm, klar, natürlich gefällt sie mir«, stotterte sie. »Man könnte es so ausdrücken«, fuhr sie langsam fort, um ihre gewohnte Fassung wiederzufinden. »Die Sahne hab ich schon. Jetzt brauche ich nur noch eine Tasse Kaffee. Es war orgasmisch.«
»Und du tust nicht nur so?«
»Ich und nur so tun? Nie.« Julia lächelte charmant.
»Jetzt bin ich aber wirklich beunruhigt.« Philippa knabberte an ihrem Muffin und runzelte die Stirn. »Glaubt ihr, ›ohne tierische Fette‹ bedeutet ohne Butter? Kann man denn ohne Butter backen?«
Julia suchte die Straße ab, während sie einen Schluck von ihrem Milchkaffee trank. »Achtung«, alarmierte sie ihre Freundinnen. »Potentielles Opfer im Anmarsch.«
Alle drei drehten möglichst unauffällig die Köpfe in die von Julia angezeigte Richtung und führten eine schnelle Bestandsaufnahme durch.
Leicht gebräunte Haut, zerzaustes braunes Haar und

große blaue Augen, die unter einem dichten Wimpernschleier halb verschwanden. Ende Zwanzig. Weißes T-Shirt von Bond. Gut trainierte, schön gedrechselte Arme. Schwarze Jeans über sichtlich dünnen, aber durchaus muskulösen Beinen.
»Netter Kleiderständer«, lobte Helen.
»Kann sein, aber guck dir die Treter an«, sagte Philippa. »Da hat sich sein Schuster aber ziemlich vertan.«
Er trug Docs. Nicht die Stiefel, sondern die Halbschuhe. Mit weißen Socken.
»Au weia«, sagte Chantal, streckte die spitze Nase in die Luft und strich sich über die champagnerblonde Bienenkorbfrisur. Sie war unglaublich zufrieden mit dem Haarturm, dem neuesten Hit im ständig wechselnden Programm auf ihrem Kopf, den sie ihrem besten männlichen Freund und Vertrauten, Alexi, einem Friseur, zu verdanken hatte. Alexi und sie tauschten regelmäßig Neuigkeiten und Standpunkte über Männer aus. Die beiden schenkten sich sogar jedes Jahr gegenseitig den Schreibtischkalender *Alle Männer sind Schweine*. Chantal hoffte, daß sie mit Hilfe ihres natürlichen Stils und tollen Jobs bei *Pulse*, der Modebibel von Sydney, bald zur Schwulenikone avancieren würde. In einer ihrer Lieblingsphantasien wurde sie bei der Mardi-Gras-Parade von einem Schwarm hinreißender, halbnackter Männer vom Straßenrand weg auf einen Festwagen gezerrt. Die Jungs würden sie auf einen Thron setzen und mit schweißnassen Oberkörpern umschwirren und umgarnen, während sie der Menge zuwinkte wie eine Ballkönigin in einem amerikanischen Film – oder auch nur eine Königin. Sie würden sie als göttlichste Transvestitin verehren, die ihr Auge je erblickt hat, göttlicher noch als Terence Stamp in *Priscilla, Königin der Wüste*.

Natürlich würde sie alles tun, um ihre Illusionen zu schüren, und deshalb bei der Party nach der Parade einen willigen Sklaven sanft auf die Knie drücken. Mit einer Hand würde sie sich in seiner Taille abstützen, sich vorbeugen und den Hintern einladend in die Luft strecken. Und dann käme eine Serie von unglaublich muskelbepackten Bodybuilder-Schwuchteln und würde sie von hinten nehmen. »Erst kommst *du*, und dann *du*, danach *du*, und *du*, und *du*«, würde sie sagen und mit ihrem schlanken, perfekt manikürten Zeigefinger einen nach dem anderen zu sich winken.
»Du hast einen Milchbart, Julia«, bedeutete Helen ihrer Freundin, die ihn schnell mit dem Handrücken abwischte.
»Warum machen die immer so viel Schaum auf den Milchkaffee?« überlegte Julia.
»Jedenfalls bin ich froh, daß ihr meine Geschichte mögt«, warf Philippa ein und lenkte die Unterhaltung wieder auf das ursprüngliche Thema.
Chantal klopfte sich erneut eine Zigarette aus der Pakkung.
»Welchen Titel gibst du ihr?« fragte Helen.
»›Verbotenes Obst und Gemüse‹, nehme ich an. Was meint ihr dazu?«
»Bißchen offensichtlich«, sagte Julia nach einer Weile. »Weißt du, das mit Adam und Ava – da könntest du sie gleich ›Die Gärtnerei Eden‹ nennen.«
Philippa errötete. »Guter Einwand«, gab sie zu.
Chantal steckte sich die Zigarette zwischen die Couragéroten (natürlich aus der Poppy-Serie) Lippen und warf einen Blick in die Runde, um festzustellen, ob irgend jemand es wert war, ihn um Feuer anzuhauen. War nicht. Sie fischte ihr Feuerzeug aus der Handtasche, zündete

die Zigarette an und blies ein paar Rauchkringel in die Luft. »Wie wär's mit – in Anlehnung an Jules Reaktion – ›Crème Fraîche‹?« schlug sie vor.
»Ich würde sie einfach ›Vernasch mich‹ nennen«, meinte Helen.
Ein ziemlich attraktiver Kellner kam aus dem Café und servierte die nächste Runde – Milchkaffee für Julia, Cappuccino für Helen, kleine Schwarze für Chantal und Philippa. Als er wieder elegant ins Innere stolzierte, sagte Philippa: »Ist euch schon aufgefallen, daß alle Kellner in den Cafés von Darlinghurst wie Supermodels aussehen?«
»Ja, und die in Double Bay kommen wie Banker und Immobilienfritzen daher, und deshalb kostet alles doppelt soviel«, erwiderte Helen. »Im Ernst. Ich war vor kurzem bei Nicholas Pounder's Bücher kaufen und bin hinterher in ein Café um die Ecke. Es war fast schon unheimlich. Die tragen da sogar gestreifte Krawatten. Wenn sie die Bestellung aufnehmen, rechnest du damit, daß jeden Moment das Handy piept.«
»Kellner mit Handys?« sagte Julia entgeistert.
»Julia, für eine Fotografin bist du sehr prosaisch. Ich meine natürlich, sie wirken wie die Typen, die immer Handys mit sich rumschleppen.«
»Ach so.«
»Hast du die Geschichte noch jemandem gezeigt?« fragte Helen.
»Nur Richard.« Richard war der charismatische Mann, der den Schreib-Workshop leitete, zu dem Philippa schon seit Jahren jeden Sonntag treu wie eine Kirchgängerin pilgerte. Keine ihrer drei Freundinnen hatte ihn jemals getroffen, und dennoch hatten sie das Gefühl, ihn bestens zu kennen. Er war Philippas Guru,

Mentor, Vertrauter und Lustobjekt Nummer eins, obwohl sie behauptete, sie hätte es noch nie mit ihm getrieben und würde es wahrscheinlich auch nie tun. Sein genaues Alter kannte sie nicht – bei ihm war zwischen achtundzwanzig und achtunddreißig alles möglich. Laut Philippa übernahm er immer das Aussehen der in seinem Werk erfundenen Helden. Einen Sommer gab er den wasserstoffblonden, braungebrannten Surfertyp. Gegen Winter ging er dann als bleicher Punk. Seine Texte erschienen in den verschiedensten obskuren Literaturmagazinen unter wechselnden Pseudonymen; er dachte sich für jede Persona ein neues aus. Außerdem hatte er, wie Philippa eines Tages bei einem gemeinsamen Spaziergang der Kursteilnehmer am Bondi Beach entdeckte, außerordentlich schöne Füße.
Als Philippa seinerzeit die Sache mit den Füßen erwähnt hatte, war sie bei Helen auf volles Verständnis gestoßen. Helen konnte sich nämlich selbst zweier wohlgeformter, rundlicher und weicher Füße rühmen, die ihren Liebhabern bislang immer ein Kompliment entlockt hatten. Einer, der in der Hinsicht einen regelrechten Kult betrieb, hatte ihre Füße ungeheuer gern verehrt, obwohl Helen, um die Wahrheit zu sagen, immer leicht verkrampfte, wenn ein Mann ihr das ausleckte, was in ihren Augen die ziemlich feucht-schwammigen Stellen zwischen ihren Zehen darstellte. Als ein Lover einmal bemerkte, ihre Füße sähen nagelneu aus, so als wären sie noch nie benutzt worden, wußte sie nicht so recht, was sie davon halten sollte.
»Und was sagt Richard?«
»Er war davon ganz angetan und hat mich ermutigt, die Geschichte zu veröffentlichen. Er hat mir eins von diesen Frauenmagazinen empfohlen, wo sie Männer

samt Hängeteilen abbilden, ihr wißt schon, mit Bammelmännern.«
»Du meinst, wie in *Australian Women's Forum*. Ausgezeichnete Idee.« Chantal nippte an ihrem Kaffee. Sie teilte sich mit Alexi ein Abo auf dieses Magazin. »Und? Schlägst du zu?«
»Warum nicht?« Philippa zuckte die Schultern. »Wobei ich noch versuchen möchte, die Geschichte zum Roman auszubauen.«
»Toll«, sagte Helen.
»Als nächstes stellt sich natürlich die Frage, wer dir die Ingredienzen für ›Vernasch mich‹ geliefert hat? Dabei bleibt es doch jetzt, oder?« Chantal warf Philippa einen fragenden Blick zu. »Zu meinem großen Bedauern weiß ich, daß ich es nicht war.«
»Schau mich bloß nicht so an, Chantal!« rief Julia.
»Und mich auch nicht!« piepste Helen. »Von Erdbeeren krieg ich immer Ausschlag.«
Philippa lächelte. »Meine schriftstellerische Arbeit ist das reine Produkt meiner Phantasie«, sagte sie.
»Aber klar, meine Liebe«, kicherte Chantal.
»Und«, fuhr Philippa fort, »meiner absoluten Aufmerksamkeit für die Ereignisse in meinem Umfeld. Da wir gerade so viel Wirbel um mich machen, was ist eigentlich mit dir, Julia? Hattest du nicht vor kurzem ein heißes Date mit einem netten jungen Mann? Wie lief's denn?«
»Ach, ich weiß nicht«, sagte Julia und schüttelte den Kopf. Diese Geschichte, dachte sie insgeheim, findet keinen Eingang in Philippas Buch. Sie überlegte, ob das kleinlich von ihr war. Philippa würde doch nie die Erfahrungen von Freundinnen in ihrer Prosa ausschlachten, oder? Wie es aussah, ließ »Vernasch mich« keine

Rückschlüsse auf eine von ihnen zu, aber das war auch schon alles, worauf sie sich stützen konnte. Bislang hatte Philippa sich immer geziert, wenn es um ihre Arbeit ging. »Vernasch mich« war die erste Geschichte, die sie ihnen gezeigt hatte. Für übertriebenes Mißtrauen gab es eigentlich keinen Grund. Doch Julia beschloß, auf Nummer Sicher zu gehen, und antwortete nur: »Es war ganz okay.« Dann hob sie die Kaffeetasse an die Lippen, sah vom Tisch weg und verfiel wieder ins Träumen.

Beim Verlassen des Restaurants bekam Julia einen Kicheranfall, denn Jake mußte ganz gekrümmt gehen, um seinen Zustand zu verbergen. Es nützte nichts. Er warf ihr einen leidenden Blick zu. Im Taxi zog er ihre fügsame Hand auf die Beule unter seiner Hose und gab ihr einen Kuß. Er schob ihr die Hand unter den Stretch-Mini und, ermutigt durch ihre schlängelnden Bewegungen, weiter in den Slip, wo seine Finger eine Burke-und-Wills-Aktion starteten. Er streichelte und bohrte, bis sie vor Wohligkeit beinahe vibrierte. Daß die Augen des Taxifahrers am Rückspiegel klebten, verstärkte den Nervenkitzel nur noch mehr.
»Mmmm«, hauchte Julia. »Ah, mmmm, direkt daneben, ja, genau da, ja, oh, ja.« Dann hielt das Taxi vor ihrem Wohnblock, und Jake löste sich aus ihrem Slip.
Als sie den sprachlosen Fahrer bezahlte, sah Jake in die andere Richtung, als erfordere da eine dringende Angelegenheit seine volle Aufmerksamkeit. Auf ähnliche Weise hatte er sich im Restaurant bei der Präsentation der Rechnung rauslaviert. Julia störte das wenig. Als freiberufliche Fotografin war sie zwar bei weitem nicht reich, doch sie kam gut über die Runden und konnte al-

lemal das bißchen Geld für ein gutes Abendessen mit einem der süßen jungen Früchtchen erübrigen, von denen sie so angetan war.
Im Schlafzimmer zerrte sie Jake das T-Shirt über den Kopf und fummelte ungeduldig am Gürtel und den Hosenknöpfen herum. Sie war so scharf, daß es sie etwas aus dem Konzept brachte, als er ihr bedeutete, langsamer vorzugehen.
Er dagegen schälte Julia die Kleider vom Leib, als wären es gedünstete Artischockenblätter. Er genoß jedes Teil mit Nase, Augen und Haut und ergötzte sich vor allem an den zarten inneren Hüllen. Er drückte sie sanft aufs Bett, hielt ihr die Hände auf beiden Seiten fest und begann, gemächlich ihren Körper entlangzuwandern und sie mit den Augen zu verschlingen. Sein Blick verweilte einen Moment bei ihren Nippeln, nahm die schöne tiefe Färbung zur Kenntnis und ruhte dann kurz auf ihrem glatten Bauch, der in einem mediterranen Karamelbraun schimmerte, bevor er weiter abwärts streifte und zum köstlichsten Happen kam: feuchte Lachsfalten, garniert mit lockigem Engelshaar.
Als Jake die Speisekarte sorgfältig durchgesehen hatte, fiel ihm die Wahl der Vorspeise an diesem Abend nicht schwer. Er beugte sich hinab und kostete die Innenseiten ihrer Schenkel. Ohne Rücksicht auf die flehentlichen Bitten ihres gekrümmten Rückens und angehobenen Beckens genoß er die zarte Haut in aller Ruhe mit Zunge und Lippen, und erst als er daran seine Lüste gestillt hatte, wanderte er höher und verharrte um Haaresbreite vor dem Eingang ihrer Schlemmerhöhle. Er atmete tief das salzige, schwere Aroma, das ihm entgegenströmte, und stieß dabei kleine Seufzer aus, die sie beinahe wie Liebkosungen empfand. Sie versuchte, ein

Stückchen hinunterzurutschen, um die winzige Lücke zwischen ihrem gierigen Geschlecht und seinem kitzelnden Mund zu schließen, aber er kam ihren Bewegungen zuvor und wahrte stets genau diesen klitzekleinen Abstand, wobei er ihr weiter die Handgelenke aufs Bett drückte. Sie hatte gerade das Gefühl, vor Verlangen wahnsinnig zu werden, da teilte er ihr die rosigen Vorhänge mit der Zunge und legte richtig los. Er bohrte, wühlte, lutschte und streichelte, bis sie nur noch um sich schlug und japste. Er bedeckte sie mit dem ganzen Mund und schob ihr seine Zunge tief hinein. Ihr war, als würde die Zunge sich ausdehnen und noch im letzten verborgenen Winkel in ihr schrummeln. Sie spürte, wie ihr Körper kochte und zuckte und tanzte und schmolz. Jetzt wich er zurück, um an ihrer Klitoris zu saugen, er zog und nuckelte mit Lippen und Zähnen und gluckerte mit ihren Säften. Sie zitterte hemmungslos, überschwemmt von Welle um Welle heißer Lust.
Dem Delirium nahe, hob sie den Kopf und sah sein junges Gesicht wie eine aufgehende Sonne über ihrem intimen Horizont schweben. Die blonden Dreadlocks gingen wie Strahlen von seinem Kopf aus. Er lüpfte eine Braue und schaute sie fragend an. Auf seinem Kinn waren nasse Streifen. »Hast du nur so getan als ob?« fragte er mit einem matten Lächeln.
»Ohhhh«, stöhnte sie und sank sprachlos in die Kissen.
Langsam kroch er ihren Körper aufwärts und küßte sie innig. Sie konnte ihren Geschmack in seinem Mund spüren. Dann rollten sie herum, bis Julia oben lag. »Sag mir, was du dir wünschst«, seufzte sie. »Alles.«
Er dachte einen Augenblick über das Angebot nach, bevor er seinen Wunsch äußerte. »Ein bißchen Chocolate Rock.«

Sie stützte sich auf die Arme und sah ihn leicht erschrocken an.
»Das ist eine Eissorte. Homer Hudson Chocolate Rock«, erläuterte er und steckte ihr gleichzeitig wieder seine Finger in die Möse. Dann hob er den Kopf und nahm einen karamelfarbenen Nippel zwischen die Zähne, spielte ein bißchen damit und ließ ihn wieder los. »Ißt du denn nie Junk-Food? Wie alt bist du eigentlich, Julia?«
Sie tat, als hätte sie die Frage überhört, und um jedem weiteren Verhör zu dem Thema vorzubeugen, glitt sie schnell abwärts, bis sie seinen Schwanz in den Mund nehmen konnte. Sekunden später sagte ihr sein Gesichtsausdruck, daß die Altersfrage sicher begraben war – eine Zeitlang jedenfalls.
Schließlich schob er ihren Kopf sanft zurück. »Julia.« Er hauchte den Namen eher, als daß er ihn sagte. Sie lächelte, griff in die Schublade neben dem Bett und holte ein Kondom heraus. Als er beobachtete, wie sie es aus der Verpackung befreite, grummelte er: »Ich hasse Kondome.«
»Und ich hasse langwierige Krankheiten mit tödlichem Ausgang«, erwiderte Julia scharf, steckte sich den Gummi in den Mund und beugte sich wieder hinunter.
»Wenn du es natürlich so nimmst ...« Jake seufzte nicht gerade unglücklich, als sie das Ding mit der Zunge geschickt über seinen harten Schwanz rollte. Er genoß das Hauptgericht genauso sehr wie die Vorspeise. Zudem entpuppte er sich als einfallsreicher und verspielter Liebhaber. Und als sehr gelenkig. Die Guangdong-Akrobaten aus China waren nichts im Vergleich zu Jake. In der kommenden Woche konnte sie getrost auf ihr Yoga verzichten.

Am Ende, nach einem herrlichen langen Fick, gähnte Jake, sah sich suchend um und griff, ohne sich aus Julia zu lösen, nach der Fernbedienung neben dem Bett und hielt sie in Richtung Fernseher. Aus dem Flimmern kristallisierte sich das Bild eines alternden australischen Popstars, der mit schwabbelnden Backen und einem schnurlosen Mikrofon in der Hand auf der Bühne herumtänzelte.
»Dieser Wichser!« kommentierte Jake und schaltete auf einen anderen kommerziellen Sender. Der Klassiker *Boulevard der Dämmerung* fing gerade an.
»Der soll angeblich gut sein«, sagte Julia. Sie verrenkte sich den Hals, um den Bildschirm zu sehen.
»Um was geht's da?«
»Keine Ahnung. Ich weiß nur, er soll gut sein.«
»Na, das müßtest du doch wissen. Stammt doch aus deiner Zeit, oder?«
Julia schnappte nach Luft. »Meine Zeit? Die vierziger Jahre? Für wie alt hältst du mich eigentlich?«
»Weiß nicht. Ich hab dich gefragt, aber du hast es nicht gesagt.«
»Ich bin zweiunddreißig! 1963 geboren, klar? Als dieser Film gedreht wurde, war meine Mutter noch ein Kind!«
Jake lachte. »Sieh mal einer an!« gluckste er und kniff sie in die rot angelaufenen Wangen. »Bißchen empfindlich, wie?« Er küßte sie auf die Nase, aber Julia, nur halbwegs besänftigt, wich zurück und rollte sich von seinem Körper.
»Willst du gar nicht wissen, wie alt ich bin?« fragte er.
»Eigentlich nicht«, log sie. Das hatte sie schon auf seinem Führerschein überprüft, als er zur Toilette gegangen war. Er war zweiundzwanzig. »Wir sehen uns den Film einfach an, gut?«

Er zuckte die Schultern, streifte das Kondom ab, band es mit einem Knoten zu und schleuderte es über die Schulter. Es landete mit einem leisen Plopp am Boden. Julia notierte sich im Geist, wo es hingefallen und das wievielte es war – bislang hatte sie drei gezählt. Sie fand es schön, mit welchem Tempo jüngere Männer ihren Kondomvorrat verbrauchten.
Sie schüttelten die Kissen auf, und Julia machte es sich fernsehgerecht an seiner Brust bequem. Während der Plot sich entwirrte – abgebrannter junger Schriftsteller versucht Gläubigern zu entkommen, die sein Auto pfänden wollen, und findet Zuflucht unter dem Dach und in den Armen von Norma Desmond, einer alternden Schauspielerin mit Geld wie Heu –, spürte Julia, wie sie rot anlief. Wie beschämend! Sicher, Norma war eine erschreckend eitle Person und ging immerhin hart auf die fünfzig, aber trotzdem. Sie hätte unheimlich gern gewußt, was Jake dachte. Andererseits wollte sie es vielleicht lieber doch nicht wissen. Steif lag sie in seinen Armen und wagte ihm nicht ins Gesicht zu sehen. Hätte sie es getan, wäre ihr nicht entgangen, wie seine Augen ab und zu vor Schadenfreude aufblitzten. Sogar während der Werbepausen rührte sie sich nicht aus dieser Stellung. Sie tat, als döse sie vor sich hin, und weigerte sich, seinem Blick zu begegnen. Nach einer besonders schrecklichen Szene, wo der von William Holden gespielte Mann zu einer »Party von jungen Leuten« geht, nur um zum Schluß in Normas gruftähnliche Villa zurückzukehren, blickte sie Jake verstohlen an und stellte entsetzt fest, daß er zu ihr heruntergrinste. »Norma«, gurrte er und schmiegte sich an ihren Hals. »Oh, Norma.«
Mit einem Satz katapultierte sie sich von ihm weg und tauchte kopfüber in ihr Kissen.

»Leck mich.«
»Ach, Norma, sei doch nicht so.« Er steckte ihr die Zunge ins Ohr, piekste sie gleichzeitig mit den Fingern in die Rippen und kitzelte sie mit seinen Dreadlocks am Po. Sie faßte nach hinten und schnipste die Haare gereizt zur Seite. Er knabberte an ihren Oberschenkeln. Julia war wütend und fühlte sich gedemütigt, aber vor allem – und das würde sie ihm keinesfalls gestehen, wenigstens nicht gleich – machte ihr das Ganze gegen ihren Willen riesigen Spaß. Sie versuchte seinem Griff zu entkommen, aber er ließ nicht locker.
»Ich hab gesagt, leck mich!«

»Ich kann's nicht fassen.« Helen schüttelte den Kopf und lachte. »Die ist meilenweit entfernt.«
Julia kam sofort zu sich. »Stimmt ja gar nicht. Ich hab nur, ähm, nachgedacht.«
»Wieso war euer Rendezvous nur ›ganz okay‹?« hakte Chantal nach. »Was ist passiert? Lief es nicht nach Plan?« Chantal liebte ihre Freundinnen und wünschte immer das Beste für sie. Auf der anderen Seite war sie überzeugt, daß jeder Beziehung das Schicksal der Titanic widerfuhr – egal wie großartig sie funktionierte, am Ende fand sie doch zielsicher einen Eisberg und kenterte. Und wenn dieser Fall eintrat, wollte sie jede Einzelheit über das Unglück wissen.
»Ach, ja und nein. Ich glaube, ich verzichte von jetzt an auf jüngere Männer«, seufzte Julia. »Labile Wesen. Machen mehr Ärger, als sie wert sind. Als nächstes suche ich mir ein reiferes Exemplar. Aber vorerst will ich mich eine Zeitlang in radikaler Enthaltsamkeit üben.«
Die übrige Tischrunde machte große Augen und starrte Julia ungläubig an.

Sie und Jake kamen erst nachmittags um drei aus dem Bett. Über die Kondome hatte sie längst den Überblick verloren. Jake ging in den Laden um die Ecke und kaufte eine Kleinigkeit zum Mittagessen – von ihrem Geld, versteht sich – und kam mit Erdbeeren und Homer Hudson Chocolate Rock Eis zurück. Sie aßen fast die ganze Packung leer. »Tja, ich sollte langsam mal los«, sagte er mit schokoladengeränderten Lippen. Er untersuchte sein Kinn auf Pickel. »Ich muß nach Hause, damit die Dinger rauskommen.«
Er ging gerade zur Tür hinaus, als Julia plötzlich etwas einfiel. »Und wie war die Sache mit den Vegetariern?« fragte sie.
»Vegetarier? Ach, ich hatte mal was mit einem Mädchen, das Veganerin war.«
»Ach ja?« sagte Julia. »Und?«
»Na ja, sie war strikt gegen oralen Sex.«
»Dummes Mädchen. Aber was hat das damit zu tun, daß sie Veganerin war?«
»Sie hielt eben nichts davon, tierisches Eiweiß zu schlukken, verstehst du?«
Julia bog sich vor Lachen, als sie ihn zur Tür hinausschob. Sie hatten sich für ein paar Tage später wieder verabredet. Aber wenn er sie noch einmal Norma nannte, hatte sie ihm gedroht, fände er sich in der Hölle wieder.

»Jawohl, Enthaltsamkeit. Wirklich«, sagte Julia, ohne die Miene zu verziehen. »Ich meine es ernst. Im übrigen, warum soll ausgerechnet ich einen detaillierten Bericht über mein Liebesleben abgeben? Philippa darf aus ihrem ein Geheimnis machen, Chantal ebenfalls. Und Helen hält sich in der Hinsicht auch bedeckt.«

»Stimmt doch gar nicht«, widersprach Helen. »Ich habe kein Liebesleben.«
»Ich auch nicht«, fiel Philippa ein.
Chantal hob eine Augenbraue. »Dito.«
»Ja, ja«, seufzte Julia, neigte ihre Tasse und studierte den Kaffeesatz. Als sie aufblickte, leuchtete ihr Gesicht plötzlich auf. »Seht euch den an«, flüsterte sie. »Sieht aus wie Jerry Seinfeld.«
»Den kenn ich«, sagte Chantal. »Moderiert Videoclips bei Green Channel.«
»Irre«, bemerkte Julia. »Ein richtiger Star.«
»Die sind doch alle gleich«, sagte Chantal schulterzukkend. »Für dich ist er sexuell sowieso falsch gepolt, Schätzchen.«
Während sich die übrigen drei in einer Diskussion ergingen, warum die hübschesten Männer immer schwul waren, schwirrte ein zum Greifen naher Name durch Philippas dunkle Hirnregionen. Immer wenn sie versuchte, ihn mit ihrer mentalen Taschenlampe anzuleuchten, versteckte er sich schnell hinter einem anderen Baum. Jason? Jonathan? Justin? Julian? Jeremy? Jay? Plötzlich sprang er hervor und winkte. Ich bin's, Jake! Jake! Genau das war der Name von dem Typen, den sie auf der Party in Glebe kennengelernt hatte, der Name, zu dem die Telefonnummer auf dem Zettel gehörte, den sie ein oder zwei Tage später in ihrer Tasche gefunden hatte. Sie überlegte, ob sie ihn anrufen sollte.
»Und was gibt es da zu grinsen, Philippa?« fragte Chantal.
»Ach, nichts«, erwiderte sie.

Lammbraten

»Findest du denn Seinfeld attraktiv?« Chantal nahm Julias Glas und schenkte ihr aus der Flasche Shiraz nach.

»Danke«, sagte Julia. »Kramer finde ich besser. An dem ist wahrscheinlich nicht bloß die Frisur pervers.«

Über eine Woche war seit dem Treffen im Cafe Da Vida vergangen, und die vier Freundinnen befanden sich in Chantals Wohnung in Potts Point und gönnten sich einen gemütlichen TV-Abend. Jerry Seinfeld hatte eben seinen Schlußmonolog beendet. Julia saß eingeigelt auf Chantals exklusivem, zebragestreiftem Sessel von Norman & Quaine. Ganz in Schwarz, von T-Shirt über Ledermini bis zu blickdichten Strümpfen, erinnerte sie an einen Panther, der sich auf seiner Beute ausruht. Philippa, die auf dem Fußboden saß und mit dem Rücken an Julias Sessel lehnte, hielt die Fernbedienung in der Hand und surfte durch die Kanäle.

Helen zupfte zerstreut an dem Tomatensaucenfleck auf ihrem beigen Lieblingsrock, den sie mit einem Stück Gourmetpizza bekleckert hatte. Speziell aus dem Holzofen, eine Hälfte mit geräucherter Forelle, die andere mit marokkanischem Lamm – und trotzdem hinterließ sie die gleichen Flecken auf der Kleidung wie jede stinknormale Pizza mit Salami und Champignons. »Es ist *so* ungerecht«, sagte sie zu den anderen. »Das war ein teures Vergnügen.« Sie seufzte. »Man könnte

meinen, es ist der ideale Schluß für einen schwarzen Tag.«
»Wieso?« fragte Philippa. »Was war heute los?«
»Ihr kennt doch mein Seminar an der Uni, in dem ich feministische Theorie unterrichte?«
»Nicht persönlich«, kicherte Julia. »Und nicht im biblischen Sinn.«
»Ha, ha, sehr witzig.« Chantal verdrehte die Augen.
Helen ignorierte die Unterbrechung. »Jedenfalls haben wir heute über Naomi Wolfs Buch *Mythos Schönheit* diskutiert. Und in dem Kurs sitzt auch ein Typ. Er heißt Marc und ist einer von diesen politisch korrekten und attraktiven Studenten, die immer im Frauenstudiengang auftauchen – ihr könnt euch die Sorte vorstellen. Wir haben also darüber gesprochen, daß die Gesellschaft ausgerechnet immer Frauen belohnt, die sich nach den vorgeschriebenen Normen der Kosmetikindustrie richten. Und da hebt er die Hand und sagt: ›Miss Nicholls, ich finde, Sie sind ein tolles Beispiel dafür, daß eine Frau dem Schönheitsmythos nicht unbedingt auf den Leim gehen muß.‹«
»Was? Tatsächlich?« Chantal war entsetzt.
»Ja«, erwiderte Helen geknickt. Beim Thema Körper und Aussehen reagierte sie bisweilen ein bißchen empfindlich. Auf der einen Seite war sie ein intelligentes Wesen, eine Feministin und Frau der neunziger Jahre; auf der anderen konnte sie ihre Knöchel nicht leiden, machte sich Sorgen um ihre Oberschenkel, und wenn sie sich unbeobachtet fühlte, formte sie kleine, faustgroße Ballen aus dem weichen Fleisch, das ihre Hüfte und Taille jetzt offenbar auf Dauer polsterte. »Er hat sogar noch gesagt, das Buch besäße vermutlich viel mehr Glaubwürdigkeit, wenn ich es anstelle der von der Na-

tur so betörend ausgestatteten Naomi Wolf geschrieben hätte.«
»Mistkerl!« rief Julia.
»Nein, ich bin sicher, er hat es als Kompliment gemeint«, verteidigte Helen ihn. »Wirklich. Er ist nicht boshaft oder so. Aber es hat mich doch ziemlich umgehauen, denn damit hat er natürlich voll meinen wunden Punkt getroffen. Ihr wißt schon: Ich bin fett, ich bin unattraktiv, ich bin unmodern. Und stocklangweilig.«
»Hellie, du Idiotin«, widersprach Julia und richtete sich umständlich in dem Riesensessel auf, »du bist weder fett, noch häßlich, noch unmodern. Und stocklangweilig schon gar nicht. Du hast einen tollen Busen, siehst süß aus und pflegst deinen eigenen Stil. *Ich* finde dich jedenfalls hinreißend.«
»Klar, du bist ja auch meine Freundin«, sagte Helen trübselig. »Es sieht eben nicht hinreißend aus, wenn man dünne Lippen hat und einem die Brauen so dicht über den Augen wachsen.« Zur Verschärfung des dramatischen Effekts drückte sie ihre Brauen noch ein Stück tiefer. »Hör auf, Jules. Du liest doch Modezeitschriften. Du weißt, ich hab recht. Und Chantal, du bist Redakteurin bei *Pulse*, verdammt noch mal. Wann habt ihr das letzte Mal eine Seite mit Models gebracht, die auch nur annähernd meine Größe haben? Aus mir wird nie eine schlanke Gazelle oder eine knabenhafte Grazie«, jammerte sie.
Chantal wirkte schuldbewußt wie ein kleines Mädchen, das man mit der Hand im Bonbonglas erwischt hat.
»Ach, Chantie«, sagte Helen. »Ich weiß, es ist nicht deine Schuld. Wir haben schon öfter darüber geredet. Kein Werbekunde würde ›normale‹ Frauen auf den Mo-

deseiten dulden. Das ist mir klar. Hört nicht auf mich. Ich hab bloß mal wieder einen blöden Fettanfall.«

»Aber, Helen, du solltest wirklich die letzte sein, die so ein Theater macht«, protestierte Philippa. »Du bist Feministin, Herrgott noch mal. Du lehnst die vom Kommerz diktierten Vorstellungen von weiblicher Schönheit ab. Du findest Magersucht schrecklich. Du bist empört, wie die Modeindustrie die Selbstachtung und das Selbstvertrauen der Frauen manipuliert. Hast du das alles vergessen?«

»Ja, ja. Ich weiß. Meine Reaktion ist unentschuldbar. In der Öffentlichkeit würde ich es auch nie zugeben. Aber die Wahrheit ist, ich war den ganzen Tag von dem Gedanken besessen, daß ich wenigstens meine Garderobe auf den neuesten Stand bringen und mir einen neuen Lippenstift kaufen sollte.«

»Oh, da begleite ich dich«, entfuhr es Chantal erleichtert. »Zur Zeit gibt es ein paar sagenhafte Sonderangebote.«

»Das wäre wirklich toll.« Helen rang sich ein Lächeln ab. »Wißt ihr, das Komische ist, und ich möchte wirklich nicht gehässig sein, aber Marc betreibt selber einen ziemlichen Aufwand um seine Kleidung und sein Aussehen. Er rasiert sich den Kopf – na ja, er nennt es einen ›Nummer-zwei‹-Schnitt – und läßt über jeder Schläfe nur zwei kleine Schwänzchen stehen.« Helen hob die Hände an die Stirn und wackelte mit den Zeigefingern, um die Position anzuzeigen. »Und die hat er pistaziengrün gefärbt. Er hält sie mit kleinen Spangen zusammen – heute waren es elefantenförmige in Pink. Und er trägt Sachen wie Retro-Hemden aus Nylon über schwarzen Schlabberhosen und dazu schwarzweiße Turnschuhe. Manchmal zieht er auch Frauenkleider an.

Das nennt er ›geschlechtsrollenfreie‹ Kleidung. Ich hab den Eindruck, *er* darf sich erlauben, dem einen oder anderen Schönheitsideal auf den Leim zu gehen.«
»Typisch Mann.« Julia schüttelte den Kopf. »Die Doppelmoral in Person.«
Helen verzog das Gesicht. »Ja, nein, vielleicht bin ich ungerecht. Er ist wirklich ganz liebenswert, ein richtig kleiner Schatz, echt, und er ist klug und bereitet immer die Lektüre für meinen Kurs vor. Was ich von einigen meiner Studentinnen nicht behaupten kann.«
»Obwohl«, bemerkte Chantal, »wenn du dich als Mann im Frauenstudiengang rumtreibst und überhaupt kein Engagement mitbringst, würdest du doch wie der letzte Betrüger dastehen.«
Auf dem Bildschirm erschien wieder der alternde Popstar, den Jake in der Nacht mit Julia niedergemacht hatte. »Oh, bitte«, rief Chantal, »entfernt diesen Idioten aus meinen Augen. Sofort.« Sie packte die Fernbedienung und wechselte das Programm. »Den dulde ich einfach nicht in meinem Wohnzimmer«, erklärte sie. Eine Nachrichtensendung beendete gerade einen Bericht über die Pariser Modeschauen.
»Weißt du, wo dein eigentliches Problem liegt, Helen?« meinte Chantal, als der Laufsteg aus dem Blick verschwand. »Um diesen tödlichen Popsong mal falsch zu zitieren: You're just too sexy for your skirt.«
Helen sah unwillkürlich nach unten und mußte wieder an den Fleck denken. »O Gott, die Tomatensauce geht bestimmt höllisch schwer raus.«
»Ich hole ein nasses Tuch«, bot Philippa an, stand auf und ging in die Küche.
Helen begutachtete ihr Outfit, als sähe sie es zum ersten Mal: konservative weiße Bluse, etwa knielanger

beiger Faltenrock, braune Strickjacke, brauner Ledergürtel. Vielleicht war der Pizzafleck ja ein Fingerzeig Gottes. Wenn SIE die Frauen tatsächlich nach IHREM Ebenbild geschaffen hatte, war es IHR sicher wichtig, daß sie das Beste daraus machten. Aber Moment, sollten Beige und Braun nicht wieder in Mode kommen? Immerhin hatte Chantal ihre braunen ledernen Schnürstiefeletten mit den kleinen Absätzen ausgiebig bewundert.
Philippa kehrte mit einem Tuch und einem Glas Wasser zurück. »Da«, sagte sie und reichte beides an Helen weiter. »Du mußt tupfen, nicht reiben. Wußtet ihr übrigens, daß man Tomaten früher ›Liebesäpfel‹ genannt hat? Man schrieb ihnen aphrodisische Kräfte zu.«
»Aber bestimmt nicht in Breiform auf Kleidern«, erwiderte Helen.
Philippa zuckte die Schultern. Helen bearbeitete den Fleck mit dem nassen Tuch. »Danke. Ist schon besser.«
Chantal, die in alle Gläser Rotwein nachgeschenkt hatte, ließ sich dekorativ neben Helen aufs Sofa sinken. »Mein Tag war auch nicht gerade berauschend, falls euch das interessiert«, verkündete sie in der Hoffnung, es würde interessieren.
Was es auch tat.
»Wir hatten am Circular Quay ein Fotoshooting mit Jessa. Ihr kennt doch Jessa, das Model mit der Glatze und dem tätowierten Hals, die dauernd im Tropicana rumhängt und kleine Schwarze am Fließband verdrückt?«
»Ich hab sie bestimmt schon gesehen«, sagte Philippa.
»Jedenfalls ist sie das, was man als zerebral-atmosphärische Person bezeichnen könnte.«
»Als was?« fragte Helen.
»Hohlkopf. Und zufällig ist sie auch noch eine para-

noide Kokssüchtige, was die Zusammenarbeit mit ihr selbst unter den idealsten Bedingungen ganz entzükkend gestaltet, wie ihr euch vielleicht vorstellen könnt. Jedenfalls sollte sie uns unten am Circular Quay mit zwei Dalmatinern Modell stehen, für eine Fotoserie mit den Fähren, der berühmten Oper und allem Pipapo im Hintergrund. Dazu sollte sie verschiedene schwarzweiße Minikleider aus Kunstleder zeigen. Ihr hättet den Menschenauflauf sehen sollen! Kein Vergleich zu Fototerminen irgendwo in der Stadt, wo die Leute wenig Zeit haben. Da bleiben sie nur kurz stehen, gaffen eine Weile, dann gucken sie auf die Uhr und ziehen weiter. Aber am Quay halten sich entweder Touristen auf oder Leute, die die Wartezeit auf eine Fähre totschlagen. Innerhalb von Sekunden war eine Menge von, na, vielleicht hundert Schaulustigen um uns versammelt und hat uns beim Aufbauen beobachtet. Tja, und ich weiß nicht, welches Intimspray das Mädchen benutzt, aber sobald man ihr die Hunde übergeben hatte, gingen die Biester ihr sofort an die Wäsche. Ich schwöre, es waren beide Hundehalter notwendig, um sie unter ihrem Rock wegzuholen. Die Menge brüllte vor Lachen. Jessa hatte natürlich auf der Stelle einen Nervenzusammenbruch. Sie hat mich und den Fotografen sogar beschuldigt, wir hätten die Sache absichtlich inszeniert, um sie zu demütigen. Es dauerte ewig, bis ihr Make-up nach dem ganzen Geheule wieder in Ordnung war.«

»Seid ihr schon mal von einem Hund ausgeleckt worden?« fragte Julia die übrigen.

»Nein!« Helen sah Julia höchst neugierig an. »Du etwa?«

»Hm, nein, nein, natürlich nicht«, antwortete Julia. »Hat mich nur mal interessiert.«

»Juu-li-ja«, bohrte Philippa nach. »Sag die Wahrheit.«
»Laß mich in Ruhe«, protestierte Julia mit rotem Kopf. »Wenn ihr unbedingt die Wahrheit wissen wollt«, sagte sie, das Thema wechselnd, »mein Tag ging auch nicht gerade locker über die Bühne.« Sie seufzte dramatisch und trank einen Schluck von ihrem Wein.
»Was war denn los?«
»Also, ich hab mir die Beine ausgerissen, um in letzter Minute die Fotos für eine Magazinstory über chinesische Künstler in Sydney fertigzukriegen.«
»Du bist richtig versessen auf China, stimmt's?« unterbrach Philippa. »Wann ist noch mal das Kulturaustauschprogramm, an dem du teilnimmst?«
»Im Januar. Ich kann's kaum noch abwarten. Jedenfalls bin ich um halb fünf ins Redaktionsbüro gestürmt, nur um zu erfahren, daß der Chef die Geschichte kippt, weil ihm irgendein Idiot die Vietnamesen als heißesten Multikultitip des Monats aufgeschwatzt hat, das müßt ihr euch vorstellen.«
»Ach, du Scheiße«, sagte Philippa mitfühlend. »Aber die Fotos müssen sie doch trotzdem bezahlen, oder?«
»Sollte man meinen«, nickte Julia. »Aber nein, der Scheißkerl hat sich rausgeschleimt und will mir nicht mal ein Ausfallhonorar zahlen. Er hat behauptet, er hätte mir keinen offiziellen Auftrag für die Fotos erteilt, sondern lediglich gesagt, er könnte sie wahrscheinlich verwenden.«
»Arschloch!« Jetzt war Helen empört.
»Richtig. Und dann hat er mich abgewimmelt, weil er angeblich das Blatt in Druck geben mußte, und mich auf ein späteres Gespräch vertröstet. Da ist mir der Kragen geplatzt.«
»Bravo!« lobte Philippa.

»Ja, aber ich war reichlich unprofessionell. Ich hab ihn als gehirnamputierten Schwachkopf und schmierigen Sack und noch einiges mehr beschimpft. Dann bin ich in Tränen ausgebrochen und aus dem Büro gerannt.«
»Du Ärmste«, sagte Chantal voller Mitleid.
»Ich bin nach Hause gerast.« Das ehemalige Lagerhaus in Surry Hills, in dem Julia wohnte, genoß hohes Ansehen in der Szene, kostete wenig Miete, hatte dürftige sanitäre Anlagen, noch dürftigere Beleuchtung und beherbergte einige kleine Ausbeuterbetriebe samt einem festen Stamm von Malern, Fotografen und Designern, die immer nur Schwarz trugen. »Dann mußte ich ewig auf den Lift warten. Das Scheißding kommt nie, wenn man es dringend braucht.« Es handelte sich um einen uralten Lastenaufzug, einen Riesenkäfig mitten im Treppenhaus. »Zur Krönung des Ganzen kommt auch noch Sarah aus der Tür, diese großkotzige Performancetante oder Aktionskünstlerin, wie auch immer sie sich nennt – dabei weiß ich todsicher, daß ihr einziger richtiger Job seit Urzeiten darin besteht, in einem Supermarkt in Kings Cross die Kassenmieze zu spielen, und daß sie nach Liebesromanen süchtig ist. Und was dröhnt aus ihrer Bude? Natürlich Acid Jazz. Ich *hasse* diese Musik! Mich interessiert nicht die Bohne, wie subtil und angesagt dieses Gedudel angeblich ist. Tja, und da hab ich wieder zu heulen angefangen und beschlossen, doch nicht auf den Lift zu warten. Ich bin die ganze Treppe zum Studio hochgehechtet.
Oben hab ich die Tür hinter mir zugeknallt und mich erst mal aufs Bett geworfen. Schokolade, schoß es mir plötzlich durch den Kopf, ich brauche jetzt ein Stück Schokolade. Ich also wieder aufgestanden und die Küche auf den Kopf gestellt. Ihr kennt das sicher, man

klappt sämtliche Schranktüren auf und zu, um nur einen Krümel Schokolade zu finden. Dann fiel mir der Rest Chocolate-Rock-Eiscreme im Gefrierfach ein. Natürlich war die Packung in einer ganzen Kolonie von Eiszapfen eingeklemmt, und ich mußte sie regelrecht heraushacken. Es waren kaum noch zwei Kugeln übrig, die ich fluchend in mich reingelöffelt hab, immer kurz vor dem nächsten Heulkrampf, bis endlich der Groschen fiel.«

»Jetzt sag nicht«, meinte Helen ahnungsvoll.

»Oh, doch. PMS. Ist das nicht schrecklich? Mir ist mein Verhalten gegenüber dem Redakteur so peinlich. Natürlich war ich im Recht und er im Unrecht, aber trotzdem. Für die Zeitschrift kann ich nie wieder arbeiten, da bin ich sicher. Meint ihr, ich soll noch mal hingehen und erklären, daß ich unter prämenstruellen Spannungen stand?«

»Sei doch nicht albern, Julia.« Chantal schüttelte den Kopf. Ihr roter Bob – sie hatte sich mittlerweile die Haare schneiden und färben lassen – wippte wie in einer Werbung für Schaumfestiger. »Gib nie, nie, niemals vor einem Mann zu, daß ein deplazierter Gefühlsausbruch auf PMS zurückzuführen war. Das bestärkt nur die Klischees. Und das ist nicht gut, auch wenn sie zufällig wahr sind. Im übrigen bestätigt es ihr Überlegenheitsgefühl.«

»Genau meine Meinung«, schaltete Philippa sich ein. Sie saß wieder auf dem Fußboden und bediente sich zufrieden knabbernd mit gerösteten Erdnüssen aus der Schale neben ihr. Sie hörte ihren Freundinnen verständnisvoll zu, hatte allerdings selbst keine tragische Geschichte beizutragen. Ehrlich gesagt, hinter ihr lag sogar ein hervorragender Tag. Doch sie wollte die allgemeine

Trauerstimmung nicht durch eine Erfolgsmeldung verderben. Sie hatte den ganzen Entwurf für ihr zweites Romankapitel ausgearbeitet. Und Jake angerufen.
Auf dem Bildschirm erschien eine Werbung für Lammfleisch. Julia wandte sich an ihre Freundinnen. »Erinnert ihr euch noch an den alten Spot, wo sich das Mädchen wegen einem Lammbraten eine Verabredung mit Tom Cruise entgehen läßt?«
»Na klar«, sagte Chantal. »Könntet ihr euch das vorstellen?«
»Also, ich schon.« Philippa rümpfte die Nase. »Ich würde Lammbraten immer Tom Cruise vorziehen. Mir gefällt der überhaupt nicht. Er guckt immer so dumm.«
»Ich dachte, den Fehler hätte er in *Interview mit einem Vampir* wieder gutgemacht«, sagte Helen.
»Ich mochte mir diesen Film einfach nicht ansehen. Ich hatte die Bücher gelesen, und auch wenn er sich jede Menge Blondiercreme ins Haar schmiert, Tom Cruise ist *kein* Lestat. Da kann Anne Rice in der *New York Times* noch so viel Schmalz von sich geben, das interessiert mich nicht«, bemerkte Philippa gereizt. Dann lächelte sie. »Wenn sie natürlich irgendwann den Film nach meinem Buch drehen, dürfen sie Tom Cruise engagieren, solange sie mir genug zahlen. Aber ich würde nie sagen, daß ich darüber glücklich bin.«
»Wie geht es eigentlich mit deinem Buch voran?« Chantal konnte kaum abwarten, es zu lesen.
»Zwei Kapitel stehen. Noch haufenweise Arbeit. Aber zurück zum Fall Tom Cruise. Für mich ist diese Sache mit dem dummen Blick ein echtes Problem. Ich will nicht behaupten, daß er wirklich blöd ist. Womöglich ist er ein Superhirn, was weiß ich. Aber er sieht dumm aus. Mit Richard Gere und Keanu Reeves hab ich das

gleiche Problem. Ich würde mit keinem von beiden schlafen. Selbst wenn sie darum betteln würden. Auf allen vieren. In engen schwarzen Lederchaps, aus denen ihre bloßen Ärsche in die Luft ragen. Und mir dabei die Stiefel lecken.« Philippa steckte eine Handvoll Erdnüsse in den Mund und kaute nachdenklich. Na ja, wenn sie ihr die Stiefel sehr, sehr gründlich lecken würden, dann vielleicht.

»Ich auch nicht«, sagte Helen. »Ich glaube, wir alle müssen im Leben hin und wieder mal ins Leere starren, aber ich möchte solche Augenblicke nicht gerade dann erleben, wenn ich einem Mann in die Augen sehe. Für mich ist Intelligenz die erotischste Eigenschaft.«

»Ach, ihr Intellektuellen!« Chantal verdrehte lachend die Augen und blies einen Rauchkringel in die Luft. »Ein Mann braucht keinen Doktortitel, um ein guter Liebhaber zu sein. Außerdem haben dumme Männer in der Regel schönere Muskeln. Vom Bücherstemmen in der Bibliothek entwickelt sich kein strammer Bizeps. Ein Mann soll im Bett seine Sache gut machen und zwischendurch höchstens mal auf ein paar Worte nach oben kommen, und die müssen ja nicht in Sanskrit sein. ›Ich Tarzan‹ genügt mir voll und ganz.«

»Chantal, ich entsinne mich noch recht deutlich an die Zeit, als du eine Schwäche für schmächtige Dichter hattest«, sagte Philippa grinsend.

»Erinnere mich bloß nicht daran. Das ist schon sehr lange her. Und ich habe daraus gelernt.« Chantal paffte erneut an ihrer Zigarette. »Gott, können alte Freunde nerven. Vor allem, wenn sie nichts vergessen. Wenn ihr nicht aufpaßt, tausche ich euch komplett gegen eine Clique aus, die nichts von meinem Vorleben weiß.«

»Macht nichts. Dann nehmen wir deine neuen Freun-

dinnen beiseite und klären sie auf«, versprach Julia munter.
Chantal holte sich die Fernbedienung von Philippa und klickte träge die Sender durch. Sie stoppte bei einem Spot für einen Haushaltsreiniger, in dem ein Muskelprotz den attraktiven Jüngling spielt und sich als Saubermann betätigt. »Hätte nichts dagegen, den im Küchenschrank zu haben. Er müßte auch gar nicht für mich arbeiten. Na ja, jedenfalls nicht im Haushalt.«
»Wißt ihr, in dieser Hirn-versus-Muskel-Frage bin ich auf Chantals Seite«, sagte Julia. »Wie sangen noch mal die Shakespear's Sister in dem einen Stück? Irgendwas von dem Wunsch nach einem ›primitiven Lover‹, einer ›Steinzeitromanze‹. Dem kann ich nur zustimmen. Obwohl ich auch eine Vorliebe für junge Künstlertypen habe. Meint ihr, es gibt so was wie den künstlerisch angehauchten Neandertaler?«
»Das Bild kann ich mir jetzt schon vorstellen«, sagte Philippa. »Conan, der Expressionist, frisch von der Kunstschule, knallt Julia seine Staffelei über den Kopf und schleppt sie an den Haaren in sein Atelier.«
»Mmmm«, gurrte Julia. »Würde mir gefallen.«
»Wieso kann ein Mann eigentlich nicht Muskeln *und* Verstand besitzen?« grübelte Helen und rückte ihre Brille zurecht. »Conan, der Barbar, wird Conan, der Bibliothekar. Wobei Arnold Schwarzenegger gar nicht mein Typ ist. Obwohl, ich muß zugeben, *Terminator I* war irgendwie ein äußerst postmoderner Film.«
»Postmodern hin, postmodern her«, entgegnete Julia. »Ich würde schon gern mal über Arnies knackige Hügel und glänzende Täler wandern.«
Chantal wechselte wieder das Programm. Auf einem der kommerziellen Sender lief gerade *Beverly Hills Cop III*.

»Halt!« rief Julia. »Das ist mein Mann! Eddie Murphy könnte den ganzen Tag in hohen Basketballschuhen durch die Gegend rennen, und ich würde ihm trotzdem noch die Zehen lutschen. So liebe ich ihn.«
»Mit den Zehen weiß ich nicht so recht«, erwiderte Chantal naserümpfend. »Aber sonst würde ich bei dem Mann überall Mund anlegen. Er ist zum Anbeißen. Heiße Schokolade.«
»Nein, danke, ich verzichte«, sagte Helen. »Mir mißfällt die Art, wie er Frauen im Film behandelt. *Boomerang* war noch irgendwie interessant, aber im großen und ganzen kommt in seinen Filmen ein negatives Frauenbild rüber.«
»Liebe Helen.« Chantal schüttelte den Kopf. »Wir reden nicht über tiefe und bedeutungsvolle Beziehungen. Hier geht es um Sex. Denk doch ausnahmsweise mal nur an das eine. Und gib die Erdnüsse her.«
Chantal richtete die Fernbedienung auf den Bildschirm. Ein Journalist kommentierte einen Dokumentarfilm über Barmädchen in Südostasien. Klick. Eine Safer-Sex-Werbung des Gesundheitsministeriums. Klick. Wieder Eddie Murphy. Klick. Der Führer der Labor Party mit einem Sermon zum Haushaltsdefizit.
»Wieso bleibst du ausgerechnet da hängen?« fragte Julia in gequältem Ton. »Bei den Sparmaßmahmen vergeht einem doch jede Lust.«
»Der Mann wäre sogar unter den optimalsten Verhältnissen kein Mr. Sexappeal«, bemerkte Philippa.
»He«, rief Helen. »Ihr seid doch wohl nicht für die konservative Bande, oder?«
Alle vier rissen unisono den Mund auf und gaben, die Finger auf die Hälse gerichtet, würgende Geräusche von sich.

»Also«, beharrte Helen. »Wenn ihr euch einen aussuchen müßtet ...«
»Würde ich den Permierminister nehmen«, sagte Chantal, die Stimme triefend vor Opferbereitschaft, »die Augen schließen und dabei ganz fest an Australien denken.«
Julia machte den Arm lang und holte sich die Fernbedienung von Chantal. Der Bush Tucker Man tauchte auf und pries in einem Werbespot ein Produkt an. »Das nenne ich ein echtes Fetischobjekt«, quietschte sie.
»Den Mann oder seinen komischen Buschhut?« fragte Philippa.
»Beides. Ich war hin und weg, wie er immer durchs Hinterland gestreift ist und bizarre Blätter und knusprige Insekten verspeist hat. Es war so niedlich, wie er nie zugeben wollte, wenn was eklig geschmeckt hat. Sein Gesicht hat sich dann zu so einem gequälten heroischen Lächeln verzogen. Hat mich an den Ausdruck erinnert, den manche Männer haben, wenn sie dich lecken.«
Alle vier mußten lachen. Sie wußten genau, welchen Gesichtsausdruck Julia meinte.
»Erinnert ihr euch noch an die Episode, in der er Honigameisen vertilgt hat?« Der Gedanke entlockte Helen ein Seufzen.
»Aber sicher. Eine meiner Lieblingsfolgen. Ich hatte schon immer die verrückte Phantasie, wie der Bush Tucker Man und ich uns in irgendeiner wilden Ecke Australiens lieben. Dabei trägt er nur seinen Hut, sonst nichts, und ein Ameisenfresser schleckt uns Wildbeermarmelade vom Bauch. Natürlich steht ein ganzes Filmteam daneben, für uns nicht zu sehen, und hält das Geschehen fest. Aber ich glaube, es wird langsam Zeit« – sie sah Helen und Philippa an –, »daß ihr beide

Farbe bekennt. Auf wen hättet ihr Lust – medienstarmäßig?«
Philippa kniff die Augen zusammen und legte den Kopf lächelnd zurück. »John Travolta. Uma Thurman. Flacco. Ernie Dingo. Linda Hunt. Dale aus *Twin Peaks*, nur mit seiner FBI-Jacke bekleidet. Und den wunderbaren kleinen Kerl, der den arbeitslosen Zirkusclown in *Delicatessen* gespielt hat. Alle gleichzeitig. Und als Requisiten eine Schüssel mit Schokokuchenmischung, einen Staubwedel, eine ansteckbare Fliege, etwas Olivenöl und fünf Schals. Richard, der Leiter des Schreib-Workshops, wäre auch da und würde zuschauen.«
»Du bist wirklich seltsam, Philippa«, sagte Chantal anerkennend. »Ich kann mir beim besten Willen nicht vorstellen, wozu der fünfte Schal gut sein soll. Aber du wirst schon einen Grund dafür haben.«
»Und wie steht's mit dir, Helen? Spuck's aus. Leg das Objekt deiner Träume auf den Tisch.«
Helen dachte lange nach, bevor sie antwortete. Dann murmelte sie, nicht sehr überzeugend: »Ich hätte mich auch für Flacco oder Ernie Dingo entschieden, aber die hat Philippa ja schon.«
»Wir können gern teilen. Macht mir nichts aus.«
»Nein, paßt auf«, platzte Helen nach einer weiteren Pause heraus. »Ich werde auspacken.« Sie holte tief Luft. »Aber erst muß ich noch einen Schluck trinken.«
»Gebt dem Mädchen mehr Wein!« befahl Chantal. Sie holte sich die Fernbedienung von Julia und drückte den Aus-Knopf. Philippa raffte sich umständlich auf und schenkte allen Wein nach. Dann setzte sie sich wieder auf den Boden, diesmal mit dem Rücken zum Fernseher, schlang die Arme um die Knie und sah Helen an.

»Es fällt mir so schwer, das zuzugeben.« Helen strich ihren Rock glatt. Der Fleck war noch immer sichtbar. »Und ich weiß, es widerspricht allem, was ich bisher gesagt habe.« Helen trank einen stärkenden Schluck, stellte das Glas auf den Couchtisch und verkündete mit dünner Stimme das Objekt ihrer Begierde: »Rambo.«

»Echt?« Julia war völlig baff.

»Rambo?!« Chantal lachte. »Aber ich dachte, du magst keine Muskelprotze!«

»Und«, fuhr Helen fort, »ich weiß genau, was ich mit ihm tun würde.«

Beflügelt von den erwartungsvollen Blicken ihrer Freundinnen, lehnte Helen sich zurück, schloß die Augen und begann. »Ich gehe am Strand von Manly spazieren. Eine Begegnung mit einem Mann vom Kaliber wie Rambo muß an einem Ort namens Manly stattfinden, findet ihr nicht? Jedenfalls betrachte ich das Meer und spiele mit den Zehen im kühlen, nassen Sand, als ein Riesenbrecher an den Strand klatscht und einen sehr nassen, sehr verwirrten Rambo zu meinen Füßen deponiert. Ich halte ihm eine Hand hin und versuche ihn hochzuziehen, aber er ist so schwer, daß ich das Gleichgewicht verliere und statt dessen auf ihm lande.

Ich rutsche ein bißchen hin und her, bis ich bequem liege. Ich fühle mich sehr wohl. Unsere Gesichter sind keine zehn Zentimeter voneinander entfernt, und wir starren uns direkt in die Augen.

›Äh, wo bin ich?‹ fragt er.

›Am Strand von Manly‹, entgegne ich. ›Tag, Bo.‹

›Manly? Liegt das in Europa? Ist das nicht die Insel bei England?‹

›Nein, Bo, leider nicht. Aber zerbrich dir darüber nicht

deinen kleinen Kopf.‹ Langsam gleite ich von seinem Körper und ziehe dabei meine empfindlichen Stellen über seine. Unterwegs kneife ich ihn in die Brustwarzen. Seine großen, runden Augen werden noch runder. ›So, jetzt gehst du einfach mit der lieben Helen‹, sage ich, lege ihm eine Handschelle um und befestige die zweite an meinem Handgelenk.

›Ähm, in Ordnung‹, sagt er.

Wir stehen auf und schlendern so am Strand entlang, wobei mir diverse Teile seines muskelbepackten Körpers in die Seite knallen und ich ihm eine detaillierte Kritik über Frauenbilder und Weiblichkeit in seinen Filmen liefere. Ich verwende jede Menge postmoderne Terminologie, die seinen geistigen Horizont übersteigt. Allmählich werde ich sehr geil. Er glotzt mich dämlich an und sagt: ›Mann, Helen, sind alle Frauen auf der Insel so intelligent und schön wie du?‹

›Wir befinden uns auf einem Kontinent, Bo‹, erwidere ich lächelnd und tätschle ihm die Wange. ›Halt lieber den Mund. Und laß dir von mir aus den nassen Klamotten helfen.‹ Ich entferne ihm die Handschelle, nehme ihm zuerst das Maschinengewehr und den Patronengürtel ab und ziehe ihn dann langsam aus. Danach schlüpfe ich flink aus T-Shirt und Shorts und werfe beides auf den Kleiderhaufen im Sand. ›Bist du so nett und hilfst mir beim BH?‹ frage ich.

Er fummelt herum, schafft es aber nicht. ›Vergiß es‹, sage ich und öffne die Haken selbst.

›Ich hab gedacht, Emanzen ziehen keine BHs an‹, sagt er. Todernst.

›Heutzutage nennt man uns Feministinnen, Bo‹, erkläre ich ihm und schlüpfe aus meinem Slip. ›Feministinnen der dritten Generation, wenn wir ganz genau sind. Jetzt

tu mir den Gefallen und leg dich einfach in den Sand, ja? Nein, nein, auf den Rücken. Danke.‹
›So?‹
›Ja, wunderbar.‹
Mittlerweile hat sich eine kleine Menschenmenge versammelt. Immerhin ist es hellichter Tag. Sie bilden einen Kreis um uns. Unter den Gesichtern erkenne ich ein paar Nonnen aus einem nahegelegenen Frauenkloster, Murphy Brown, einige Unikollegen von mir, Harold Holt in einem triefend nassen russischen Badeanzug, Batman mit Robin und schließlich Andrew Denton. Andrew steht bei den Nonnen, die alle so groß sind, daß sie ihm Erdnüsse vom Kopf essen könnten. Ich winke Murphy, Andrew und eine der Riesennonnen zu mir und bitte sie, sich ein Hand- oder Fußgelenk zu schnappen und ihn festzuhalten. Nicht, daß er sich wehren würde. Dann stelle ich mich mit gespreizten Beinen über ihn und setze mich auf sein Gesicht. ›Küß mir die Lippen, Bo‹, befehle ich.«
Julia, die bei Helens letzten Worten an ihrem Wein genippt hatte, verschluckte sich und mußte spucken. Philippa beugte sich zu ihr und klopfte ihr auf den Rükken. »Tut mir leid«, sagte Julia. »Das kam ein bißchen unerwartet. Aber erzähl ruhig weiter.«
»›Das will ich gern tun‹, sagt Rambo und macht sich an die Arbeit.
Wußtet ihr eigentlich, daß die Zunge auch ein Muskel ist? Nun ja, nach einer Dreiviertelstunde wird mir das Ganze langweilig, und ich rutsche ein wenig nach hinten und bleibe auf seinem Bauch sitzen. Der ist hart wie eine Parkbank. Ich betrachte Rambo, hechle ein bißchen und überlege mir den nächsten Schritt. Er leckt sich schon die Lippen. Andrew Denton ebenfalls. Eine

Nonne macht sich mit ihrer Hand unter dem Rock einer anderen zu schaffen, die mit zurückgelegtem Kopf ein Ave Maria betet. Murphy reibt sich an Harold Holt. Batman reibt sich an Robin.
›Zeig mir dein Geschütz, Rambo-Baby‹, sage ich. Er zeigt auf das Maschinengewehr, das ein Stück weiter im Sand liegt.
›Nein, ich meine das richtig schwere.‹ Ich drehe mich um. ›Oooh‹, sage ich, ›ich glaube, ich hab's gefunden.‹ Es ist sehr hart und erigiert, und auf der Spitze glänzt ein Lusttropfen. ›Was meinst du, Bo, müssen wir es reinigen?‹
Er leckt sich noch immer die Lippen. Offenbar hat er eine kleine Sprachstörung.
›Versprichst du mir, daß du nicht losfeuerst, wenn ich das Rohr in den Mund nehme?‹
Er nickt, macht die Augen zu, und ich spiele mit der rosanen Latte. Jedesmal, wenn ich aufblicke, starre ich genau in das Gesicht der Nonne, die Bos Fußgelenk festhält. Ich rutsche ein wenig zur Seite, damit Bo-burger besser sehen kann, lutsche ihm den Schwanz und küsse zwischendurch die Nonne.«
»Helen, ich dachte, du bist eine *nicht*-praktizierende Katholikin?«
»Halt die Klappe, Chantal. Laß sie weiterreden.«
»Mittlerweile hat mir Rambo einen Finger, der so dick ist wie bei anderen Männern der Schwanz, in die extrem feuchte Möse gesteckt und bewegt ihn kräftig. Nebenbei erkundigt er sich bei den Zuschauern, wo die Kli-tu-res ist (er spricht es sehr langsam, aber sorgfältig aus), und ein überaus netter älterer Herr schlurft herbei, bückt sich und zeigt ihm nicht nur, wo sie sich befindet, sondern auch, was man damit anstellt. Mit ei-

nem Schauer und einem spitzen Schrei komme ich über den Händen der beiden.
›Bist du bereit zum Angriff, Bo?‹ keuche ich.
›Angriff?‹ Er klingt ein bißchen verdattert. ›Wo ist denn jetzt schon wieder Krieg?‹
›Wir reden nicht vom Krieg, Rambo-Pambo‹, sage ich. ›Du weißt schon, Angriff. Das ist in der maskulistischen Sprache das Pendant zu Penetration.‹
›Äh, ich denke schon.‹
Ich gebe den vier Helfern ein Zeichen, sich zurückzuziehen, und bedeute der Menge, uns den Weg zum Meer frei zu machen. Dann lasse ich mich langsam auf ihm nieder. Es ist, als hätte ich eine Faust in mir.«
»Dir hat es schon jemand mit der Faust gemacht? Das hast du uns nie erzählt!«
»Halt doch endlich die Klappe, Chantal. Weiter, Helen.« Philippa saß auf Kohlen.
»Ineinander verkeilt, vögeln wir im Rhythmus der Wellen, das heißt, wenn Wellen einen Rhythmus hätten, der immer schneller wird. Schließlich rollen wir zusammen dem Ozean entgegen, und es kommt mir ein letztes Mal, als eine riesige Welle über uns stürzt. Er kommt auch, und dabei ruft er: ›Ich weiß! Ich weiß! Australien ist da, wo sie *Crocodile Dundee* gedreht haben!‹ Ich umarme ihn und keuche: ›Ja, Bo, ja. Oh, ja!‹
Er lächelt immer noch, da erfaßt ihn eine Unterströmung und zieht ihn hinaus ins Meer. Während er zum Abschied winkt, wirft ihm einer der Zuschauer Kleider, Gewehr und Patronengürtel hinterher, und er fängt alles mit der ausgestreckten Hand auf. Bevor er endgültig im Meer verschwindet, ruft er: ›Danke, Helen. Diesen Tag werde ich nie vergessen. Übrigens, wie komme ich wieder nach Hollywood?‹

›Die Richtung stimmt schon, Bo‹, rufe ich. ›Immer gradeaus schwimmen.‹
Die Menge applaudiert und zerstreut sich dann. Ich setze mich am Ufer in den Sand, schlinge die Arme um die Beine und lecke mir das Salz von den Knien.«
Im Raum war es so still, daß man ein Kondompäckchen hätte auf den Boden fallen hören.
»Tja, das war's.« Helen zuckte die Schultern und warf einen Blick in die Runde. Keine ihrer Freundinnen rührte sich oder sagte ein Wort. Sie wirkten wie gefriergetrocknet. Chantal atmete ein bißchen unregelmäßig.
»Ich werde«, sagte Julia nach langem Schweigen, »Andrew Denton nie wieder wie früher sehen können.«

Unterwegs

Liebste Fiona,
wie lebt es sich in Darwin? Geht die Arbeit mit den Aborigine-Frauen gut voran? Laß mich wissen, wenn Dir irgendwas aus Sydney fehlt. Die Cafés in der Victoria Street oder ein Feuerwerk über der Oper kann ich Dir nicht schicken, aber was Dein Herz darüber hinaus begehrt und in ein Paket paßt – schreib es mir.
Es ist ewig her, seit ich mich bei Dir gemeldet habe. Verzeihst Du mir? Ich bin in Arbeit erstickt. Erst die vielen Prüfungskorrekturen und dann die Vorbereitung auf meinen Vortrag ›Bittersüße Schokolade: Food und Femme fatale im gegenwärtigen Kino‹ für die Frauenforschungskonferenz, die letzte Woche in Canberra stattgefunden hat. Wahrscheinlich sollte ich Dir alles über die Konferenz und die Referate erzählen, ich weiß, aber ich muß einfach erst ein kleines Abenteuer loswerden, das mir unterwegs passiert ist.
Es war komisch, denn genau am Abend zuvor hatte ich mit Chantal, Julia und Philippa (von denen ich Dich übrigens ganz herzlich grüßen soll) über erotische Phantasien geredet und zugegeben, daß ich hin und wieder auch mal – so ideologisch fragwürdig das klingen mag – auf einen muskelgestählten Macho Lust habe. Aber ich greife vor.
Findest Du es auch so herrlich, über längere Strecken allein im Auto zu fahren? Ich wette, das ist bei Dir da

oben unumgänglich. Natürlich gibt es zwischendurch Momente, in denen man sich nach Gesellschaft sehnt. Wenn man zum Beispiel an dem Schild mit der Aufschrift ›Verletztes Wild, Tel. XXXX‹ vorbeifährt, möchte man sich einfach jemandem zuwenden und geistreich bemerken: »Wie soll es denn zum Telefon kommen, wenn es verletzt ist?« Aber ich schweife ab.
Am Donnerstag machte ich mich in Canberra auf den Rückweg, bin allerdings etwas später losgekommen als geplant. Kaum war ich unterwegs, hörte ich diese elenden Klopfgeräusche aus dem Motor, und wenig später qualmte es auch schon aus der Haube. Zum Glück war ich kurz vor Goulburn. Ich fuhr die nächste Ausfahrt runter und zuckelte weiter bis zum Big Merino. Du kennst doch das Big Merino – dieses riesige Betonschaf, das auf dem Souvenirladen hockt, die typische Klitsche, wo von Akubra-Hüten über Fliegenklatschen in Landesform massenweise Aussie-Kitsch vertickert wird. Das Schaf hat kleine rote Augen, die im Dunkeln leuchten. (Die Einheimischen behaupten, es hätte früher auch Hoden besessen, die ihm aber jemand abgesägt hätte – ein städtischer, pardon, ländlicher Mythos?) Gleich daneben befinden sich ein Restaurant und eine Tankstelle, die größte in der Umgebung. Ich betete, daß sie noch geöffnet und ein Mechaniker da wäre. Fehlanzeige. Langsam wurde ich panisch. Da ich dachte, das Auto fliegt jeden Augenblick in die Luft, fuhr ich trotzdem auf den Parkplatz.
Es war kaum noch jemand zu sehen. Als ich ankam, verbarrikadierten sie gerade den Souvenirladen für die Nacht, und die letzten Angestellten schlossen ab, stiegen in ihre Autos und fuhren davon. Ich machte die Haube auf und starrte verzweifelt auf den qual-

menden Motor. Weißt Du noch, wie wir uns damals geschworen haben, daß wir alles über unsere Autos lernen wollen, damit uns nie wieder ein Mechaniker einschüchtert und wir die Reparaturen selber übernehmen können? Ich glaube, sehr viel weiter als bis zum Reifenwechseln sind wir nie gekommen. Nun, ich hätte mich in den Hintern treten können, daß ich unseren Vorsatz damals nicht ernst genommen habe. Ich versuchte, einen klaren Kopf zu bewahren. Also, sagte ich mir, das ist der Keilriemen, das der Vergaser, und hier sind die Zündkerzen – ist das nicht zum Heulen? Wahrscheinlich fragst Du Dich, warum ich nicht einfach den Pannendienst angerufen habe. Tja, dafür gibt es keinen logischen Grund. Ich dachte eben nicht daran. Schließlich habe ich den Doktortitel nicht für gesunden Menschenverstand erhalten, sondern für Filmtheorie. Und das sind bekanntlich zwei völlig verschiedene Gebiete. Ich bin sicher, in absehbarer Zeit wäre mir die glorreiche Idee gekommen, dort anzurufen. Aber wie Du gleich sehen wirst, kam mir das Schicksal zuvor.
Ein riesiger Sattelschlepper fuhr auf den Parkplatz und begann mich zu umkreisen. Ganz langsam. Mir schlug das Herz bis zum Hals. Die Parkplatzszene in *Thelma und Louise* schoß mir durch den Kopf, und ich dachte, jetzt gibt's Ärger. Der Fahrer starrte mich die ganze Zeit durch das Fenster in seinem Kabäuschen an. Ich starrte grimmig zurück und versuchte ihm den Eindruck zu vermitteln, daß ich jederzeit meine Knarre zücke.
»Tag«, rief er mir zu. Seine Stimme klang freundlich. »Kleines Problemchen am Auto?«
Ich nickte vorsichtig, noch immer mißtrauisch. Er fragte, ob er helfen könnte, und noch ehe ich mir eine Antwort überlegt hatte, hüpfte er aus dem Führerhaus.

Es war ein warmer Abend. Er trug nur ein T-Shirt und Jeans. Er dürfte um die fünfzig gewesen sein. Als er sich über den Motor beugte, konnte ich einen Blick auf ihn werfen. Ich dachte immer noch auf der Schiene, wie beschreibe ich ihn der Polizei? Sein braungebranntes Gesicht war von tiefen Falten durchzogen. Er hatte wohlgeformte, dicke Brauen, und um seine hübschen blauen Augen breitete sich ein ausdrucksvolles Netz von Lachfalten aus. Sein hellbraunes Haar war mit grauen Strähnen durchsetzt und kurz geschnitten. Wahrscheinlich ein Billigschnitt in irgendeiner Provinzstadt, Du weißt schon. Er machte keinen üblen Eindruck. Allmählich wurde ich etwas lockerer.
Er holte den Werkzeugkasten aus dem Schlepper und machte sich an die Arbeit. Von Zeit zu Zeit sah er zu mir hoch und erklärte mit tiefer, knurriger Stimme und unglaublich breitem Ocker-Akzent, womit er sich gerade beschäftigte. Ich verstand kein Wort.
Dafür fiel mir auf, wie seine harten Armmuskeln bei der Fummelei am Motor auf und ab wippten. Seine Riesenpranken waren voller Schwielen. Um jeden Fingernagel zog sich ein ölig-schwarzer Schmutzrand. Auf den rechten Arm war ein Strauß roter Rosen tätowiert, auf den linken ein orientalischer Drachen in Blau und Gold. Die Arme waren dicht und blond behaart, die Haut von der Sonne gebräunt und sommersprossig. Sein Nacken erinnerte mich an hellbraunes Leder. Um die Taille war er ziemlich massiv, aber das verstärkte seine überaus männlichen Reize nur um so mehr. Unter den Jeans zeichneten sich stramme, kräftige Beine ab.
Da stand ich also, Frau Doktor, Dozentin im Frauenstudiengang, die noble, lautstarke Kritikerin, die selbst dem Großteil der akademisch gebildeten Männer eine

fragwürdige und nach wie vor rückständige Einstellung zu geschlechtsspezifischen Fragen vorwirft, die Möchtegern-Lesbe (wir haben doch sicher schon darüber diskutiert, daß man sich vom harten Kern in feministischen Kreisen nie voll akzeptiert fühlt, wenn man keine erklärte Feministin ist, oder?), eine Frau, die in ihren dreiunddreißig Jahren mit keinem Mann im Bett war, der nicht wenigstens einen Magister vorzuweisen hatte, und siehe da, plötzlich werde ich wie die klassische Maid in großer Not von diesem muskulösen Bär von Mann gerettet – und gleichzeitig mache ich mir seinetwegen total in die Hose.

»Ich bin Ihnen ja so dankbar«, brachte ich schließlich krächzend hervor. Meine Stimme war unerklärlicherweise ganz heiser.

Er grinste. »Nicht der Rede wert.«

»Sehen Sie das?« Er zeigte auf irgendwas neben dem, Du weißt schon, das große hubbelige Ding in der Mitte, wo die Zündkerzen einmünden. »Da lag Ihr Problem. Jetzt ist es behoben.«

»Mmmm«, erwiderte ich nichtssagend. Ich beugte mich ein wenig näher zu ihm und roch seinen würzigen Duft nach Schweiß und Motoröl. Mein Herz hämmerte wie wild. Ich trat unwillkürlich noch etwas dichter an ihn heran, so daß sich unsere Arme berührten, und mir war, als träfe mich buchstäblich ein Stromschlag. Ein unglaublich heftiger Schauer lief mir den Rücken hinunter.

»Kalt?« fragte er, und ein Anflug von Lächeln umspielte seine Lippen.

Und dann, ob Du es glaubst oder nicht – ich kann es selbst noch nicht ganz begreifen –, antwortete ich mit meiner neuen Mae-West-Stimme: »Nein. Mir ist sogar

ziemlich heiß.« Ich schob mich anzüglich an ihn und drückte ihm die Lippen auf seine faltige Nackenwurst. Ich schwöre, Fiona, so was habe ich in meinem ganzen Leben noch nie getan. Ich hatte ja noch nicht mal einen richtigen One-night-Stand!
Und Du weißt, ich habe schon seit Monaten ein Auge auf Sam, diesen echt netten, sensiblen und intelligenten Typen bei den Sinologen. Ich glaube, er könnte sich auch für mich erwärmen, aber die politisch korrekte Atmosphäre auf dem Campus erschwert uns jede Initiative in dieser Richtung enorm. Natürlich hat keiner Angst davor, daß der andere aufspringt und »sexuelle Belästigung« oder so was schreit, schließlich bin ich nicht seine Vorgesetzte, und er ist nicht meiner, wir sind schlicht Kollegen, die nicht mal in der gleichen Abteilung arbeiten, aber das ganze Aufhebens um diese Sache macht uns an der Uni doch alle ein bißchen nervös. Vielleicht liegt es nur an mir. Vielleicht habe ich einfach vergessen, wie man flirtet. Beziehungsweise dachte ich, ich hätte es vergessen.
»Heiliger Strohsack!« gluckste mein Brummi. »Ganz schön heiß, wie?« Er legte das Werkzeug hin. Dann beugte er sich zu mir und küßte mich, und zwar nicht auf die zögerliche, sanfte Tour, zu der die Magister- und Doktorträger immer tendieren, sondern mit einer Art grober Gier, die mir, nun ja, nach allem bereits Gesagten kann ich das auch noch zugeben, ausnehmend gut gefiel. Er packte meine Brust und quetschte meinen Nippel ganz fest, durch die Bluse hindurch. Auf der Straße rauschten die Autos vorbei. Wir standen im Schutz der noch immer aufgeklappten Motorhaube. Aber als jemand zum Wenden auf den Parkplatz fuhr, fanden wir uns plötzlich in strahlendes Scheinwerfer-

licht getaucht und hüpften ein bißchen befangen auseinander.
Nach einem kurzen Blick über das Gelände sagte er: »Komm«, nahm meine Hand und führte mich hinter das Riesenschaf. Dort standen einige Picknicktische. Er setzte sich auf eine Bank und zog mich auf seinen Schoß. Nachdem er eine Weile vergeblich an den Knöpfen meiner Bluse gefummelt hatte, riß er sie einfach auf. Er grapschte sich meine Brüste aus dem BH, rieb sie und quetschte mir die Nippel. Ich warf den Kopf zurück und schloß die Augen. Er knabberte, saugte und biß manchmal so fest zu, daß es weh tat, doch auch das gefiel mir, diese wilde Intensität von allem. Inzwischen saß ich rittlings auf ihm, mein Rock war hoch über die Hüften gerutscht, und er knetete mir mit seinen kräftigen Händen den Hintern. (Du solltest die Fett- und Ölflecken auf der Bluse und dem Rock sehen – die reinsten Fingerabdrücke! Und an der Bluse fehlt die Hälfte aller Knöpfe. Schon komisch, aber ich hatte erst vor einigen Tagen daran gedacht, die alten Klamotten auszusortieren und mir ein paar neue Stücke zu kaufen. Jetzt bleibt mir gar nichts anderes übrig!) Ich spürte, wie sein steifer Schwanz gegen die Jeans drückte, und rutschte darauf hoch und runter.
Findest Du das zu pornographisch? Bist Du schockiert? Aber an dieser Stelle kann ich wohl schlecht abbrechen, oder? Im übrigen, falls meine Zeilen pornographisch sind, wären sie dann Deiner Ansicht nach ein Beweis oder ein Gegenbeweis für Robin Morgans These? (Du erinnerst Dich: Wenn Vergewaltigung die Praxis ist, dann ist Pornographie die Theorie.) Was passiert, wenn wir Frauen Pornographie schreiben? Können wir uns selbst vergewaltigen? In letzter Zeit habe ich oft über

dieses Thema nachgedacht. Erst neulich hat uns Philippa eine ihrer erotischen Geschichten vorgelesen und mich nach dem letzten Stand in der Pornographie-Diskussion gefragt. Ich persönlich habe den Unterschied zwischen erotischer Literatur und Pornographie nie ganz kapiert, Du etwa? Ich meine, sind Erotika lediglich literarisch ambitionierte Werke? Oder ist ein Text pornographisch, wenn ein Mann ihn schreibt, aber erotisch, wenn eine Frau ihn verfaßt?
Jedenfalls saßen wir da auf der Bank und aalten uns in Lust. Ich fand seinen herben Geruch wirklich unwiderstehlich. Wahrscheinlich werde ich nach diesem Ausrutscher keinesfalls auf Intellektuelle verzichten, aber sie neigen zu der schlechten Angewohnheit, erst zu duschen, bevor sie mit dir ins Bett gehen, und das werde ich in Zukunft einfach strikt unterbinden.
Er nahm meine Hand und legte sie zwischen seine Schenkel. Dann schnallte er den Gürtel auf, öffnete den Reißverschluß und beförderte meine Hand direkt in seine Unterhose. Sein harter Schwanz fühlte sich heiß an, und ich schwöre, ich habe sogar gespürt, wie die Adern pulsierten. Er schlängelte sich ein bißchen hin und her, damit ich ihm die Hose samt Unterhose runterziehen konnte, bat mich, einen Augenblick zu warten, und schlang sich meine Beine um den Rücken (die Arme hatte ich ihm bereits um den Hals gelegt). Dann stand er auf und trug mich humpelnd (die Hose war ihm auf die Knöchel gerutscht) zu der hinteren Wand des Souvenirladens – seine Zunge bohrte die ganze Zeit in meinem Mund weiter.
Als ich mich an seinem Körper abwärts wieder auf die eigenen Füße gleiten ließ, hörte ich plötzlich Musik. Du kennst doch die Bänder, die sie immer in Souvenirläden

spielen? Lieder vom Busch und diese Art von Gesumse. Offenbar hatten die Angestellten beim Abschließen vergessen, das Band abzuschalten. Jedenfalls legte er mir jetzt eine seiner Riesenpranken hinten an den Kopf, drückte mich auf die Knie und preßte meinen Mund auf seine Wahnsinnslatte (die garantiert größte Ausführung, die ich je gesehen habe!). Dann neigte er sich zur Seite, und ich hörte deutlich, wie Leder über Stoff streifte - er zog den Gürtel aus seiner Hose. Er beugte sich über mich, ohne den Schwanz aus meinem Mund zu lösen, zog mir die Hände mit einem Ruck auf den Rücken und fesselte sie mit dem Gürtel. Ich spürte, wie er ihn mir ganz locker umband, und ich bin ziemlich sicher, ich hätte die Hände jederzeit herausziehen können. Die Situation war beängstigend und erregend zugleich. Jetzt bestimmte er den Rhythmus, indem er mir mit beiden Händen sanft auf den Kopf drückte. Wir ließen uns beide vom seichten Muzak aus dem Laden einlullen, so daß ich ihm letztendlich zu den Takten von *Waltzing Matilda* den Schwanz leckte. Nach einer Ewigkeit - was hoffentlich nicht so klingt, als würde ich mich beklagen, denn ich genoß jede Sekunde in vollen Zügen - spürte ich, wie sich seine Eier allmählich spannten. Er stöhnte. Dann schob er meinen Kopf von seinem Knubbel weg, band den Gürtel wieder los und half mir auf die Füße. Meine Knie waren wund vom Schotter und die Strümpfe in Fetzen, aber das war mir egal.
Er drückte mich gegen den schmalen Mauerstreifen zwischen den Fenstern, so fest, daß sich mir der rauhe Putz in den Rücken bohrte. Er sank auf die Knie, riß mir die zerrissene Strumpfhose samt Slip runter, und, nun ja, er gab, was er bekommen hatte. Ich entsinne mich noch an einen merkwürdig präzisen Gedanken,

und zwar, daß ich direkt über mir, wo sich eigentlich der Arsch des Schafs hätte befinden müssen, ein rundes Fenster entdeckte. Sonst ist mir nicht mehr viel in Erinnerung, außer daß er mich sofort zum Kommen brachte, und gleich danach noch ein zweites Mal, und daß mir fast die Beine versagten, als er fertig war.
Mit einem frechen Grinsen im Gesicht stand er auf, wischte sich mit dem Handrücken über Mund und Kinn und sagte: »Ich hab ja was übrig für nasse Frauen.« Er holte ein Kondom aus seiner Brieftasche und gab es mir. Mir zitterten die Hände, und ich konnte das kleine Päckchen kaum aufreißen. Dann wußte ich nicht, was oben und unten war. Findest Du das nicht auch schrecklich? Du willst das Ding aufrollen, aber es geht nicht, denn die Zitze zeigt nach innen, und das Ganze ist verkehrt herum gestülpt? Am Ende gelang es mir doch. Es ist unglaublich – und ich übertreibe kein bißchen –, aber sein Schwanz war so dick, daß ich das Kondom tatsächlich nicht drüberrollen konnte. Er mußte mir zeigen, wie ich es erst mit den Fingern ausdehnen muß, um es, solchermaßen präpariert, überzustreifen. Im nächsten Moment wirbelte er mich herum, mit dem Rücken zu ihm, und schob mich an der Mauer hoch. Nebenbei nahm ich mir vor, demnächst – zu einem späteren, günstigeren Zeitpunkt – gründlich in mich zu gehen, um herauszufinden, warum ich diese grobe, dominierende Art von Sex als so erregend empfand. Ideologisch betrachtet, ist das wirklich bedenklich. Aber so war es eben. Erregend, meine ich. Mittlerweile stand ich vornüber gebeugt – Arsch oben, Kopf unten, die Hände als Stütze flach an die Glasscheibe gedrückt. Aus dem Laden tönte gerade das Lied »The Road to Gundagai«, als er mit den Händen meine Hüfte

packte und mit kraftvollen, perfekt auf die Musik abgestimmten Stößen in mich eindrang. Es war ein qualvolles und gleichzeitig herrliches Gefühl, wie dieser Riesenstab in mich hineinglitt und mich ausfüllte. Als er richtig loslegte, kam ich erneut zum Orgasmus und starrte dabei durch die Scheibe auf Reihen von ausgestopften Koalabären, die kleine australische Flaggen schwenkten. Ihm kam es auch mit einem lauten tierischen Stöhnen. Hinterher standen wir eine Weile erschöpft da, seine Arme lagen nun wieder um meine Taille, und sein heißes, verschwitztes Stoppelkinn ruhte auf meinem Genick. Dann richteten wir uns auf, brachten unsere Kleider wieder in Ordnung und spazierten Arm in Arm zu unseren Fahrzeugen zurück.
Ich konnte kaum gehen.
Er nahm die Werkzeugkiste vom Motor, machte die Haube zu und sagte: »Den dürften Sie jetzt wieder problemlos in Gang kriegen.« Wenn ich in Sydney wäre, fügte er hinzu, sollte ich den Wagen von einem Mechaniker überholen lassen, und er würde jetzt noch warten, bis ich sicher auf der Straße wäre.
»Übrigens«, sagte er in einem beinahe väterlichen Ton, »Sie sollten sich nicht so ohne weiteres von wildfremden Männern fesseln lassen. Das hat mich schockiert. Jemand könnte Ihnen dabei wirklich weh tun, verstehen Sie.«
Noch immer etwas wacklig auf den Beinen, dankte ich ihm für alles, inklusive dem guten Rat, und stieg ins Auto. Der Motor schnurrte so leise und friedlich wie ich. Ich winkte zum Abschied und fuhr auf die Straße. Und das war's dann! Wir haben uns nicht mal nach dem Namen gefragt. Die Beinmuskeln tun mir heute noch weh, diverse andere Stellen sind etwas empfind-

lich, und sämtliche Kleider, die ich an dem Tag anhatte, sind hinüber (ich hielt an einer anderen Tankstelle in der Nähe von Mittagong, um mich umzuziehen), daher weiß ich, daß es nicht bloß eine Halluzination war. Außerdem besitze ich noch die Kondomverpackung (Marke Wide Load, »mit maximalem Fassungsvermögen«). Ich hatte sie extra aufgehoben, bevor wir zum Parkplatz zurückgingen.
Es würde mich interessieren, was Sam von der Sache hält. Natürlich wird er nie was davon erfahren, aber ich wüßte einfach zu gern, ob ihn die Vorstellung anmacht oder abstößt. Ein Teil von mir wünscht sich eine positive Reaktion seinerseits, dem anderen Teil dagegen (wahrscheinlich die gute Katholikin in mir) wäre ein entsetzter Sam lieber. Als ob das irgendwie die Garantie dafür wäre, daß er einer höheren Gattung Mensch angehört, die zu mehr Zuneigung und Engagement fähig ist. Ich glaube, langsam komme ich mit meiner inneren Heidin in Kontakt. Ich muß mal wieder Camille Paglia lesen.
Eigentlich hatte ich fest vor, Dir alles über die Konferenz zu erzählen, aber das verschiebe ich vielleicht doch auf den nächsten Brief.
Schreib mir bitte, was sich bei Dir getan hat. Du bist mir jetzt ein Abenteuer schuldig.

Alles Liebe,
Helen

PS: Bitte, bitte, tu mir den Gefallen und erwähne diesen Brief gegenüber keiner Menschenseele. Wie Du weißt, bin ich eigentlich nicht der Typ für den Beichtstuhl. Aber gewöhnlich gibt es bei mir ja auch nicht viel zu beichten.

Helen drückte die Taste CONTROL P, und der Laserdrucker des Fachbereichs surrte los. Sie warf einen Blick auf ihre Armbanduhr. Es ging auf den Abend zu, und sie war mit Julia zum Essen verabredet. Davor wollte sie noch nach Hause und sich umziehen. Aber sie hatte noch genügend Zeit, um ein paar Dinge im Büro zu erledigen. Flink tippte sie zwei Briefe an Unikolleginnen - die eine lehrte an der ANU in Canberra, die andere an der Uni in Melbourne - und bat beide um Kopien der Vorträge, die sie während der Konferenz gehalten hatten. Anschließend setzte sie ein Begleitschreiben auf, das sie mit der Kopie ihres eigenen Vortrags an ein angesehenes Frauenforschungsjournal in den Vereinigten Staaten schicken wollte, und druckte alles aus. Sie ging zum Fotokopierer, zog einige Kopien von einem Artikel, der ihrer Ansicht für ihre Kolleginnen interessant sein könnte, und machte schließlich noch ein paar Abzüge von ihren eigenen Ergüssen. Dann setzte sie sich wieder hin und schrieb einen kurzen Brief an ihre Eltern, die in Perth lebten.

Liebe Mum, lieber Dad,
ich hoffe, es geht Euch beiden gut. Ich bin so froh, daß Dad wieder auf dem Damm ist. Bei Herzleiden kann man gar nicht vorsichtig genug sein. Vergeßt nicht, was der Arzt gesagt hat - kein Streß, keine unnötige Aufregung.
Entschuldigt, daß ich mich so lange nicht gemeldet habe. Letzte Woche habe ich in Canberra einen Vortrag über den Zusammenhang zwischen Essen, Frauen und Film gehalten. Er hat eine ziemliche Diskussion ausgelöst und war, so gesehen, also ein Erfolg. Ich habe ihn eben noch einmal überarbeitet (zum Teil auf der

Grundlage der während der Konferenz geäußerten Kommentare) und will ihn jetzt einem Fachblatt in den Staaten zur Veröffentlichung vorlegen.
Ansonsten gibt es nicht viel Aufregendes von mir zu berichten. Die Mädels sehe ich natürlich relativ oft. Ich soll Dad von allen ganz herzlich grüßen und ausrichten, daß sie sich über seine Genesung freuen. Julia fährt im Januar zu einem dreiwöchigen Kulturaustausch nach China. Sie ist schon ganz aufgeregt.
Ich lege Euch die Kopien von meinem Vortrag an der ANU bei. Laßt mich wissen, wie Ihr ihn findet. Ich melde mich bald wieder. Macht's gut.

In Liebe,
Hellie

Helen schob die Blätter auf dem Laserdrucker auf einen Stapel und sah wieder auf die Uhr. Verdammt! Wenn sie jetzt nicht einen Zacken zulegte, kam sie zu spät. Sie schloß die Dateien, speicherte die arbeitsbezogenen ab und zog die restlichen zum Papierkorb in der rechten unteren Bildschirmecke. Dann gab sie den Befehl zum Leeren. Während sie den Computer ausschaltete, suchte sie in der Schreibtischschublade DIN-A-4-Umschläge mit Universitätsaufdruck. Hastig versah sie jeden mit Adresse, steckte die Briefe, zusammen mit den Kopien, hinein und warf die ziemlich dicken Umschläge gesammelt in den Sack für ausgehende Post. Nach einem eiligen Abstecher zur Toilette ging sie noch einmal in ihr Zimmer, um die Tasche zu holen, knipste das Licht aus, schloß die Tür ab und machte sich hastig auf den Weg. Kurz vor dem Ausgang drehte sie wieder um. Sie rannte zum Postsack zurück, durchwühlte den Inhalt und holte den Brief an Fiona wieder heraus. Vielleicht, dachte sie, sollte ich mir den noch mal gründlich durchlesen, bevor ich ihn abschicke. Vielleicht, dachte sie weiter, schicke ich ihn überhaupt nicht ab.

Helen kam mit zehn Minuten Verspätung in das neue thailändische Restaurant, in dem sie Julia treffen wollte, doch die war noch gar nicht da. Chantal hatte ihnen den Laden empfohlen, denn das schicke Interieur war vor kurzem in *Pulse* vorgestellt worden. Helen vertrieb sich die Wartezeit mit dem Studium der Wände, deren Bemalung die äußere Fassade eines zerfallenden Hauses mitsamt Graffiti zeigte; sie starrte auf den gefährlich schiefen und überdimensionalen Kronleuchter, der die offene Küche beleuchtete, in der hektische Köche farbenprächtige Gerichte in flammenspuckende Woks warfen, und suchte dabei, hin und her rutschend, eine bequeme Stellung auf dem ästhetisch tadellosen, ergonomisch jedoch unmöglichen Stuhl. Julia platzte etwa fünf Minuten nach Helen durch die Tür, stellte schwungvoll ihre Tasche neben den Tisch auf den Boden und entschuldigte sich für die Verspätung.

Die Kellner waren die Crème de la crème der schwulen thailändischen Bodybuilder-Szene. Einer scharwenzelte an ihren Tisch. Der elegante Schwung, mit dem er ihnen die Speisekarte überreichte, hätte selbst am Hofe von Ludwig XIV. Beifall gefunden.

»Kein Wunder, daß sich Chantal hier wohlfühlt«, kicherte Julia, nachdem der Kellner die Getränkebestellung aufgenommen hatte. »Der reinste Schwulenhimmel.«

Während der Vorspeise – dicke Päckchen aus Bananenblättern, gefüllt mit klitzekleinen Hühnchenstükken – erzählte Julia, sie hätte beschlossen, ihren kürzlichen Gefühlsausbruch in Form einer Fotoserie zum Thema PMS kreativ aufzuarbeiten. Sie diskutierten darüber, welche Art von Bildern die Gefühle weiblicher Wut und Verzweiflung am ehesten widerspiegeln und gleichzeitig die Absurdität vermitteln könnten, wie es ist, Sklavin der eigenen Hormone zu sein, ohne dabei Frauen in irgendeiner Weise zu erniedrigen oder auch nur anzudeuten, daß sie – die Frauen – eben doch ihrem Hormonhaushalt gnadenlos ausgeliefert sind.

Als die Hauptgerichte kamen – Hühnchen mit Cashewnüssen, kurz angebratenes Rindfleisch in Kokosmilchsauce und grünes Gemüsecurry –, kämpfte Helen mit sich, ob sie Julia von ihrer Begegnung der anderen hormonellen Art berichten sollte. Doch Julia kam ihr zuvor und erzählte ihr vertraulich, daß sich der junge Typ, mit dem sie vor kurzem ausgegangen war, als etwas ganz Besonderes entpuppte. Zweimal hätten sie sich seit dem Abend gesehen, sagte sie, und im Bett liefe es sagenhaft.

»Klingt für mich ganz nach Beziehung«, meinte Helen.

»Nein, so weit würde ich nicht gehen«, antwortete Julia. »Beziehungsweise ich schon, nur bei ihm bin ich mir da nicht so sicher. Er ist noch sehr jung und läßt sich nicht gern festlegen. Er mag nicht mal mehr als drei Tage im voraus planen. Was soll's. Er ist ein Superbabe. Und schließlich leben wir in den neunziger Jahren. Ich bin froh, daß ich überhaupt einen Mann gefunden habe, der noch Sex will. Du weißt doch, die Spermienproduktion sinkt überall in der Welt. Das ist ein echtes Problem.«

»Die zunehmende Enthaltsamkeit wird auch oft der Angst davor zugeschrieben, daß man sich beim Sex Aids einfangen könnte«, sagte Helen. »Ich persönlich glaube, da steckt auch die Angst dahinter, man könnte sich eine Beziehung einfangen. Meiner Ansicht nach sehen viele Leute, und Männer ganz besonders, eine Beziehung als ebenso tödlichen Zustand. Aber zurück zu deinem Traumtyp. Er scheint toll zu sein. Und der Altersunterschied stört ihn gar nicht?«

»Sieht ganz so aus«, antwortete Julia. Die *Boulevard-der-Dämmerung*-Episode hatte sie wohlweislich zu erwähnen vergessen. Immerhin hatte er ja das Altersthema auf sich beruhen lassen, nachdem sie ihm wegen seiner ständigen Norma-Desmond-Witze die Leviten gelesen hatte.

»Super«, freute Helen sich. Julia erkundigte sich, ob sich an ihrem Liebeshorizont ein Lichtblick abzeichnete und wie sich die Sache mit Sam entwickelte.

»Ach, da entwickelt sich eigentlich nichts. Ich weiß nicht.«

»Ich glaube, du solltest die Sache selbst in die Hand nehmen, Hellie. Geh ihm an die Wäsche.«

»Das funktioniert nicht, Jules. Nicht bei Sam. Wenn überhaupt was daraus wird, dann so eine Beziehung, die wie ein Risotto lange köcheln muß und zwischendurch immer nur einen Spritzer emotionaler Instantbrühe braucht.«

»Ich war vermutlich schon immer eher ein Fast-Food-Mädchen«, kicherte Julia. »Aber irgendwann mußt du mir dein Risottorezept mal geben.«

Ein junger Managertyp im Armani-Anzug und mit goldenem Ring im Ohr betrat das Restaurant. Er blieb am Eingang stehen und begutachtete die Szene. Nachdem er zu seiner Zufriedenheit von allen Gästen zur Kenntnis genommen worden war, setzte er sich an den Tisch neben Julia und Helen und holte sein Handy aus der Tasche. Er nahm es aus der Tigerimitathülle, tippte eine

Nummer ein und gab wem auch immer am anderen Ende die lautstarke Instruktion, ihm das Angebot per E-Mail zu schicken. Dann legte er das Telefon auf den Tisch, streckte seine nadelgestreiften Beine arrogant in Richtung der beiden Frauen und fuhr sich mit den Fingern durch die pferdeschwanzlangen, nach hinten geölten Haare.

»Wichser«, flüsterte Julia.

Helen verdrehte zustimmend die Augen.

Der Mann schnippte mit den Fingern nach dem Kellner.

»Wie unverschämt«, bemerkte Helen mit unterdrückter Stimme. Der gutaussehende Kellner war eindeutig derselben Meinung. Er trat zu dem Mann an den Tisch, warf den Kopf in den Nacken, bis er ihn buchstäblich von oben herab anblickte, und fauchte: »Um mich zum Kommen zu bewegen, braucht es mehr als zwei Finger.« Damit machte er auf dem Absatz kehrt und stolzierte zurück in die Küche.

Julia und Helen kugelten sich vor Lachen. Der Mann, inzwischen rot wie eine Chilischote, schob den Jackenärmel hoch, um auf die Uhr zu sehen, schüttelte ungläubig den Kopf, als warte er nun schon ewig auf jemanden, der sich einfach nicht blicken läßt, stand auf und marschierte hinaus.

Helen beschloß, ihr Abenteuer in Goulburn vorläufig für sich zu behalten. Es war ohnehin schon ziemlich spät. Sie hatte am nächsten Morgen in aller Frühe ein Seminar und mußte sich noch darauf vorbereiten. Außerdem beschlichen sie jetzt, da der Brief geschrieben war, doch erste Zweifel. Die analytische Abteilung ihres Gehirns, der Part, der sich die Haare zum strengen Knoten feststeckte und züchtige Kostüme mit schwarzgerahmten

Brillen ergänzte, meldete sich aus dem Urlaub zurück und war entsetzt über das Chaos auf ihrem Schreibtisch. Frau Analyse nahm Helen gnadenlos ins Kreuzverhör: Wie konnte sie sich nur auf derart unverfroren unterwürfigen Sex einlassen, und das auch noch mit einem wildfremden Kerl? Was in aller Welt hatte sie sich dabei gedacht? Und wie grob er sie behandelt hatte! Aber sie hatte sich dabei amüsiert und die Situation sogar noch forciert. Doch es gab noch eine zweite Stimme in Helens Kopf. Sie gehörte zu der Mieze mit den ellenlangen Beinen, die in großkotziger Haltung im Supermini auf ebendiesem Schreibtisch saß, Zitronen-Stolis runterspülte und dafür sorgte, daß der Aschenbecher vor Zigarettenkippen überquoll. Helen hat bei der Aktion tatsächlich die Regie übernommen, erklärte sie Frau Analyse, aber der harte Sex war für beide Akteure nur ein erregendes Spiel. Das Ganze beruhte auf gegenseitigem Einverständnis, und niemand wurde verletzt. Und die beiden waren vorsichtig – sie haben ein Kondom benutzt. Wo also liegt dein Problem? Langbein blies Analyse Rauch ins Gesicht. Das Ergebnis war Folgendes: Helen fühlte sich noch nicht imstande, über ihre Parkplatzaffäre zu reden. Den Brief würde sie gar nicht abschicken. Spätestens morgen würde sie Fiona einen neuen schreiben und sich darin auf die Konferenz beschränken.

»Möchtest du noch einen Kaffee oder wollen wir zahlen?« Julia schaute kurz auf ihre Swatch.

»Nein, keinen Kaffee«, erwiderte Helen. »Morgen liegt ein harter Tag vor mir. Ich sollte mich langsam auf den Weg machen.«

»Ich auch.«

Am folgenden Nachmittag stieg Helen nach der Uni aus der U-Bahn und hetzte durch den deprimierenden Dreck in Kings Cross zu ihrer sauberen Wohnung in der Bayswater Road. In der Küche warf sie ihre Tasche und die von unten aus dem Briefkasten mitgebrachte Post auf die Anrichte und setzte den Wasserkessel auf. Dann holte sie eine Dose frisch gemahlenen Kaffees aus dem Kühlschrank und schnupperte ausgiebig das wohlriechende Aroma, bevor sie ein paar Löffelvoll in die Kanne gab.

Das Telefon klingelte. Marc war dran, der Student mit den pistaziengrünen Schwänzchen. Er hatte eine Frage zur Abschlußarbeit für das Seminar. Seine Stimme löste in Helen die Erinnerung an den Tag aus, als er die ominöse Bemerkung über den *Mythos Schönheit* von sich gegeben hatte, und ihre Reaktion darauf. Wäre sie nicht so zerstreut gewesen, dann hätte sie vielleicht bemerkt, daß seine jetzige Frage verdächtig nach Ausrede klang und er eigentlich nur mit ihr plaudern wollte. Sie balancierte den Hörer auf der Schulter und machte zwischendurch Kaffee. Erst als er sagte: »Helen, ich finde, Sie sind eine echt coole Lehrerin«, und dann ziemlich schnell den Hörer auflegte, dämmerte ihr, daß in seinen Worten ein subversiver Subtext – wie es in wissenschaftlichen Filmstudien immer so schön hieß – mitgeschwungen haben könnte.

Sie schob den Gedanken im Kopf weit nach hinten und setzte sich hin, um die Post zu öffnen. Nichts Weltbewegendes: eine Telefonrechnung, ein Katalog von DJs, ein Brief von ihren Eltern und eine Postkarte von Fiona aus Darwin. Letztere erinnerte sie an ihren eigenen Brief, den sie nun aus der Tasche fischte. Sie riß den Umschlag auf. Dieses Schreiben würde höchstens als diskrete Ablage in ihre Schreibtischschublade wandern. Was sie jedoch vor sich sah, trieb ihr das Blut aus dem Gesicht. Ihr Herzschlag setzte für eine Sekunde aus. Sie ließ den Brief zu Boden fallen, schlug die Hände vor den Mund, der hinter den ausgestreckten Fingern zu einem großen O erstarrt war. Sie untersuchte den Umschlag ein zweites Mal. Ja, eindeutig an Fiona in Darwin adressiert. Doch der Brief in dem Umschlag begann so:

Liebe Bronwyn,
es war schön, Dich in Canberra wiederzusehen und den letzten Stand Deiner Arbeit kennenzulernen. Besonders faszinierend fand ich Deine These über die Valorisation der Geschlechtsidentität im gegenwärtigen Tanztheater der Aborigines ...

Der fünfte Schal

Die Frau im roten Korsett streift langsam die ellenbogenlangen schwarzen Glacéhandschuhe über. Ihre dunkle Mähne ergießt sich wie warme Schokolade über die vanilleweißen Schulterrundungen. Das Korsett schiebt ihre Brüste hoch und entblößt sie fast bis zu den Nippeln. Sie vollführt eine kokette Drehung in ihrem rüschenbesetzten Tutu, beugt sich in der Taille nach vorn und betrachtet sich in dem Spiegel, der leicht abgestützt am Boden liegt. Sie nimmt den himbeerroten Lippenstift und zieht sich gekonnt die Lippen nach. Sie weiß genau, wie vorteilhaft ihr fester runder Hintern zur Geltung kommt. Rote Strapse linieren das makellose weiße Fleisch, und hauchdünne Strümpfe umschließen die blasse Fülle ihrer Schenkel. Die Stilettos verlängern ihre Beine um einiges und erhöhen den dramatischen Effekt. Der schwarze G-String aus Spitze bedeckt ihr Geschlecht nur dürftig. Sie spreizt die Beine noch ein wenig, senkt den Kopf und blickt durch die Beine nach hinten. Ihr Haar hängt wie ein glänzender Vorhang zu Boden. Ja. Genau das hatte sie erwartet. Die riesigen grünen Augen mit dem dikken Wimpernsaum kleben an ihr, als wollten sie sagen: Komm zu mir, nimm mich in die Arme, spiel mit mir und fick mich auf der Stelle.

Du mußt mich anflehen, Schätzchen. Das würde mir gefallen.

Eine weiße Spitzengardine flattert in der kühlen Brise, die aus den Bergen herüberweht. Die seidenen Fransen am Lampenschirm zittern im Luftzug. Der gedämpft rote Lampenschirm ist viktorianisches Zeitalter pur, wie alles in diesem geschichtsträchtigen Raum. Es ist erst früher Nachmittag, doch hier scheint ewiges Dämmerlicht zu herrschen. Die dicht bewaldeten Hänge vor dem Fenster leuchten in zartem Eukalyptusblau. Schräge Lichtstrahlen treiben sinnliche Spielchen mit den Mustern der spitzenbesetzten Tagesdecke und wärmen die fadenscheinigen Farben der vereinzelten Webbrücken auf dem Holzfußboden. In dem kleinen Kamin brennt ein knisterndes Feuer, und die Flammen werfen noch mehr wirre Licht- und Schattengitter auf die Szenerie.
Moment mal. Wenn es kalt genug ist, um zu heizen, dann ist es auch zu kalt, um das Fenster zu öffnen. Entweder das eine oder das andere. Nehmen wir das Feuer. Vergessen wir die Brise.
Sie richtet sich wieder auf und überprüft das Feuer. Mit einem Schürhaken stochert sie sanft in den Holzscheiten; unter ihrer präzisen Berührung schlagen die Flammen in leidenschaftlichem Eifer in die Höhe. Sie bemüht sich, ihre Emotionen zu verbergen, und wendet den Blick der nackten Sklavin auf dem Bett zu. Die liegt nun schon eine ganze Weile da und war bisher auch sehr brav. Sie mußte nicht mal geknebelt werden.
Langsam stolziert sie hinüber zum Bett, spreizt dem willigen, großäugigen Wesen die Arme und Beine und bindet ihm die wunderschönen Hände und perfekten Füße mit Seidenschals an die Bettpfosten. Als sie der Sklavin eine behandschuhte Hand auf den Spann legt, stellt sie mit Befriedigung fest, wie deren ganzer Körper hochhüpft, als hätte man ihm einen Stromschlag

versetzt. Dann läßt sie ihre Hand ein Stück höher wandern, legt ihre Finger um den Knöchel der Sklavin und senkt ihre Lippen auf deren großen Zeh, der vom Baden noch immer schwach nach Ylang-Ylang und Sandelholzöl riecht. Sie leckt den Zeh mit der Zungenspitze, steckt ihn irgendwann in den Mund und lutscht daran. Dann verteilt sie eine Serie von Küßchen über den Fuß und weiter beinaufwärts, bis ihr Kopf am Knie verweilt. Ihre rechte Hand liegt lässig auf dem Bauch der Sklavin; mit der linken zeichnet sie ihr schnörkelige Muster auf die Innenseite des gegenüberliegenden Schenkels. Ein Zug donnert vorbei. Sie spürt die Vibrationen der Wände und des Fußbodens durch das Bettgestell und das warme, samtige Bein ihrer Sklavin.

Jetzt drückt sie ihr die Lippen auf die Schenkelinnenseite und zieht eine Zeitlang ganz fest an der zarten Haut. Sie zwickt sie zwischen den Zähnen und saugt das Blut knapp unter die Oberfläche, wo es in Form eines Knutschflecks zurückbleibt. Die Sklavin stöhnt. Die Herrin hebt den Kopf und sieht sie streng an. »Hab ich dir erlaubt, einen Ton von dir zu geben?«

»Nein, Herrin«, haucht sie.

»Braves Mädchen«, sagt sie und streichelt die Sklavin zärtlich von der Zehenspitze hinauf zu ihrem Geschlecht, an dem, wie die Herrin zufrieden feststellt, bereits erste Tautropfen glitzern. Sie wühlt ein bißchen in den Schamhaaren der Sklavin. Dann richtet sie sich auf und betrachtet aufmerksam ihre Domäne.

Philippa starrt die Worte vor sich an. Sie steht wieder auf und geht nachdenklich hinüber zum Bett. Dort umklammert sie einen der Bettpfosten, lehnt sich dagegen, überlegt. Das Bett knarrt. »Psst«, sagt sie. »Ich muß nachdenken.«

Wie sehne ich mich nach ihrer Berührung! Ich hätte es wissen müssen. Übertriebene Gier zahlt sich nie aus, wenn man die passive Rolle spielt. Ich werfe einen kurzen Blick auf sie. Sie schüttelt mißbilligend den Kopf und erinnert mich daran, daß ich sie nicht ohne Erlaubnis ansehen darf. Ich bin ein ungezogenes Mädchen, und dafür werde ich jetzt bestraft. Ich höre, wie ihre Stöckelabsätze hart auf dem Fußboden klicken, und mein Herz schlägt schneller. Aber ich widerstehe der Versuchung nachzusehen, wo sie hingeht. Ein Schloß wird geöffnet, das Geräusch ist unverkennbar. Ich weiß genau, was nun kommt. Ich stiere auf den Stuck an der Decke. Meine Augen jagen wie besessen über das komplizierte Gewirr aus Gipsrosen und Rankenwerk. Ich bemühe mich, ganz ruhig zu bleiben. Im Kamin explodiert ein Scheit, und vor dem Fenster ruft ein Kind seine Mutter. In der Ferne hängt ein kalter und frostblauer Himmel über den Blue Mountains, das weiß ich genau. Der Wind peitscht durch die Gummibäume. Das Kind ist wahrscheinlich in einen dicken Wollpullover eingemummelt, darüber ein Anorak, und die Kordel der Kapuze sind unter dem noch immer mit Babyspeck gepolsterten Kinn zum Knoten gebunden. Die Patschhändchen stecken in Fäustlingen, von Oma gestrickt. Es hat rosige Bäckchen und in der Tasche ein vergessenes Stück Schokolade, das später im Haus schmelzen und dazu führen wird, daß ihm die Mutter, wenn sie die Bescherung entdeckt, einen Klaps auf den Po gibt. Und zwar einen ziemlich kräftigen, stelle ich mir vor! Einen ordentlichen Klaps fände ich jetzt auch nicht schlecht. Ich höre, wie sie ans Fenster tritt. Sie muß das Kind ebenfalls bemerkt haben. Endlich kommt sie wieder zu mir ans Bett. Ich kann es mir nicht verkneifen, einen Blick auf sie zu werfen. Sie ist ein Traum in Rot und Schwarz. Ihre verlockenden Formen wölben sich leicht über den Spitzenbesatz ihres Mieders, und ihre wunderschönen Brüste bilden zwei Hügel, geheimnisvoll wie die sinnlichen Bergspitzen, die sich um diese Stadt erheben. Wie gern würde ich diese Brüste anbeten. Ob sie mir das erlaubt?

Sie runzelt erneut die Stirn und kippt eine Handvoll winziger Instrumente neben mir aufs Bett. Mit einem leisen metallischen Raunen landen sie auf der Decke. Jetzt greift sie nach hinten, zum Nachtkästchen, und hält plötzlich einen Schal in beiden Händen, der sich meinen Augen nähert. Bitte nicht! Ich will dich sehen, will dich mit meinen Augen verschlingen. Ohhh! Jetzt bin ich in Dunkelheit gehüllt. Ich mache die Augen zu und ergebe mich in mein Schicksal. Jeder Nerv in meinem Körper zuckt und bebt.

Und Chantal konnte sich nicht vorstellen, wozu der fünfte Schal gut sein soll! Dummerchen.

Wenn sie sich bewegt, höre ich, wie das Fischbein in ihrem Korsett schabt und das Tutu raschelt. Was hat sie vor?

Fischbein kann es ja wohl kaum sein, oder? Darüber würden sich die Leute doch furchtbar aufregen. Sofern es sich natürlich nicht um ein sehr altes Korsett handelt, für das dann kein neuer Wal getötet werden mußte. Ich glaube, man nennt das heute auch noch Fischbein, obwohl es gar kein echtes ist. Die Dinger sind aus Plastik. Vielleicht sollte ich sie einfach sagen lassen, sie hört die Stäbe in ihrem Korsett schaben. Es sind doch eigentlich elastische Stäbe aus Plastik, oder? Diese Frage sollte ich noch mal mit Chantal abklären. Stäbe. Klingt natürlich nicht ganz so gut. Hört sich an, als hätte sie irgendein Rückenleiden.

Philippa greift nach der Schachtel auf dem Schreibtisch. Nachdem sie den Inhalt studiert hat, pickt sie eine Praline in Form einer Schneckenmuschel heraus. Sie steckt sie in den Mund und lutscht, bis die Schokolade zu schmelzen beginnt und ihr zähflüssig über die Zunge nach hinten in die Kehle rinnt. Konzentration. Konzentration.
Inzwischen spüre ich ihr Gesicht dicht über meinem. Die schwachen Hitzewellen, die ihr Körper verströmt, und ihre tiefen, süßen Atemstöße streicheln mich. Ihr Atem duftet nach Schokolade und Minze, ihre Haut etwas subtiler nach Moschus. Sie weicht wieder zurück. Meine Wangen sind kühl. Ich ziehe eine Schnute. Ein weicher, lederbekleideter Finger fährt mir über die Lippen, oben und unten, und ich küsse ihn gierig. Der Ledergeruch und ihr Parfumduft treiben mich zum Wahnsinn. Ich öffne den Mund und nehme den Finger zwischen die Lippen. Ich lecke daran, und plötzlich sind es zwei, dann drei Finger. Der Geschmack von Tierleder betäubt mir die Sinne, und mein ganzer Körper prickelt. Wieder ein Tuturascheln und ein Schaben von Stäben, und ihre andere Hand legt sich sanft – ganz sanft! – auf mein Geschlecht. Meine Klitoris schwillt und sehnt sich nach einer Berührung. Sie kennt mich nur zu gut. Sie streichelt meine Klitoris einmal, zweimal ... bitte, bitte, nicht aufhören ... aber nein, sie tut es nicht, jedenfalls jetzt nicht. Ich kenne sie auch nur zu gut. Die Hand gleitet weg. Ich höre wieder metallisches Klirren, als sich ihr warmer und vom Lippenstift öliger Mund um meinen Nippel schließt. Sie leckt ihn mit der Zunge, und er erhebt sich steif zwischen ihren Zähnen, sehnsüchtig und gierig. Ich will ihre Hand wieder auf meiner Möse spüren und schiebe ihr meine Hüfte entgegen, doch ich höre nur, wie sie sich aufrichtet und

lacht. »Und was willst du damit erreichen, du böses Mädchen?«
»Nichts«, japse ich.
»Nichts, gnädige Frau.« In ihrer satten, rauhen Stimme liegt ein strenger Unterton.
»Nichts, gnädige Frau«, wiederhole ich einsichtig und versuche, die Rebellion in meiner Hüfte zu zügeln.
»Schon besser«, sagt sie und belohnt mich mit einem Kuß. Einem langen, feuchten Kuß, der mich reizt, mir durch und durch geht und mein Verlangen nach ihr nur noch steigert. Und dann spüre ich plötzlich einen stechenden Schmerz – sie hat mir eine Klammer am rechten Nippel befestigt. Mein Körper krümmt sich. Und noch ein stechender Schmerz, im linken Nippel, und ich höre, wie mit minutiösem Klicken an jeder Klammer eine Kette einhakt. Das metallische Gewicht zerrt an den Klammern und verschärft den Schmerz. Zieht sie etwa daran? Pure Sinnesempfindung rast durch meinen Leib; ich bin ein Surfer, der über die Wogen seiner Qualen rauscht. Ich versuche, langsamer und tiefer zu atmen, doch mein Atem kommt schnell und flach. Verzweifelt bemühe ich mich zu konzentrieren, einen ruhigen Ort jenseits der Schmerzen zu finden. Omeingott, ich spüre ihre Finger auf meinem Oberschenkel. Sie fährt mir mit der Nase im Schenkelinneren aufwärts ... pflanzt keusche, unerträgliche Küßchen um den Rand meiner Möse, teilt mit der Zunge die Falten. Und jetzt – Klammern an meinen Schamlippen. Es zerreißt mich in zwei Hälften. Die eine reitet auf dem Schmerz auf und ab wie ein Rodeostar auf einem bockenden Pferd, und die andere hat sich in Impulse aus reiner, fließender Ekstase aufgelöst. Die beiden treffen sich und weichen zurück, stür-

zen aufeinander zu und werden auseinandergerissen. Was ist das jetzt? Kühles, penetrantes Metall an meinen Lippen. Die Kette, natürlich, was sonst? Gehorsam nehme ich sie zwischen die Zähne, obwohl das Ziehen der Kette erneut das Feuer in meinen Nippeln entfacht.
Sie küßt mich auf den Hals. Dann wandern die warmen Lippen über das Schlüsselbein hinab zu meinen Brüsten, während ihre Hände auf meinem Bauch spielen. Ich höre, wie sie ein Streichholz anzündet, und ein köstlicher Schwefelschwall dringt mir in die Nase. Wahrscheinlich nimmt sie jetzt eine Kerze. Fröstelnde Vorfreude prickelt mir über die Haut und bedeckt mich wie Tüll. Beim ersten Wachstropfen, direkt über dem Nabel, fahre ich hoch. Beim dritten und vierten, auf Brüsten und Schenkeln, winde ich mich völlig unkontrolliert. Wie von weit her dringt ihre Stimme zu mir, und ich spüre ihre tröstende Berührung auf meinem Arm. Sie fragt mich, ob alles in Ordnung ist. Ich nicke, während mir Tränen der Dankbarkeit und Scham in die verbundenen Augen schießen. Ich spüre ihren Mund auf meinem und ziehe daran, so fest ich kann. Unsere Zungen verschlingen sich ineinander, und ihre Hand wandert hinunter zu meiner Möse. Sie spreizt sie mit den Fingern auf, drückt an den Klammern, und dann entzieht sie sich meinem Kuß, beugt sich über meine Hüfte und atmet in die heiße, nasse, sehnsüchtige Spalte. Das treibt mich noch näher an den Rand des Wahnsinns. Berühr mich, schleck mich, vergrab dein Gesicht in mir! Mein Kopf schleudert von einer Seite zur anderen. Ich schlage das Kissen mit den Wangen. Endlich dringt ihre Zunge in mich ein, flink und forschend, und ich bin zerrissen und ganz, alles auf

einmal – wie eine brennende und schmorende Zündschnur.
Ich glaube, das Ganze macht ihr ungeheuren Spaß. Philippa lächelt still vor sich hin.

Ich kenne die Reaktionen ihres Körpers gut. Ich kann regelrecht spüren, daß sie kurz vorm Explodieren ist. Aber es ist noch zu früh. Widerstrebend nehme ich meine Lippen von der salzigen Höhle und trete einen Schritt zurück. Es ist so herrlich zu beobachten, wie sie kämpft und stöhnt und sich gegen die seidenen Fesseln sträubt.
Da ist wieder das Kind. Wie lange sucht es schon seine Mutter? Wieviel Zeit ist verstrichen? Es kommt mir vor wie eine Nanosekunde und zugleich ein Jahrhundert. Was könnte ich jetzt mit ihr anstellen? Ich gehe hinüber zum Kamin und lege ein frisches Scheit nach. Als es Feuer fängt, schwappt eine neue Wärmewelle durch den Raum. Draußen wird es allmählich dunkel. Ich zünde noch eine Kerze an und stelle sie ans Bett. Vielleicht ist es an der Zeit für die Reitpeitsche.
Sie entfernt jetzt die Schamlippenklammern und streichelt ihre Sklavin kräftig, bis unmittelbar an den Höhepunkt. Während die Sklavin den Rücken krümmt und an der Schwelle zum Orgasmus taumelt, beugt sich die Herrin über sie und küßt sie ausgiebig. Gleichzeitig schiebt sie ihr den Kopf eines großen Dildos in das offene Geschlecht. Die Sklavin wirft ihre Hüfte wie wild in die Höhe, um sich das Ding einzuverleiben, doch vergeblich. Die seidenen Fesseln schränken sie ein, und sie schiebt den Dildo statt dessen nur ein, zwei Millimeter aus ihrer Möse. Erschrocken versucht sie stillzuhalten, aber sie möchte diesen Gegenstand so voll und

ganz in sich spüren und darauf pumpen und von ihm ausgefüllt werden, daß sie außer sich ist. Ihre Herrin entfernt die Augenbinde. Die Sklavin blinzelt, trotz des gedämpften Lichts. Sie erkennt gerade noch das rosafarbene Spielzeug, das aus ihr hervorlugt. Sein siamesischer Zwillingskopf nickt in der Luft. Dieser Anblick verdoppelt ihre Sehnsucht nur noch mehr, sofern etwas Grenzenloses sich verdoppeln läßt, und sie wünscht sich nichts weiter, als daß ihre Herrin den zweiten Dildokopf besteigt. Ihr körperliches Verlangen ist so stark, daß sie vorübergehend sogar den Schmerz vergißt, der, inzwischen etwas schwächer, weiter von den Nippeln ausgeht. Im selben Moment drückt ihre Herrin sanft an den Klammern, und neuerliche Schmerzwellen überfluten die Ufer ihres Bewußtseins. Doch eigentlich ist es der Dildo, der sie wahnsinnig macht, denn sie spürt seine aufreizende Größe in sich, aber nicht tief genug. Als die Herrin sieht, wie ihre Sklavin leidet und sich verzehrt, lächelt sie wieder und gibt ihr ein Küßchen auf die Wange. Dann stolziert sie langsam und verführerisch zum Schrank, holt ein Samtcape mit Kapuze heraus und wirft es sich über. Ihre Sklavin macht große Augen. Du wirst mich doch nicht in diesem Zustand verlassen? Ihre Lippen beben. Und noch ehe sie die Gelegenheit hat, die Frage auszusprechen, verschwindet ihre Herrin unter üppigem Stoffrascheln. Die Tür geht zu, und sie hört das Klicken hochhackiger Schuhe auf dem Korridor hallen und langsam verebben.

Helen stand nervös in der Schlange am Postschalter, wickelte zwanghaft den Träger ihrer Handtasche um die Finger der einen Hand, wickelte ihn wieder ab und begann damit von vorn. Ihre Augenbrauen waren zu

einer gefährlich geraden Linie zusammengewachsen, ihr Gesicht verkündete nahe bevorstehenden Regen. Der alte Herr, der sonst immer in der Schlange am Bankschalter vor einem steht, mit einem Säckchen Münzgeld, das gezählt werden soll, einem zerfledderten Sparbuch, das erneuert werden muß, und einer komplizierten Antwort auf die unschuldige Frage des Kassierers: »Na, wie geht's Ihnen, Mr. Green?«, genau diese Sorte alter Herr erledigte vor ihr gerade eine Postanweisung und überlegte hin und her, ob er sein Paket per Luftpost erster oder zweiter Klasse abschicken sollte, und falls erster Klasse, ob er dann die Pralinenschachtel herausnehmen sollte, damit das Gewicht unterhalb des 500-Gramm-Limits blieb. Der Bruder seiner Frau war seit jeher ein Pralinenfan, durfte aber eigentlich keine mehr essen. Machte er aber trotzdem, jedenfalls manchmal. Nicht, daß die im Päckchen für ihn gedacht wären. Oh, nein. Aber der Mann war schon zu bedauern.
Allmählich hyperventilierte Helen. Sie war so gestreßt, daß sie erschrocken auffuhr, als ihr Name plötzlich hinter ihr ertönte.
»Meine Güte, bist du nervös«, bemerkte Philippa. »Stimmt was nicht? Du siehst grauenhaft aus.«
»O Gott, Philippa, du würdest mir kein Wort glauben, wenn ich es dir erzähle.«
»Der nächste bitte.«
Helen verzog entschuldigend das Gesicht in Richtung Philippa und hoppelte zum Schalter. »Was muß ich tun, um einige Briefe zurückzubekommen, die gestern abgeschickt wurden?«
Der Angestellte erklärte geduldig, man könne einen Suchauftrag stellen, wenn sie sich an Absendezeit und

Postamt erinnere, was allerdings noch keine Garantie für das Auffinden der Briefe sei. Vor allem nicht nach so langer Zeit. Helen, die den Postservice bislang als tapsiges und zu höheren Geschwindigkeiten unfähiges Beuteltier gesehen hatte, fand ihr gemütliches Bild vollends zerstört, als der Mann hinter dem Schalter blumig ausführte, wie die Briefe höchstwahrscheinlich in eben diesem Augenblick ihrem Bestimmungsort entgegenschwirrten. Er versprach jedoch, er würde versuchen herauszufinden, wie die Chancen stünden, und bat sie, ein Formular auszufüllen, mit dem er dann in einem Hinterzimmer verschwand.

»Was ist denn los, Helen?« Philippa platzte mittlerweile fast vor Neugier.

Helen umriß ihr das Problem. »Und deshalb«, schloß sie angespannt, »könnte der Brief in jedem der Umschläge stecken. Ich sterbe ohnehin, ganz gleich, wer ihn kriegt, aber wenn er bei meinen Eltern landet, sterbe ich tausend Tode. Vor allem bei dem Herzzustand meines Vaters. Aber das schlimmste daran ist, daß ich erst erfahre, wer ihn erhalten hat, wenn er dort angekommen ist.«

»Dann bitte deine Mutter doch einfach, deinen nächsten Brief nicht zu öffnen, sondern wieder zurückzuschicken.«

»Oh, na klar«, erwiderte Helen. »Würde deine Mutter unter solchen Umständen den Brief nicht erst recht öffnen?«

»Hmmm«, überlegte Philippa. Ihre Mutter würde den Brief garantiert öffnen. »Da ist was dran.«

»Miss Nicholls?« Auf die dröhnende Stimme des Postangestellten hin wandte Helen sich wieder blitzschnell dem Schalter zu.

»Ms.«, verbesserte sie automatisch.
»Ms. Nicholls, Entschuldigung. Wir werden das für Sie überprüfen. Aber machen Sie sich keine zu großen Hoffnungen, denn die Briefe sind wahrscheinlich schon in der Hauptsortierstelle. Falls wir fündig werden, ist für jedes zurückgehaltene Exemplar eine Gebühr von 20 Dollar fällig. Fest steht, daß es keinen Sinn hat, länger hier zu warten. Wir haben Ihre Telefonnummer und rufen Sie an, wenn wir eine positive Nachricht haben. Und das mit den 20 Dollar geht also in Ordnung, ja?«
Helen starrte ihn stumm an. »Unter den gegebenen Umständen würde sie sogar 200 Dollar zahlen«, intervenierte Philippa. »Komm jetzt, Helen, wir gehen eine Tasse Kaffee trinken.« Sie wollte jede Einzelheit erfahren.
Ungefähr eine Stunde später lehnte Philippa sich auf ihrem Stuhl im Cafe Da Vida anerkennend zurück, und Helen machte mit dem Finger Jagd auf Möhrentortenkrümel, die sie alsdann auf den weißen Teller drückte und von der Fingerspitze ableckte.
»Wieso hast du eigentlich an einem normalen Dienstag frei?« fragte Helen plötzlich. Sie hatte soeben etwas an Philippas Hals entdeckt, das verdächtig nach Lippenstiftfleck aussah.
»Gleitzeit. Ich hab so viele Stunden angesammelt, daß es für einen ganzen Tag reicht.«
»Toll. Und was hast du so getrieben?«
»Ach, weißt du, das übliche.«
»Schreiben?«
»So könntest du es nennen.«
»Und wie würdest du es nennen?«
»Spielen. Arbeiten. Sex. Wie auch immer.«
»Interessante Definition.« Helen lächelte. Sie überlegte

gerade, ob sie die Sache mit dem Lippenstift ansprechen sollte oder nicht, als ihr ein Passant auffiel und sie den Gehsteig genauer ins Auge faßte. Sie legte den Kopf schräg. »Ich könnte schwören«, sagte sie, »das war der Dichter, du weißt schon, ich komm nicht auf den Namen, der Typ, mit dem Chantal vor Jahren mal was hatte.«
»Bram?« Philippa drehte den Kopf, um ihn zu sehen, doch er war schon um die Ecke verschwunden. »Verpaßt. Aber hieß es nicht, der sei nach L.A. gezogen? Oder an einer Überdosis oder so was gestorben?«
»Mein letzter Stand war, daß er in New York in die Werbung eingestiegen ist. Aber das war vermutlich ein böswilliges Gerücht. In diesen Gefilden ist er jedenfalls mit Sicherheit ewig nicht mehr gesichtet worden. Er war so eine Niete. Ich mochte ihn nie. Mir war immer schleierhaft, wie unsere umwerfende Chantie bei so einer Figur landen konnte.«
»Die Liebe geht eben geheimnisvolle Wege.«
»Was du nicht sagst«, meinte Helen. »Hast du eigentlich noch jemandem was von deinem Roman gezeigt?«
»Nur Richard.«
»Seine Reaktion?«
»Whiskey à go go.«
»Und das heißt?«
»Das heißt, er war davon ganz angetan. Übrigens«, lenkte Philippa ab, »hast du in letzter Zeit Chantal oder Julia getroffen? Ich hab von den beiden seit mindestens einer Woche nichts mehr gehört.«
Helen erzählte Philippa von dem Abendessen mit Julia. »Jetzt fährt sie bald nach China. Sie ist schon ganz aus dem Häuschen. Nur daß sie sich gleich am Anfang von ihrem neuen Lover trennen muß, beunruhigt sie ein

bißchen. Von dem ist sie hin und weg. Offenbar« – Helen beugte sich vertraulich über den Tisch zu Philippa – »geht es im Bett megaheiß ab.«
»Na großartig.« Philippa lächelte. »Wie heißt er?«
Helen schlug sich mit der Hand vor den Kopf. »Ich kann mir einfach keine Namen merken«, sagte sie nach einer Weile. »Jason, glaube ich. Ja, genau, Jason.« Sie wischte sich eine Schweißperle von der Stirn. »Es ist schon wie im Hochsommer«, bemerkte sie. »Bin ich vielleicht nervös wegen diesem Brief. Ich muß mich irgendwie ablenken. Hast du Lust auf ein kurzes Bad im Nielsen Park?«
»Klingt verlockend. Aber ich muß wirklich langsam nach Hause«, entschuldigte Philippa sich. »Eine Freundin wartet dort auf mich.« Und nach einer kurzen Pause fügte sie hinzu: »Wahrscheinlich bin ich für den restlichen Tag ans Haus gefesselt.«

»Nein, das weiß man nie«, flötete Alexi. »Heutzutage nicht mehr. Aber ich nehme doch an, er ist hetero. Und damit, meine Schöne, gehört er dir ganz allein.«
»Keine Chance, Süßer. Jedenfalls nicht heute morgen«, stöhnte Chantal.
Alexi sah auf seine Armbanduhr. »Du meinst nachmittag, Schätzchen«, verbesserte er.
Chantal verdrehte die Augen. »Tu mir bitte einen ganz großen Gefallen, und besorg mir eine Rennie. Im Champagnerglas. Dann fällt es nicht auf.«
»Selbstverständlich, meine Göttliche. Wir sind äußerst diskret.« Alexi beugte sich zu ihr, gab ihr ein Küßchen auf die Wange und schlängelte sich durch die übrigen Gäste zum Hintereingang des Hauses. Es war Sonntagnachmittag, und die beiden befanden sich bei einem Gartenfest in Paddington, im riesigen Terrassenhaus eines wahnsinnig erfolgreichen Malers, der seine Bilder mit » ∞ « signierte und unter seinen Freunden als Endi firmierte – eine Verballhornung von »unendlich«. Endis Bildhauergattin Myrna belegte den vierten Stock und sein schwuler Liebhaber Craig (der in zweiter Rolle Myrnas Nacktmodell spielte) beherrschte den dritten. Endis Werke – kitschige Retrothemen in knalligen Neonfarben – hatten kürzlich den Hintergrund für die Modeseiten in Chantals Zeitschrift abgegeben (»Vergangenheit mit Zukunft!«). Im Garten wucherten

Bäume und Blumen, und der Rasen war mit Vogelbädern übersät, in die steinerne Engel üppige Wasserbächlein pißten. Ein schwuler Jüngling im Blümchenkleid schwatzte angeregt mit einer siebzigjährigen Matrone in leuchtendblauem Kostüm, der Autorin einer heißen Sammlung von schwülstig-erotischer Prosa, die derzeit die Bestsellerliste erklomm. Schick gekleidete Kunsthändler nippten an Champagner-Cocktails und klagten über die Galerieszene in London, Paris, New York, oder von wo auch immer sie gerade zurückgeflogen kamen. Am Buffet standen Maler in zerrissenen T-Shirts und schaufelten sich konzentriert kleine Flußkrebse, Kaviar und andere luxuriöse Leckereien auf die Teller.

Chantal hockte wie ein ausgemergelter Vogel auf einer schmiedeeisernen Bank im Schutz einer mit Glyzinien überwachsenen Pergola. Ihr schmales Spaghettiträgerkleid aus silbernem Satin – der letzte Schrei in dieser Saison, denn schnöde Farbe war nichts im Vergleich zu Silber – schimmerte und glitzerte im Licht, wo immer die Nachmittagssonne durch den spärlichen Schatten der Glyzinien drang. Alexi hatte ihr die Haare wieder blond gefärbt, die Ansätze aber dunkel gelassen, um dem Ganzen das modische Schlampen-Flair zu verpassen. Bevor sie aufgebrochen waren, hatte er ihr die Haare raffiniert durcheinandergeknetet und das Gewirr dann mit Gel in Form gebracht. Doch Chantal war, entgegen ihrer gewohnten Natur, nicht in der Verfassung, sich an ihrer äußeren Erscheinung oder deren Wirkung auf Umstehende zu ergötzen. Etwas an ihrer Aura und die subtil defensive Haltung, die sie angenommen hatte, warnten jeden Fremden vor unüberlegten Annäherungsversuchen.

Sie fühlte sich absolut schrecklich. Ihre Augen hinter den Ray Bans fühlten sich trocken an und schmerzten; ihr war, als könne sie den dumpfen Pulsschlag des Sehnervs bis hinunter in den kranken Magen verfolgen. Ihr Kopf hämmerte wie ein Stück auf dieser Mist-CD der Nine Inch Nails, das ihr letzter Freund unbedingt immer hören mußte, wenn sie sich liebten – er war allerdings auch bald abgemeldet. Sie hatte pfundweise Abdeckstift auftragen müssen, um die Ringe unter ihren Augen zu kaschieren. Zuviel Alkohol, zuwenig Schlaf und vor allem der – tja, wie konnte man die Ereignisse der vergangenen Nacht genau beschreiben? – der Schock der alten Zeiten, ja, genau das war es. Wo verdammt blieb Alexi mit der Rennie?
Er stand in der Küche und flirtete mit dem Assistenten des thailändischen Caterer.
Warum hatte sie ihn nicht auch gleich um eine Panadol gebeten? Warum hatte sie sich von ihm überhaupt zum Mitkommen überreden lassen? Nachdem sie ihm die Geschichte der vergangenen Nacht eröffnet hatte, bestand er darauf, daß sie ihn begleitete. Es wäre nur gut für sie, meinte er, und es würde sie auf andere Gedanken bringen etcetera. Außerdem wollte er unbedingt auf die Party, und sie war eigentlich diejenige, die eingeladen war.
Chantal blinzelte durch die Sonnenbrille. Sydney litt unter einem gräßlichen Überschuß an Sonnenschein. Es war fast schon obszön, das viele grelle Licht. Warum filterte man nicht einfach das meiste davon für Solarheizungen ab und ließ nur ein paar zarte Strahlen zum allgemeinen Gebrauch übrig? Warum wohnte sie nicht in Melbourne? Ach ja, richtig. Jetzt fiel es ihr wieder ein. In Melbourne gab es zuviele Dichter. Sie schob die

Sonnenbrille ein Stück höher und fragte sich, ob sie wohl als geheimnisvolle Schönheit durchging oder so tragisch aussah, wie sie sich fühlte.
Bernard, ein stattlicher Perserkater, der bislang alle Streichel- und Schmuseofferten von seiten interessierter Partygänger kompromißlos verschmäht hatte, umschlich ihre Füße und taxierte sie aus berechnenden blauen Augen. Er hievte sein Hinterteil in die Luft, streckte die Vorderpfoten aus und grub die gespreizten Krallen in die Erde. Bernard gefiel die Frau da auf der Bank, und er sah, wie so viele seiner Geschlechtsgenossen, keine Notwendigkeit für Formalitäten, bevor er loslegte. Er ging in Kauerstellung, machte einen Satz und landete direkt auf ihrem Schoß.
»O bitte«, fauchte Chantal, als der Kater die Krallen der einen braunen Pfote und dann die der zweiten in den Spitzensaum ihres Kleides hakte und präzise und selbstzufrieden daran zog. »Das ist ein Einzelstück von Richard Tyler, du blödes Vieh!« schnauzte sie ihn an. »Hau ab!« Sie befreite den Stoff von den Krallen, hob Bernard am Genick hoch und schleuderte ihn zur Seite. Kopfschüttelnd untersuchte sie ihr Kleid auf Schäden. Bernard stand unterdessen bis über seine vier hübschen Knöchel in der feuchten dunklen Erde des gut bewässerten und gedüngten Gartens. Er miaute verdrießlich, überdachte die Alternativen und setzte erneut zum Sprung an. Als Chantal ihn wieder packen wollte, schwenkte Bernard rasch den Kopf herum und schlug ihr seine Fänge in die Hand. Und noch ehe Chantal sich revanchieren konnte, sprang er ihr vom Schoß und überließ sie der Begutachtung der brennenden roten Kratzer auf ihrer Hand und schmutzigen Pfotenabdrücke auf ihrem Rock. Bernard drehte ihr in si-

cherer Entfernung den Rücken zu und leckte sich die Pfoten sauber. Frauen! In Zukunft hielt er sich doch lieber an Vögel und Mäuse.
»Chantal!« Chantal blickte auf und entdeckte Philippa, die mit ihrem etwas linkischen Gang über den Rasen auf sie zukam. Die Schultertasche prallte ihr ständig von der Hüfte ab, und sie strahlte übers ganze Gesicht. »Dich hätte ich hier wirklich nicht erwartet!«
Chantal rang sich ein mattes Lächeln ab. »Hallo, Phippa«, sagte sie. »Ich dich auch nicht.«
Philippa setzte sich neben Chantal auf die Bank. Die beiden begrüßten sich mit flüchtigen Wangenküßchen. »Und woher kennst du diesen widerlichen Haufen?« fragte Philippa.
»Die sind ganz schön gräßlich, was?« Chantal verzog das Gesicht und warf einen Blick in die Runde. »Von der Arbeit«, antwortete sie. »Und du?«
»Ach, Myrna war eine Zeitlang in meinem Schreib-Workshop. Wir haben uns prima verstanden und hinterher oft auf einen Kaffee zusammengesetzt. Später meinte sie dann, Wörter seien ihr nicht ›plastisch‹ genug, und ist ausgestiegen. Aber wir sind in Kontakt geblieben.« Sie sah hoch. »Sag mal, ist das nicht Alexi?«
»Oh, Gott sei Dank! Er bringt meinen, äh, Drink.«
»Tag, Alexi«, begrüßte Philippa ihn fröhlich.
»Hallo, du Schöne«, erwiderte Alexi, reichte Chantal das Champagnerglas und warf Philippa ein Küßchen zu.
»Schampus. Davon hol ich mir vielleicht auch ein Glas«, sagte Philippa. »Bin gleich wieder da.«
Kaum war Chantal mit Alexi allein, spielte sie die Beleidigte. »Wo warst du so lang?« meckerte sie und stürzte die sprudelnde Flüssigkeit in einem Zug hinunter. Als das Antazidum Wirkung zeigte, hielt sie die

Hand vor den Mund und dämpfte den aufsteigenden Rülpser.
»Reizend«, bemerkte Alexi. »Sehr damenhaft.«
»Halt die Klappe, Alvin«, erwiderte Chantal grinsend. Sie fühlte sich schon etwas besser.
»Psst!« Er sah sich schnell um, aber es hatte niemand gehört. Dann runzelte er die Stirn und sagte gekränkt: »Sprich diesen Namen nie in der Öffentlichkeit aus, Schätzchen! Du weißt, wie empfindlich ich bin!« Chantal war einer von nur drei oder vier Menschen auf der ganzen Welt, inklusive seiner Eltern, die Alexis richtigen Namen kannten. »Eigentlich sollte ich dir gar nicht sagen«, schniefte er, »daß ich auch an eine Panadol für dich gedacht habe. Ich sollte dich einfach leiden lassen.« Er fuchtelte ihr mit der geschlossenen Hand vor dem Gesicht herum. Chantal packte seine Faust, öffnete sie, zog sie an ihren Mund und leckte die Pille vom Handteller. Ein Kellner kam mit Champagner vorbei, und sie streckte ihm ihr leeres Glas zum Nachschenken entgegen. Und schon war die Panadol mit einem Schluck Moet unterwegs. Allmählich kam sie wieder in Schwung.
Philippa kehrte mit einer Champagnerflöte und einem Teller Appetithäppchen zurück, den sie Chantal und Alexi anbot. Dann sagte sie: »Chantie, du errätst nie, wen Helen vor kurzem in der Victoria Street gesehen hat. Ein echter Schlag aus der Vergangenheit.« Sie beobachtete aufmerksam Chantals Reaktion. »Bram. Geistert wieder durch die Stadt.«
Chantal fühlte sich schlagartig wieder schlechter. Sie legte die soeben vom Teller genommene, überbackene Brieecke unberührt zurück. »Ich weiß«, seufzte sie.

»Tatsächlich?« fragte Philippa überrascht. »Dann hast du ihn also schon getroffen?«
»Die Geschichte kenne ich bereits.« Alexi verdrehte die Augen voller Mitgefühl. »Sie ist einfach zu tragisch. Ich werde euch herrliche Wesen damit allein lassen.« Er hatte ohnehin vorgehabt, die nächstbeste Gelegenheit zu nutzen, um wieder in die Küche zu gehen und sein bedeutungsvolles Zwiegeplänkel mit dem Assistenten des Caterer fortzusetzen.
»Wann war eigentlich die Sache zwischen dir und Bram?« fragte Philippa. »Kommt mir wie eine Ewigkeit vor.«
Chantal stöhnte leise. »Vor zehn, elf Jahren? Wir studierten im dritten Jahr an der Uni. Damals hatte ich meine Schwarze-Haare-Phase.«
»Von wegen. An dir war alles schwarz. In deinem Schrank hing die unglaublichste Sammlung aus Spitzenblusen und Samtkleidern. Du hast den ganzen Nostalgie-Look übernommen.«
»Ich weiß. Ich war so ein Modeopfer.«
Philippa lachte. »Sogar deinen Namen hast du geändert, weißt du noch?«
»Ooooh, bitte«, wimmerte Chantal. »Erinnere mich nicht daran. ›Natascha‹. Ich war ein wandelndes Klischee.« Sie stürzte ihren Champagner hinunter und hielt das leere Glas einem vorübergehenden Kellner hin. »Ja, bitte.«
»Jetzt erzähl schon. Wann hast du ihn getroffen? Was ist passiert?« drängte Philippa.
Chantal stellte das Glas neben sich auf die Bank, nahm die Stirn in beide Hände und schüttelte sie, als wolle sie die Erinnerung loswerden. »Ich weiß wirklich nicht, ob ich es ertrage, darüber zu reden.«

»Aber er bedeutet dir doch bestimmt nichts mehr, oder?« hakte Philippa ungläubig nach. »Er war bloß ein Punkdichter mit einem interessanten Haarschnitt.«
Schon komisch, das Ganze, dachte Chantal. Damals hatte sie Bram tatsächlich wie einen Gott verehrt. Mit seinen zwölf Jahren Altersvorsprung stand ihm so eine Art knallharte Ironie ins Gesicht geschrieben, die die pausbäckigen Jungs ihrer Altersstufe zwar auch gern vortäuschten, aber doch nie erreichten. Bram steckte seinen kleinen, dürren Körper in enge schwarze Jeans und zerfetzte T-Shirts und schnitt sich die dicken schwarzen Haare selbst, indem er sie so weit stutzte, bis sie in kurzen, ungleichmäßigen Stacheln von seinem hübschen kantigen Schädel abstanden. Sie hatte sich tödlich davon beeindrucken lassen, daß er sich nicht nur in London, sondern auch im berühmten Batcave herumgetrieben hatte, wo die ersten Grufties ihre Heimat fanden.
»Aber ich war ja auch ein ziemlicher Punk«, sagte Chantal.
Philippa schüttelte den Kopf und betrachtete ihre Freundin liebevoll. »Chantal, du kannst mich gern verbessern, wenn ich falsch liege, aber deine Rasierklingen-Ohrringe waren in der Boutique gekaufte Trompe-l'oeil-Exemplare.«
Chantal zuckte die Schultern.
»Weißt du noch«, kicherte Philippa, »wie wir uns auf dem Friedhof in Newtown immer gegenseitig *Die Blumen des Bösen* vorgelesen haben? Zusammen mit unseren eigenen pubertären Ergüssen? Ist das nicht zum Schießen? Was waren wir für Romantiker!«
»Das kann man wohl sagen«, bestätigte Chantal und klopfte eine Zigarette aus der Packung. Sie mußte dar-

an denken, wie sie zum erstenmal eine Lesung von Bram an der Uni besucht hatte. Sie hatte sich früh auf den Weg gemacht, damit sie einen Platz in der ersten Reihe erwischte. Nach der Lesung verspürte sie das Bedürfnis, ihm etwas zu sagen, obwohl sie nicht wußte, was. Doch jung und dumm, wie sie war, ließ sie sich einschüchtern von dem Haufen bildhübscher junger Frauen und bleicher dünner Typen, die sich um ihn scharten. Sie stand ein paar Schritte abseits, während er mit einer Blondine plauderte, die sich in Chantals Augen auf einer Stufe von Attraktivität bewegte, die in ihrer eigenen Körpergeometrie nicht einmal annähernd existierte. Einmal sah er zu ihr herüber, und die Intensität seines Blicks ließ sie auf der Stelle umdrehen und so schnell sie konnte verschwinden – sie mußte sich regelrecht bemühen, nicht loszurennen.

»Weißt du«, sagte Philippa, »du hast dich immer sehr bedeckt gehalten, wenn es um die Geschichte mit dir und Bram ging.«

»Ach, Phippa«, sagte Chantal und zündete sich eine Zigarette an, »es war eben alles ein bißchen schmutzig.«

Philippa unterzog Chantal einem Augenverhör. Es war schwer, die Reaktion hinter der Sonnenbrille abzulesen. Chantal zeigte keine Regung. Philippa winkte einen vorbeihuschenden Kellner zum Nachfüllen der Gläser herbei.

Danach hatte Chantal jede Lesung von Bram besucht. Eines Abends, als sie gerade zur Tür hinausging, spürte sie eine Hand auf ihrem Arm. Aus irgendeinem Grund wußte sie, daß er es war. Sie drehte sich um und platzte heraus: »Du bist mein Idol.« Dann wurde sie bis über beide Ohren rot. Er lächelte.

Um ihre Verlegenheit zu überspielen, fragte sie ihn nach der Bedeutung der Tätowierung auf seinem Arm. Es handle sich um ein alchimistisches Symbol, erklärte er und fragte anschließend, ob sie glaube, daß man gewöhnliche Metalle in Gold verwandeln könne. Ihrer Antwort schenkte er kaum Beachtung. »Komm mit«, sagte er und nahm ihre Hand. Sie kam nicht auf die Idee, zu fragen, wohin eigentlich.
»Also«, unterbrach Philippa Chantals Träumerei, »was ist gestern abend passiert? Sind die alten Flammen wieder entfacht?«
Chantal verdrehte die Augen. »Es war eher ein Verstreuen der letzten Asche.« Obwohl sie sich über die ganze Angelegenheit lustig machte, verursachte ihr der Gedanke daran leichte Übelkeitsgefühle. Sie stellte ihr aufgefülltes Glas neben sich auf die Bank, nahm es aber schnell wieder, als Bernard zum Sprung ansetzte und genau an der Stelle landete, wo das Glas gestanden hatte.
»Was für eine wunderschöne Katze«, sagte Philippa voll Bewunderung.
Chantal lüpfte eine perfekt geschminkte Braue und bedachte das Tier mit einem Blick höchster Verachtung. »Kann sein. Wenn man Katzen mag.«
Bevor Chantal reagieren konnte, sprang ihr Bernard auf den Schoß und arbeitete sich weiter zu Philippa vor. Als er mit den Vorderpfoten ihre Jeans erreichte, machte er kurz Halt, hob die Hinterpfoten, streckte sie nacheinander wackelnd und unverschämt dicht vor Chantals Gesicht aus und entblößte dabei seinen kleinen Arsch vor ihren Augen. Dann igelte er sich zufrieden auf Philippas Schoß ein und begann laut zu schnurren. Philippa gab gluckende Geräusche von sich und kitzelte Bernard

hinter den zerbrechlichen Ohren. Er schloß die Augen und krümmte den Nacken. Man hätte fast schwören können, daß er grinste.
Genau wie manche Männer, überlegte Chantal. Dir gegenüber verhalten sie sich wie der letzte Scheißkerl, und bei der nächsten Frau spielen sie das zahme Schnuckelchen. Wieso erwischte sie die Kerle bloß immer, wenn sie sich noch in der ersten Zyklushälfte bewegten?
Sie erinnerte sich an die erste Nacht mit Bram, als wäre es gestern gewesen. Als sie an die Grenze von Darlinghurst gelangt waren, führte er sie wortlos in eine Seitenstraße mit dicht aneinandergereihten baufälligen Häusern und dann eine schmale Treppe hinab in eine enge Kellerwohnung. In einer Ecke des Wohnzimmers befand sich eine provisorische Küche, des weiteren gab es ein Sofa zu verzeichnen, aus dem mehrere Sprungfedern durch die Polsterung ragten, und stapelweise ungeordnete Bücher und Schallplatten. Das zweite Zimmer hatte ein Bett zu bieten, vereinzelte schmutzige Wäschestücke auf dem Fußboden sowie einen niedrigen Tisch, auf dem eine selbstgebastelte Wasserpfeife und ein von Zigarettenkippen überquellender Aschenbecher thronten. Das einzige weitere Möbelstück war ein hölzerner Klappstuhl. Die ganze Wohnung stank nach abgestandenem Zigarettenrauch, Schimmel und Schweiß. Bram öffnete einen uralten Kühlschrank und stöberte zwei Flaschen Bier auf. Nachdem er sie mit geübtem Griff an der Kante der Anrichte aufgemacht hatte, reichte er ihr eine Flasche und schlenderte kommentarlos ins Schlafzimmer. Chantal fiel auf, daß er die Kronkorken da liegen ließ, wo sie hingefallen waren.
»Und?« fragte Philippa, während sie Bernard am Bauch

kratzte. Das Schnurren schwoll zum Crescendo an. »Willst du mir heute noch was erzählen?«
Chantal kniff die Augen zusammen und seufzte. »Ich weiß nicht. Was willst du denn wissen?«
»Natürlich alles von gestern nacht. Aber mich würde auch interessieren, wie du Bram überhaupt kennengelernt hast. Du hast immer so ein Geheimnis daraus gemacht.«
»Ach, man darf eigentlich gar nicht näher darüber nachdenken. Ich hatte eine Lesung mit ihm besucht, und danach hat er mich in seine erbärmliche kleine Bruchbude geschleppt. Ich weiß noch genau, daß meine erste Reaktion ungefähr in die Richtung ging: Ob ich in diesem Müll leben könnte? Und meine zweite war: Du lieber Himmel, ich hab noch nicht mal mit ihm geschlafen und reg mich schon über den Haushalt auf. Fehlt bloß noch, daß ich mir darüber den Kopf zerbreche, ob das wirklich der geeignete Ort für die Erziehung unserer Kinder ist. Dabei kann ich es nicht ausstehen, wenn ich merke, wie ich mich nach den typischen Vorstellungen richte.«
Philippa lachte. »Da bist du nicht die einzige.«
»Mmmm.«
Philippa wartete geduldig auf Chantals Fortsetzung. Doch Chantal hatte die Augen hinter der Sonnenbrille geschlossen und war wieder ins Land der Erinnerungen getaucht.
Sie war Bram bis an die Schwelle zum Schlafzimmer gefolgt. Er saß im Schneidersitz auf dem Bett und drehte einen Joint. Was mach ich hier eigentlich, fragte sie sich. Will ich das wirklich? Verführt werden ohne jegliche Förmlichkeit und Romantik oder gar ohne Vorspiegelung von beidem? Sie war nervös, aufgeregt und

auch leicht verärgert, allerdings eher über sich als ihn. Sie schielte ihn über ihr Bier hinweg an und lehnte unentschlossen am Türrahmen.
Er nahm einen Zug und hielt ihr den Joint entgegen. »Komm her, meine Kleine«, sagte er und klopfte neben sich aufs Bett.
»Natascha«, sagte sie. Ihre Stimme war ein kleinlautes Flüstern. Sie fühlte sich gedemütigt. Er hatte sie nicht mal nach ihrem Namen gefragt. »Ich heiße Natascha. Und so klein bin ich auch wieder nicht.«
Sie sah auf ihre Füße hinunter, ihr Gesicht fühlte sich rot an.
»Komm her, Natascha.«
Als sie sich nicht von der Stelle rührte, zuckte er die Schultern und zog wieder am Joint.
In ihrer Phantasie hatte er sich etwas mehr darum bemüht, sie zu erobern. In ihrer Phantasie hatte er auch Interesse an ihren Gedichten vorgeschützt und sie zumindest nach dem Namen gefragt, bevor er sie nach Hause einlud.
Während Philippa ihre Freundin genau beobachtete, kam ihr ein entsetzlicher Gedanke. »Du warst doch damals«, platzte sie in Chantals Träumereien, »du weißt schon, keine Jungfrau mehr, oder?«
»Wie bitte?« Chantal wirkte einen Augenblick lang verdattert. »Nein, um Gottes willen. Wirklich nicht. Zu dem Zeitpunkt hatte ich schon mehrere Typen gehabt. Allerdings in unserem Alter.«
»Ja, natürlich. Jetzt fällt's mir wieder ein. Da war doch der eine, der dir immer hinterhergelatscht ist wie ein Page einer Prinzessin. Wenn ich mich recht erinnere, waren sie alle ein bißchen so. Völlig berauscht.«
»Ich glaube«, erwiderte Chantal und zog an ihrem

Glimmstengel, »ich mochte Bram, weil er anders war. Irgendwie kam er mir, wie soll ich sagen, stärker vor, nicht so formbar und viel bestimmter.«
Philippa lutschte ein paar Kügelchen Kaviar von einem Cracker und wartete darauf, daß Chantal weitererzählte. »Also hat er dich verführt, oder was?«
Chantal dachte über die Frage nach. »Man könnte eher sagen, ich habe ihn verführt.«
Bernard wälzte sich auf den Rücken. Philippa blies ihn auf den Bauch. Sein Kopf hing von ihrem Schoß herunter und berührte beinahe Chantals silbernen satinbedeckten Oberschenkel. Als er die Augen schloß, tröpfelte eine dünne Speichelspur auf den glänzenden Stoff. Aber Chantal war wieder so in Gedanken versunken, daß sie es nicht bemerkte. Im Grunde, überlegte sie, hätte sie sich einfach umdrehen und gehen müssen. Bram saß noch immer da und winkte ihr einladend zu. Sie schüttelte nur den Kopf. In diesem Moment wäre sie fast gegangen.
Daß sie es dann doch nicht tat, lag an ihrem Entschluß, weder nachzugeben noch aufzugeben. Nein. Sie würde ihn kriegen, aber zu ihren Bedingungen, nicht zu seinen. Sie richtete sich zu ihrer vollen Größe auf. (Bislang war sie leicht gebeugt gegangen, damit er nicht kleiner wirkte als sie, denn das war er.) Sie sah ihm unverwandt in die Augen. Ein Lächeln erhellte sein Gesicht, aber sie quittierte es mit einem spöttischen Grinsen.
»Zieh dein Hemd aus«, befahl sie.
Er wirkte überrascht.
»Oder soll ich einfach gehen?«
Sie konnte seinem Blick entnehmen, daß er dieses neue Spiel aufregend fand. Er drückte den Joint im Aschenbecher aus, zog sich das Hemd über den Kopf und

stützte sich auf die Ellbogen. »Und jetzt, Natascha-Mädchen?« fragte er.
»Hose. Stiefel. Socken.«
Er gehorchte.
»Braver Junge«, sagte sie.
Beim Eintreten war Chantal aufgefallen, daß überall im Raum Kerzen auf Untertassen klebten oder aus Kerzenständern ragten. Sie stellte das Bier hin, fischte ihr Feuerzeug aus der Tasche und ging langsam durchs Zimmer, hielt die Flamme an die Dochte und wartete, bis die Hitze sie zum Leben erweckte. Er beobachtete sie und bemühte sich, einen lässigen Eindruck zu vermitteln – was natürlich nicht leicht ist, wenn man nur einen knappen roten Slip trägt. Sie sah, wie er langsam einen Steifen kriegte.
Bram hatte beim Betreten des Schlafzimmers eine Lampe auf dem Regal über dem Bett angeschaltet. Als sie sich aufs Bett kniete und sie ausknipste, schlang er ihr seine knochigen Finger oberhalb des Knies ums Bein. Sie starrte auf die Hand hinunter. »Weg damit«, sagte sie. Er lockerte seinen Griff und sah sie neugierig an.
Männer. Behandle sie gemein, dann kommen sie von allein. Wie wahr. Chantal setzte sich auf den Stuhl und schlug die Beine übereinander. »Zieh die Unterhose aus.«
Er zog sie aus.
»Braver Junge«, wiederholte sie. Der herablassende Tonfall, in dem sie das gesagt hatte, gefiel ihr ausnehmend gut.
Er war geil wie Nachbars Lumpi. Chantal mußte lachen. Das schien ihn nur noch steifer zu machen.
»Spiel mit dir«, sagte sie zu ihm. Ihr Herz hämmerte wie

wild. Hier begab sie sich auf Neuland. Sie hatte bislang noch keinem Mann beim Schrummeln zugesehen. Sie stellte fest, daß der Rhythmus seiner Hände und der Duft der parfumierten Kerzen sie hypnotisierten. Sie schlug die Beine wieder auseinander.

Während er weiterwichste und ihm dabei die Augen fast aus dem Kopf fielen, beobachtete er gebannt, wie Chantal langsam die Bluse auszog, sich dann aus dem langen Rock schlängelte und ihn einfach zu Boden fallen ließ. Danach schnürte sie ihre Docs auf, warf sie mit dem Zeh beiseite und entledigte sich der Socken. Schwarze Socken, versteht sich. Ihren Lieblingsunterrock, einen schwarzen Satinfummel, den sie in einem Secondhandladen erstanden hatte, behielt sie noch an. Er hatte am Saum einen Riß. Sie griff unter den Unterrock und ließ ihr Höschen den übrigen Kleidungsstükken folgen.

Dann setzte sie sich hin und beobachtete ihn eine Weile.

Irgendwann spreizte sie die Beine ein wenig weiter und schob den Unterrock stückchenweise hoch, bis ihr Unterleib vor seinen Augen entblößt war. Sie war sehr feucht. Sie schob sich zwei Finger rein, zog sie wieder raus und leckte sie ab.

»Natascha, bitte …«, stöhnte er.

Sie ignorierte ihn. Sie streichelte sich zum Orgasmus und ließ sich dabei viel Zeit. Sie fühlte sich mächtig, attraktiv und verrucht, eine wahrlich herrliche Mischung. Als sie kam, warf sie den Kopf zurück und schloß die Augen. Sie hatte ihn nicht aufstehen hören, spürte aber plötzlich warme Lippen auf ihrem Hals und eine Hand, die ihre Möse streichelte. Bram kniete vor ihr, liebkoste sie und küßte sie auf Gesicht, Augen und Haare.

Wenig später stolperten sie zum Bett und fielen mit einer Leidenschaft übereinander her, die sie selbst erstaunte. Er biß sie fest in die Nippel, und dann machte sie sich an seinen zu schaffen und bestrafte sie mit ihren Zähnen und Fingernägeln. Sie fand es schön, wie sie ihn zum Japsen bringen konnte, indem sie die Schwanzspitze mit ihren Schamlippen reizte und sich seine Latte dann in einer langen, ruhigen Bewegung ganz einverleibte und sie fest drückte. Nach einer Weile ließ sie sich behutsam auf seine Brust nieder, und sie rollten sich, noch immer ineinander verkeilt und weiter vögelnd, auf die Seite und bohrten sich nun auch die Zungen in den Mund. Mittlerweile glitten sie auf ihrem vermischten Schweiß auf und ab, und sie konnte seinen Herzschlag nicht mehr von ihrem unterscheiden. Sein Körper erschütterte ihre Glieder wie seine Gedichte ihren Kopf. Plötzlich packte er sie fest an den Hinterbacken, und er kam unter stotterndem Stöhnen in ihr. Sein heißer Samenstrahl brachte sie nochmals zum Höhepunkt. Als sie keuchend und eng umschlungen dalagen, wurde Chantal bewußt, daß sie soeben den besten Sex ihres Lebens gehabt hatte. Und als Frau mit wenig Erfahrung verwechselte sie das natürlich mit Liebe.

Als sie ihre Glieder widerstrebend für die Zigarette danach entwirrt hatten, streichelte er ihr die Haare und küßte sie auf die Stirn. »Wer hätte das gedacht, kleine Natascha«, gluckste er.

Nach diesem Abend sahen sie sich oft. Der Sex war heißer als Parramatta im Januar. Bram weihte sie in vampirische Rituale ein, bei denen sie sich gegenseitig Blut aussaugten, und ein paar Mal überredete er sie sogar dazu, mit ihm zu spritzen, das Arschloch. Gütiger Him-

mel. Chantal erinnerte sich noch, wie damals ein allgemeines Bewußtsein für Aids wach wurde. Sie hatte die erschütternde Vision von sich als eine dieser menschlichen Abschußkandidaten im Fernsehen. Sie war die erste aus ihrem kleinen Kreis, die sich einem HIV-Test unterzog. Wie durch ein Wunder war er negativ. Er nannte sie Kleine Natascha und erklärte sie zu seiner Muse. Nach ihren Gedichten fragte er sie nie.
Da Chantal verliebt war, beschwerte sie sich nie darüber, daß er nicht bei ihr übernachten wollte. Sie beklagte sich auch nur (ganz) selten, daß er kein Interesse zeigte, ihre Freundinnen kennenzulernen. Oder, was das anging, Chantal seinen Freunden vorzustellen – außer sie trafen zufällig mal welche, aber dann auch nur, wenn einer nach ihrem Namen fragte. Es kümmerte ihn nicht, ob bei ihr eine Prüfung oder ein Referat anstand; sie trafen und paarten sich nach seinem Gusto und Zeitplan. Aber im Bett lief es traumhaft, und sie vergötterte sein Genie. Sie hätte keinem Menschen gestehen können, wie demütigend ihr Verhältnis bisweilen war.
Am schlimmsten war natürlich der Abend, als sie dachte, sie wären verabredet, und sie in seine Wohnung ging, nur um eine Blondine in seinem Bett vorzufinden. Mit ihm. Er machte sich nicht mal die Mühe, die Szene zu vertuschen oder sich zu entschuldigen. Im Gegenteil, er lachte. Von ihrem Platz an der Tür aus kein schöner Anblick. Und er rannte ihr auch nicht hinterher, als sie umdrehte und die Flucht ergriff. Später erklärte er ihr, er brauche seinen Freiraum und seine Freiheit, und wenn sie damit nicht umgehen könne, solle sie sich einen netten Spießer suchen, an den Stadtrand ziehen und Gören ansetzen. Noch später erzählte ihr einer seiner Kumpel, Bram hätte ihm gesagt, er sei Gefahr gelaufen,

sich richtig in sie zu verlieben, und er hätte die Sache beenden müssen, bevor es zu ernst geworden wäre. Sein Kumpel fand diese Einstellung absolut einleuchtend. Aber schließlich war er ja auch ein Mann.

»Hallo, hallo? Erde an Schönheit. Erde an Schönheit.« Alexi war wieder da und fand Chantal vollkommen reglos vor, den Kopf nach hinten gelegt, die Augen hinter der Sonnenbrille geschlossen. Neben ihr kauerte Philippa mit dem tiefschlafenden Bernard auf dem Schoß. Sie hatte die Unterhaltung mit Chantal aufgegeben und sämtliche Appetithappen auf dem Teller verputzt. Mit Essen und Champagner wohlig gesättigt, streichelte sie zerstreut den Kater und beobachtete die im Garten umherflitzenden Gäste.

Als Alexis Stimme ertönte, riß Chantal die Augen auf und blinzelte. »Du meine Güte«, sagte sie. »War ich lange weg?«

»Nein, Schätzchen, aber ich. Und jetzt bin ich mit einem ganz besonders niedlichen Traumwesen verabredet, das vorn am Eingang auf mich wartet. Ich bin nur gekommen, um tschau zu sagen.«

»Dann mach das Beste draus, Süßer«, sagte Chantal lächelnd.

»Genau das habe ich vor.« Alexi spitzte die Lippen und warf beiden ein Abschiedsküßchen zu. Sie beobachteten, wie sich seine geschmeidige Gestalt durch den Garten schlängelte.

»Der ist wirklich zum Schreien«, bemerkte Philippa lächelnd. »Genau wie du, Chantie. Ich glaube, ich hab dich noch nie so abgedreht erlebt.«

»Ach«, sagte Chantal. »Ich steh heute wirklich leicht neben mir. War ich denn so abwesend?«

»Hätte fast schon eine Vermißtenanzeige aufgegeben«, entgegnete Philippa. »Aber keine Angst. Ich hab mich beim Leute-Gucken köstlich amüsiert. Du kennst mich ja. Wenn ich bei solchen Anlässen richtig mitmischen soll, werde ich immer etwas zurückhaltend.« Plötzlich sah sie auf die Fellkugel in ihrem Schoß hinunter. »Oh, igitt!« rief sie.
»Was ist denn?«
»Er hat eben gepupst.« Philippa verzog die Lippen und scheuchte Bernard gewaltsam von seinem bequemen Lager. Er landete auf allen vieren, schüttelte sich und wanderte davon, um zu sehen, ob er sich einen Happen geräucherten Lachs am Buffet beschaffen konnte. Er hatte ohnehin genug von ihr gehabt.
»Wo waren wir stehengeblieben?« Chantal runzelte die Stirn und zündete sich eine Zigarette an.
»Du hast erzählt, daß du Bram gestern abend getroffen hast«, meinte Philippa.
»O Gott. Er ist mir auf einer Party in der Wohnung von meinen neuen Nachbarn über den Weg gelaufen. Es war eine Dschungelparty. Du kennst die Art von Veranstaltung. Afrikanische Musik, überall Dschungelschwaden aus der Trockeneismaschine, Drinks in Kokosnußschalen. Und jeder geht in Leopardenprint und Raubtiermaske verkleidet.«
»Was hast du angezogen?«
»Mein neues Minikleid mit den Zebrastreifen. Ich finde Leopardenmuster einfach haarscharf daneben. Außer es handelt sich natürlich um weiße Leoparden.«
»Natürlich.«
»Jedenfalls tauchte Bram irgendwie vor mir auf. Mit Tropenhelm und Safarianzug.«
»O nein!« Philippa schlug entsetzt die Hand vor den

Mund. »Bitte kein Safarianzug. Das ist so was von total geschmacklos.«
»Total. Es gibt kaum einen tragischeren Anblick als einen Dicher mit Tropenhelm. Aber weißt du, ich hab ihn erst gar nicht erkannt. Er ist ganz übel gealtert.«
»Er dürfte doch, na, an die dreiundvierzig sein? Oder vierundvierzig?«
»Vierundvierzig. Seine Augen waren rot und verschwollen, und sein mageres Gestell hat an allen denkbar ungünstigen Stellen Speck angesetzt. Seine Haut ist von Falten durchfurcht. Er hatte sogar die gräßliche Linie, die von den Augen kerzengerade über die Wange verläuft und offenbar bei allen langfristigen Heroinkonsumenten auftritt. Nicht, daß ich viele kennen würde. Aber bei älteren Rockstars kann man das häufig beobachten. Und seine Haut war noch fahler, als ich sie in Erinnerung hatte. Eine Dauerdiät aus Drogen und Alkohol ist eben nicht das beste für den Teint.« Chantal gestikulierte ironisch mit dem Champagnerglas und der Zigarette. »Ich lebe ja auch nicht gerade drogenfrei. Aber wenigstens verwende ich Schlammpackungen und gönne mir, wann immer ich es mir leisten kann, einen Besuch bei der Kosmetikerin. Und genügend Schlaf ist natürlich auch sehr wichtig.«
Philippa legte keinen Wert auf eine Schönheitslektion. »Und dann?« fragte sie ungeduldig.
»Bevor die Tatsache zu mir durchdrang« – Chantal legte eine Pause ein und blies einen Rauchkringel in die Luft –, »daß es sich um Bram handelte, sagte ich so was wie: ›Dr. Livingstone, nehme ich an?‹, worauf er dieses blöde Stück von den Moody Blues zum besten gab. Er war ziemlich betrunken, und die Wörter rutschten ihm ganz nuschelig heraus. ›Shtepping outta n Jungle gloo ...‹

Und plötzlich kam dieser schockierende Augenblick gegenseitigen Erkennens. Er hörte auf zu singen und keuchte ›K-kleine Nasch, Natascha!‹.
Weißt du, jahrelang hatte ich im Geist Gespräche mit Bram geführt und seinen miesen Charakter mit überheblichem Witz und totaler Beherrschung so gründlich und so verheerend hingerichtet, daß er längst tot war und als neuer Mann wiedergeboren wurde. Aber als er gestern so vor mir stand, hatte ich nur Mitleid.«
»Das sieht dir ähnlich.« Philippa nickte.
»Nein, nein, *ich* habe Fortschritte gemacht. Mein letzter zerrissener Unterrrock stammte von Comme des Garçons und war extra mit Riß angefertigt worden. Und die Dichterei hab ich aufgegeben, als ich Alexi kennenlernte, das war wenig später, und er irgendeine Bemerkung machte, daß Gedichte den ›angestaubten‹ Teil der Literatur darstellen.«
»Das finde ich ein bißchen ungerecht«, protestierte Philippa.
Chantal zuckte die Schultern. »Meine Liebe, das Leben ist ungerecht. Jedenfalls haben wir uns über die alten Zeiten unterhalten. Er hat irgendeine Entschuldigung genuschelt, weil er damals so ein Arsch gewesen war. Und dann hat er mich überredet, ihm meine Wohnung zu zeigen, die ja immerhin gleich nebenan ist. Zu dem Zeitpunkt hatte ich schon einige von diesen brutalen Kokosnußcocktails intus und fühlte mich leicht wackelig auf meinen Patric Coxes. Falls ich irgendeine Vorahnung hatte, dann kam sie jedenfalls aus einer weit entfernten, narkotisierten Ecke. Ich hab ihn rübergeführt. ›Wie wär's mit einem für unterwegs, hm, Kleine Natascha?‹ rülpste er. Während ich noch grübelte, ob er damit auf Alkohol oder Sex anspielt – und in dem

Moment war mir der Gedanke an beides ein einziger Horror –, stolpert er an mir vorbei und steuert schnurstracks in mein Schlafzimmer.«

»Woher kommt das eigentlich, daß manche Männer einen untrüglichen Instinkt dafür besitzen«, wunderte sich Philippa, »ganz allein den Weg in fremde Schlafzimmer zu finden?«

»Als ich ihm schließlich hinterher bin, lag er schon quer über dem Bett, die Füße baumelten auf der einen Seite runter, der Kopf auf der anderen. Er murmelte irgendwas. Ich schlich leicht beunruhigt näher, damit ich es verstehen konnte. ›Ein Eimer, Natsch, hol schnell 'n Eimer.‹« Chantal legte ihre Hand vor die Stirn.

»Er hat doch wohl nicht?« fragte Philippa.

»Doch«, bestätigte Chantal und verdrehte die Augen. »Ich hab ihm einen Eimer geholt, und ich sage dir, keine Sekunde zu früh.« Chantal brachte es nicht übers Herz, das folgende Geschehen erneut wiederzukäuen, obwohl ihr noch jede gräßliche Einzelheit in Erinnerung war.

Sie war ins Schlafzimmer gerast und hatte ihm den Eimer unters Kinn gestellt. »Uh-rruUUUP«, ejakulierte es aus ihm. Ein Schauer schüttelte seinen Körper, als ihm Abendessen und Alkohol aus dem Mund liefen. »Kakakaka«, hustete er als schwaches Nachwort. »Uh-rrruuUUUUUP!« Sie drehte sich weg, verzog angeekelt die Lippen und fühlte sich plötzlich selbst nicht allzu wohl. Sie schwankte ins Wohnzimmer, goß sich einen Whiskey ein und starrte bedrückt aus dem Fenster.

Chantal gehörte von Natur aus nicht unbedingt zum mütterlichen Typ.

»Uh-rruuUUUP! ... Kakakaka«, tönten Strophe und Refrain aus dem Zimmer nebenan.

»An einem Punkt hab ich ihm noch vorgeschlagen, er soll sich ins Bad bewegen«, sagte Chantal niedergeschlagen.
»Wäre unter den gegebenen Umständen auch der passendere Lebensraum für seine Spezies.« Philippa schüttelte mitfühlend den Kopf.
»Aber da war er schon voll und ganz weggetreten, sein Kopf hing über dem Eimer, sein Körper lag unbeweglich auf meinem schönen neuen Quilt. Ich bin deprimiert ins Wohnzimmer zurück. Gegen sechs ist es mir dann endlich gelungen, auf dem Zebrastuhl einzudösen. Mein Zebrakleid, das ich immer noch anhatte, vermittelte mir wenigstens die tröstliche Vorstellung, daß ich gut getarnt war. Drei Stunden später wurde ich durch einen Anruf geweckt, der Hals und die Glieder steif, im Kopf das Tamtam-Getrommel von ganzen Dschungelstämmen – es war meine Mutter, und sie wollte nur mal Hallo sagen.«
»Mütter haben die beste Nase für Timing«, sagte Philippa mitfühlend.
»Ich hab ihr gesagt, ich rufe zurück und bin wieder ins Schlafzimmer gezockelt. Bram war inzwischen unter die Decke gekrochen und hatte es sich der Länge nach bequem gemacht; seine Arme und Beine haben die ganze Bettbreite eingenommen, und er schlief wie ein Toter. Ich hätte ihn wecken können, fühlte mich aber nicht in der Verfassung, die Konsequenzen durchzustehen. Ich hab mich also wieder in den Sessel gesetzt und bin in einen fürchterlichen Halbschlaf versunken. Und dann war mir, als hätte ich einen Traum: Ich war ein kleines Mädchen, und mein Vater ging morgens zur Arbeit, und plötzlich verwandelte er sich in Bram, der in einer Hand seine Schuhe hielt und die andere an die

Stirn drückte und durchs Wohnzimmer zur Tür hinausschlich ... aber erst, als ich hörte, wie das Türschloß einklinkte, wurde mir klar, es war gar kein Traum. Ich bin sofort ins Schlafzimmer gegangen. Dort hab ich den Eimer mit abgewandtem Kopf und zugehaltener Nase ganz vorsichtig aufgehoben, ins Bad getragen und den widerlichen Inhalt runtergespült. Dann hab ich eine halbe Flasche Desinfektionsmittel in den Eimer gekippt, Wasser reingefüllt und ihn stehen lassen. Anschließend hab ich den Quilt nach Kotzspuren untersucht, im Stillen seinem guten Zielvermögen gedankt und auf der am wenigsten von den Abenteuern der Nacht berührten Bettseite erschöpft meinen Geist aufgegeben. Zwei Stunden später rief Alexi mit seiner entsetzlich piepsigen Stimme an und fragt, wann er vorbeikommen und mich zu der Party abholen soll. Und da bin ich.«

»Was für ein Nachwort zu einer Beziehung.«

»Weißt du, ich habe Bram auch vieles zu verdanken«, sagte Chantal nachdenklich.

»Was soll das heißen?«

»Ich weiß jetzt, daß man Sex nicht zu hoch bewerten sollte. Sex ist leicht. Beziehungen sind schwer. Seit der Zeit mit Bram hab ich zwar nicht wie eine Nonne gelebt, aber ich habe, ehrlich gesagt, keine Probleme mit der Enthaltsamkeit.«

Philippa lachte. »Aber sicher, Chantie.«

Die Wahrheit war, daß die umwerfende, stilvolle, intelligente und sexy Chantal, das Traumgirl der neunziger Jahre mit erfreulicher Karriere, verfügbarem Einkommen und ausgezeichneter Garderobe, die überzeugte Meinung vertrat, daß Sex als erstrebenswerte Freizeitbeschäftigung ziemlich überschätzt wurde. In ihren Augen krebsten die meisten heterosexuellen Männer zu weit unten in der Nahrungskette herum, als daß sie der Mühe wert waren. Nach ihrer Erfahrung waren es vorwiegend schwule Männer, die gern in Filme mit Untertiteln gingen oder in die Oper und sich mit echtem Interesse über die neuesten Frisuren auseinandersetzen konnten. Sie vergaßen nie deinen Geburtstag und brachten dir oft ohne zwingenden Grund Blumen mit. Selbst die vielversprechendsten heterosexuellen Männer hatten normalerweise irgendeinen furchtbar unsympathischen Charakterzug, wie etwa den Hang, beim Musikhören in der Luft mitzutrommeln, oder sie hegten eine Vorliebe für Sportübertragungen in der Glotze. Zu ihrem großen Bedauern fühlte Chantal sich sexuell nicht zu Frauen hingezogen.

Philippa gähnte. Aus Chantal war offenbar nicht viel mehr herauszuholen. Und sie wollte auf alle Fälle wieder zurück an den Computer. »Wie lange willst du noch hier bleiben?«

»Ach, ich glaube, ich verabschiede mich nur noch schnell von Endi. Um ehrlich zu sein, ich hätte wirklich nichts dagegen, noch eine Runde zu schlafen.«

»Zischen wir ab«, sagte Philippa, stand auf und wischte sich Katzenhaare von den Jeans.

In einer anderen Stadt, in einem Café, saßen sich unterdessen zwei Frauen gegenüber, deren Gesichter zu gleichen Teilen Schadenfreude und Schuldgefühle widerspiegelten. Das beliebte George's im Melbourner Schickimicki-Viertel St. Kilda war sonntags immer schnell überfüllt. Bronwyn und Gloria konnten von Glück reden, daß sie einen Tisch ergattert hatten. Auf selbigem befanden sich zwei halbgeleerte Tassen Cap-

puccino, zwei halbverzehrte Gebäckstücke und ein gänzlich konsumierter und verdauter Brief.
»Was hast du jetzt vor?« gluckste Gloria.
»Keine Ahnung. Aber du kennst doch Philippa, meine Freundin in Sydney? Ich hab dir von ihr erzählt, sie schreibt einen erotischen Roman.«
»Ich erinnere mich.«
»Ich schätze, die hätte ihre wahre Freude an dem Brief. Vielleicht schicke ich ihn ihr.«
»Das ist so gemein.«
»Gemein ist mein zweiter Name.«

Zufallstreffer

Am folgenden Samstag saß Philippa am Rand des Boy Charlton Swimmingpool in Woolloomooloo und ließ die Füße ins Wasser baumeln. Sie trug einen schwarzen Einteiler von Speedo. Die Art, wie sie da saß – auf die Hände gestützt, den Oberkörper weit vorgebeugt-, steigerte die Wirkung ihres Dekolletés ins Dramatische. Wie sie bestens wußte. Nicht, daß einer der anwesenden Muskelprotze diesen Anblick goutiert hätte, darüber war sie sich im klaren; die lagen nur herum, saugten mit ihrem sonnenölgebeizten, fettfreien Fleisch die Strahlen der Januarsonne auf und hatten nur Augen für ihresgleichen. Wo blieb dieser Jake? Sie tupfte sich noch ein wenig Sonnenschutzcreme auf die Schultern und blinzelte zum x-ten Mal Richtung Eingang.

Endlich kam er auf sie zugeschlendert, ein lässiges Grinsen im Gesicht, als wolle er sagen: Hey, was bedeutet schon eine Stunde Verspätung unter Freunden? »Entschuldige, daß es so lang gedauert hat«, sagte er, während er Jeans und T-Shirt abstreifte; seine Badehose hatte er darunter bereits an. Er warf die Kleider auf einen Haufen, ließ seinen langen, dünnen Körper ins Wasser gleiten, tauchte unter, stellte sich hin und schüttelte seine Dreadlocks aus. »Mußte jemanden zum Flughafen bringen.« Er streckte ihr die Hand entgegen. »Kommst du nicht rein?«

»Was hast du da am Handgelenk?« Philippa übersah die Geste und rutschte ohne fremde Hilfe ins Wasser.
»Einen Stempel«, erklärte er. »War vor kurzem in 'nem Konzert. Ich bin nämlich ein fleißiger Stempelsammler. Gehst du gern in Konzerte, Philippa?« Er mußte lächeln, denn er hätte sie beinahe Norma genannt.
»Manchmal.« Hübsches Lächeln, dachte sie.
»Und welche Art von Bands hörst du am liebsten?« Er konnte sich nicht mehr entsinnen, ob er ihr erzählt hatte, daß er selbst in einer Gruppe spielte, und hoffte nur, daß sie kein Fan von Cover Bands war. Cover Bands waren was für Spießer in Segelschuhen und Leute, die sich dieses Jahr gerade mal eben dazu durchgerungen hatten, den Nabel piercen zu lassen. Mit allem anderen konnte er sich ganz gut abfinden. Bis auf Country & Western. Oder REM. Oder alles, was alternde Rockstars mit tragischem Haar anging. Doch im Grunde war er ein toleranter Typ. Gegen die letzte Platte von Tom Jones hatte er nichts einzuwenden. Es hätte ihn zwar ehrlich gefreut, wenn sie die Nine Inch Nails gut fände, aber wenn nicht, auch nicht schlimm; diese Gruppe mochten die wenigsten Mädchen.
»Gute Bands«, erwiderte sie, stieß sich ab und schwamm die Bahn entlang. Er paddelte lasch hinter ihr her. Jake fand, zuviel Sport schade dem Menschen, und sparte seine Energie lieber für andere, wichtigere Dinge auf. Für Essen und Sex zum Beispiel. Nach ein paar Runden ruhte er sich im seichten Beckenende aus.
Die Ellbogen seitlich auf den Rand gestützt, beobachtete er, wie sie mit kräftigen Zügen vorwärtspflügte. Ihm gefiel die ausgeprägte Muskulatur ihrer Arme. Als sie neben ihm haltmachte, meinte er anerkennend: »Netter Freistil.«

»Und welchen Stil hast du benutzt? Ich konnte ihn nicht so recht identifizieren.«
»Meinen ganz persönlichen«, erwiderte er. »Den Slacker.«
Philippa lachte, machte den Arm lang und bespritzte ihn. Er ließ sich unter Wasser gleiten, packte sie an den Knöcheln und brachte sie aus dem Gleichgewicht. »Wolltest du mich flachlegen?« fragte sie, als beide wieder auftauchten.
»Philippa, als Schriftstellerin solltest du eigentlich wissen, daß Kalauer die niedrigste Form des Humors sind.«
»Woher weißt du, daß ich Schriftstellerin bin?«
»Das hast du mir selbst erzählt. Bei der Party, wo wir uns kennengelernt haben.«
»Ach, und ich dachte, du hättest gar nicht zugehört.«
Philippa stieß sich ab und schwamm nochmals zwei Runden.
»Also«, wandte er sich an sie, als sie neben ihm eine Pause einlegte. »Wohin führst du mich heute abend zum Essen aus?«
Wer hat gesagt, daß ich dich zum Essen ausführe? dachte Philippa. »Wo möchtest du denn hin?« fragte sie.
Ins netteste Restaurant, das du dir leisten kannst, dachte er. Mag ja sein, daß ich wie ein Schwein aussehe, aber mein Gaumen ist überaus sensibel. Und dann laut: »Irgendwohin, wo es nicht so teuer ist. Mir ist alles recht.«
»Hast du ein Auto?«
»Gerade noch.«
»Was soll das heißen, gerade noch?«
»Es gehört mir nicht mehr lang«, erklärte er. »Aber ich glaube nicht, daß sie es noch heute abend abholen. Außerdem habe ich es tunlichst unterlassen, die Bank über meinen Aufenthaltsort zu informieren.«

Philippa dachte einen Augenblick nach. Sie hatte den Nielsen Park fast schon vergessen gehabt, bis Helen ihn neulich bei ihrem Treffen in der Post erwähnte. Sie schlug vor, eine Kleinigkeit essen zu gehen und danach dort einen Spaziergang zu machen.
»Einen Spaziergang? Das ist doch was für alte Leute. Meine Eltern gehen immer spazieren. Wie alt bist du eigentlich, Philippa?«
Philippa hob eine Augenbraue. »Wäre es dir lieber«, konterte sie trocken, »wenn wir unsere Skateboards mitnehmen? Wie alt bist *du* eigentlich, Jake?«
»Ist es denn da cool, im Nielsen Park?« Die beste Verteidigung, dachte Jake oft, bestand darin, das Thema zu wechseln.
»Kommt drauf an, was genau du unter ›cool‹ verstehst. Da er am Wasser liegt, weht immer ein leichter Wind, falls du das meinst. Aber Tex Perkins wird uns wahrscheinlich nicht über den Weg laufen. Andererseits hat man dort Hugo Weaving schon ab und zu gesichtet.«
»Den Typen aus dem Film *Priscilla?*«
»Genau den.«
»Dann bin ich dabei.«
Die beiden blieben noch eine Weile am Pool, duschten und zogen sich an. Eine halbe Stunde später beobachtete Philippa in einem marokkanischen Restaurant in Darlinghurst, wie Jake den Vorspeisenteller mit einem Stück türkischen Fladenbrots sauberwischte, und staunte im stillen darüber, welche Portionen ein so dünner Kerl verputzen konnte. Als die Rechnung kam, entschuldigte er sich. Er mußte auf die Toilette. Als er wieder zurückkam, dankte er ihr für die Einladung, griff über den Tisch und nahm ihre Hand. Ganz schön dreist, dachte Philippa, und dann laut: »War mir ein

Vergnügen.« Sie entzog ihm ihre Hand und schlug vor, in den Park aufzubrechen. Nachdem sie ein Stück am Strand entlanggeschlendert waren, entdeckten sie ein abgelegenes Plätzchen auf den Felsen mit bezauberndem Blick auf die untergehende Sonne und die Stadt, die auf der anderen Seite des Wassers in der Abenddämmerung glühte. Philippa setzte sich und schlang die Arme um die Beine. Jack legte sich nahezu senkrecht zu ihr hin, die Knöchel über Kreuz, den Kopf haarscharf an Philippas Schenkel.

»Hast du einen Freund, Philippa?« fragte er nach längerem Schweigen.

»Eigentlich nicht«, antwortete sie. Frauen zählten ja wohl nicht als Freunde, oder? »Und du? Gehst du mit jemandem?«

»Och, eigentlich nicht«, heuchelte er. »Na ja, ich hatte was mit diesem anderen Mädchen. Aber sie ist jetzt weggefahren, und die Sache war sowieso eher flüchtig.« Er verdrehte den Hals, damit er sie sehen und ihre Reaktion beurteilen konnte. Im Vergleich mit der letzten Frau war Philippa ein souveräner Typ, nicht ganz so leicht zu durchschauen, vor allem nicht verkehrt herum gesehen. »Sie war auch etwas älter. Ich mag ältere Frauen ganz gern.« Er begab sich wieder in seine ursprüngliche Position und starrte forschend in den Himmel.

»Und woran liegt das, Jake?«

»Keine Ahnung. Wahrscheinlich komm ich besser mit ihnen klar«, erzählte er dem Mond. »Ich mag eben Frauen, die ihr Leben im Griff haben.«

Ganz zu schweigen von ihren Finanzen, dachte Philippa. »Glaubst du denn, daß alle älteren Frauen ihr Leben im Griff haben?« fragte sie.

Langsam wurde die Sache kompliziert. Jake wälzte sich herum, hievte sich in Sitzposition und schenkte ihr den gefühlvollsten Blick, den er mit seinem vollen Bauch zustande brachte.
»Nein. Aber bei dir glaube ich das schon.«
Philippa musterte Jake durch schmale Augenschlitze. Ein Lächeln zuckte um ihre Mundwinkel. »Ach ja? Und wie kommst du darauf?«
Ihren grauen Augen haftete etwas Stählernes an, das ihn leicht irritierte. Allmählich reizte sie ihn. Jake war von Natur aus ziemlich träge. Die Idee, daß Philippa ihn reizen könnte, war ihm bis zu diesem Punkt noch gar nicht gekommen; der einzige echte Gedanke, den er an die Angelegenheit verschwendet hatte, war der, daß sie ihn wahrscheinlich füttern und auch vögeln würde. Mit Julia war es ganz nett gewesen, aber *gereizt* hatte sie ihn nie sonderlich. Im übrigen hatte er bei Julia allmählich das unverkennbar hefige Aroma einer aufgehenden und jederzeit backfertigen Beziehung geschmeckt. Und um ganz offen zu sein, er hielt nicht viel von Beziehungen. Er war das, was man als partnerschaftlich gehandicapt bezeichnen könnte. »Einfach so«, sagte er.
Ein schwacher Wind kam auf und fegte durch Jakes Haare, so daß drei dicke Rastalocken einen Augenblick lang zu einer kerzengeraden Säule auf seinem Kopf erstarrten. Philippa prustete vor Lachen.
»Was ist denn?«
»Nichts. Ich glaube, dein Kopf hat einen Steifen.« Philippa drehte sich um und schaute aufs Meer, um ihr Grinsen zu verbergen. Jake strich sich über den Kopf. Aber die Dreadlocks waren wieder nach unten gefallen. Er hatte keine Ahnung, wovon sie redete.

Inzwischen war der Strand fast menschenleer. Bis auf die Wellen, die sich unter ihnen brachen, und einigen Gesprächsfetzen, die vom Weg neben dem Felsen zu ihnen herüberdrifteten, hatte sich eine für die Stadt fast übernatürliche Stille über den Park gelegt.
Als Philippa ihm das Gesicht wieder zuwandte, bemerkte sie seinen leicht verwirrten Ausdruck. Er war ein kleiner Gauner, keine Frage. Aber er hatte auch etwas sympathisch Verletzliches.
Er beugte sich zu ihr. Nur ganz wenig. Gelände sondieren. Der Stahl in ihren Augen schien sich um ein bis zwei Grad erwärmt zu haben. An der Frau ist von Natur aus alles kühl, dachte er, vom samtigen Guß der Alabasterhaut bis zum eisigen Melonenrot der Lippen. Er senkte die Augen auf diese Lippen und sehnte sich nach einer Kostprobe, dann sah er wieder hoch, um ihrem verunsichernden Blick zu begegnen. Er rückte noch ein wenig näher. Sie wich nicht zurück, kam ihm aber auch nicht entgegen. Er sah wieder auf die Lippen und entdeckte einen Hauch von Lächeln. Würden sie unter seinem Mund schmelzen oder ihn nur verspotten? Er blickte ihr erneut in die Augen; der Stahl schien einer ruhigen Wintersee gewichen zu sein. Sollte er einfach eintauchen? Im selben Moment fiel eine Rastalocke vor sein linkes Auge. Er schob den Kiefer vor und blies nach oben. Es war ein besonders schweres Exemplar, das verspielt auf seinem Atem schwebte wie ein Drachen, sich jedoch hartnäckig weigerte, dorthin zurückzukehren, wo es herkam. Er beschloß, die Locke zu ignorieren. Wobei es nicht einfach ist, über einen dikken, verschwommenen Streifen hinwegzusehen, der das Blickfeld in zwei Hälften teilt. Egal. Er lenkte seine Konzentration erneut auf jene Lippen. Sie schienen

sich auf halbem Weg zu einem Lächeln zu befinden. Er suchte in ihren Augen nach einem Hinweis. Sie senkte die Lider ein wenig. Das Meer erwärmte sich geringfügig. Er senkte seinen Blick und sah hinunter auf die Lippen. Er sah ihr in die Augen und wieder auf die Lippen. Augen, Lippen, Augen, Lippen. Mit jedem vertikalen Pendelschwung wirkten sie einladender. Jetzt oder nie, dachte er, stellte sich auf sein mentales Sprungbrett, ging in die Knie, holte tief Luft und stürzte sich mit geschlossenen Augen ins Wasser. Seine Lippen landeten sanft auf ihrem Mund.

Keine Reaktion. Genauer gesagt, keine positive Reaktion, aber immerhin war auch keine negative zu verzeichnen. Er hätte ebensogut eine Statue küssen können.

Eine Möwe kreischte und stieß herab. Auf dem Kiesweg neben dem Felsen knirschten Strandschuhe. »Mum, was machen denn die Leute da?« piepste ein kleines Mädchen. Die Schritte beschleunigten sich und wurden schwächer.

Jake kam sich immer blöder vor. Die Zeit verstrich. Sollte er etwas anderes anstellen, ihr eine Hand auf die Hüfte legen oder so, oder an ihr knabbern oder einfach aufhören, bevor alles verloren war? Aus irgendeinem Grund sah er plötzlich seinen Verstärker vor sich. Das Ding war kaputt und mußte vor dem Gig im Sando in ein paar Wochen repariert werden. Das konnte gut hundert Dollar kosten. So ein Wucher. Wo sollte er einen so hohen Betrag auftreiben? Von einem der Bandmitglieder bestimmt nicht. Die waren noch zahlungsunfähiger als er, sofern ein derart trauriger Zustand überhaupt möglich war. Er hätte sich das Geld von Julia leihen sollen. Julia. Philippa. Plötzlich fiel ihm wieder ein, wo er sich befand und was er tat.

Aber was *tat* er denn? Er öffnete die Augen, um festzustellen, ob ihr Gesicht ihm einen Anhaltspunkt liefern könnte. Sie hatte die Augen zu. Jake faßte das als gutes Zeichen auf.

Damit zog er jedoch vorschnelle Schlüsse. Die geschlossenen Augen waren nicht unbedingt ein gutes Zeichen, denn in diesem Fall bedeuteten sie, daß Philippa nachdachte. Sie war nicht so leicht zu beeindrucken wie Julia. Bei Männern hatte sie eine etwas längere Reaktionszeit. Selbstverständlich verglich sie ihre Reaktionszeit nicht mit der ihrer Freundin, denn sie hatte ja keinen Schimmer, daß der Vergleich überhaupt bedeutsam war. Andernfalls wäre ihre Reaktionszeit ohnehin unter Null geblieben: Sie hielt nämlich nichts davon, mit den Liebhabern ihrer Freundinnen zu flirten.

Was Philippa durch den Kopf ging, ja geradezu schoß, Schlag auf Schlag, waren die beiden folgenden Gedanken: Erstens: Jake reizte sie. Er war ein absoluter Traumboy, ein sexy Junge mit einem trockenen und verrückten Sinn für Humor. Ihr gefiel seine dreiste Unverschämtheit, und sie fand seinen Slacker-Stil – sowohl im Wasser wie außerhalb – höchst amüsant. Zweitens: Er bedeutete Großen Ärger. Ihr Warnsystem schrillte wie ein Rauchmelder in der Hölle. Muß ich mir in meinem Leben auch noch Großen Ärger aufhalsen? fragte sie sich.

Jake erwog gerade einen taktischen Rückzug, als er ihre Lippen hauchzart auf seinen spürte. Er beschloß durchzuhalten.

Natürlich mußte sie sich nicht gleich allzu sehr engagieren. Er war zehn Jahre jünger als sie und hielt vermutlich ohnehin nicht viel von einer festen Beziehung. Sie könnte das Ganze als eine Art One-night-Stand angehen. Für eine diskrete, zwanglose Bettgeschichte ab und zu war sie durchaus zu haben. Aber Moment, was wäre, wenn sich der One-night-Stand als richtig großartig erwies? Würde sie sich dann nicht nach einer zweiten Nacht sehnen? Und wenn sie eine zweite ebenfalls berauschende Nacht mit ihm verbringen würde, und danach wäre Schluß, was dann? Im Grunde waren zwei Nächte weitaus schlimmer als eine Nacht. Ein One-night-Stand ist das, was er verspricht. Am Morgen wacht man auf, schaut sich gegenseitig an und macht »Hmmm«. Wenn beide denken, »O Gott, das hab ich mir also letzte Nacht angeschleppt«, packt die Gastmannschaft ihren Kram und verläßt das Stadion. Die Heimmannschaft stellt sich unter die Dusche und beginnt ihren Tag. Wenn beide denken: »WOW«, gibt man noch einen mit auf den Weg. Er ruft nicht an und du ebenfalls nicht, beziehungsweise du oder er melden sich, die Sache wird ausdiskutiert, und damit ist alles erledigt. Aber Two-night-Stands, das sind die echt schmerzhaften Erfahrungen. Für dich ist es eine Beziehung, für ihn bloß ein Zufall. Du hast angefangen, deinen Freunden von der Geschichte zu erzählen, während er schon irgendeiner Neuen hinterherjagt.

Du lieber Himmel. Philippa merkte plötzlich, daß Jake die Luft anhielt.

Ihm war schon ganz schwindelig. Philippa spitzte die Lippen ganz leicht gegen seinen Mund. Er atmete so ruhig wie möglich durch die Nase aus, und sie spürte, wie der zitternde Atem sie am Mundwinkel kitzelte. Er bemühte sich, gleichmäßig zu atmen, und küßte mit spitzen Lippen zurück.

Dann gab es da noch dieses Problem jüngerer Mann/ältere Frau. In diesem Punkt war Philippa gespalten.

Julia trat voll und ganz dafür ein und schwor auf die Vorzüge jüngerer Männer: ihre Verspieltheit, ihre liebe Art, die viele Zeit, die sie mitbrachten, um sich auf deinem Bett die Zehennägel zu schneiden oder auf deinem PC Spiele zu installieren, ihr Sinn für Abenteuer, ihre zuverlässigen Erektionen. Man müsse nicht ständig Verbände über schwärende alte Wunden anlegen, die irgendeine andere Frau verursacht hatte, oder so tun, als verstehe man die abgestumpfte zynische Lebenseinstellung eines älteren Herrn. Außerdem, lautete ein weiteres Argument Julias, könne man erfolgreich seinem Beruf nachgehen, ohne gleich als Bedrohung oder Konkurrenz empfunden zu werden, weil jüngere Männer ohnehin erwarteten, daß man ihnen auf der Karriereleiter bereits ein Stück voraus ist.
Die Vorteile jüngerer Frauen lagen für Philippa allemal auf der Hand. Aber wenn sie sich schon mit einem Mann einließ, bevorzugte sie normalerweise den etwas älteren, abgedrehteren und erfahreneren Typ. Dennoch hatte Jake etwas an sich, etwas äußerst Freches, das sie stark anzog. Es wäre doch idiotisch, aufgrund irgendeines schwammigen Prinzips Entscheidungen zu treffen. Sie setzte sich nicht gern Regeln. Sobald sie merkte, wie sich eine Regel in ihr Leben einschlich, versuchte sie diese gewöhnlich sofort zu brechen.
Kaum hatte Philippa die Lippen leicht geöffnet und ein bißchen an seinem Mund geknabbert, wurde die Region um Jakes Solarplexus von einem Beben der ungefähren Stärke 5,6 auf der Richterskala erschüttert, das seinen Körper bis in die Glieder erfaßte, das entscheidende fünfte eingeschlossen. Er seufzte zitternd in ihren Mund und knabberte ungeduldig zurück.
Doch gerade weil sie sich so zu ihm hingezogen fühlte,

wäre sie vermutlich schrecklich deprimiert, wenn sich die Geschichte als One-night-Stand entpuppte. Vielleicht war die Idee doch nicht so gut. Sie zwang ihre Lippen zur Ruhe und überlegte, was zu tun sei. Warum hatten die Menschen es dieser Tage eigentlich immer so eilig? Ich meine, wie kann es sein, daß man die Initiative ergreift und sich mit jemandem verabredet, den man vorher erst einmal getroffen hat, und noch ehe das erste Date gelaufen ist, stellt sich das Sex-Thema? Andererseits hatte sie ihn nicht nur eingeladen, sondern auch den Spaziergang im Park vorgeschlagen. Es war allgemein bekannt, daß junge Pärchen den Nielsen Park nur aus einem Grund aufsuchten: Sie wollten turteln. Und sie erzählte ständig jedem, der es hören wollte, daß sie einen erotischen Roman schrieb, oder? Sie sollte wirklich nicht so scheinheilig tun.
Jakes linkes Bein, das eingeknickt unter ihm lag, war eingeschlafen, ebenso wie die rechte Hand, auf die er sich stützte. Er war sicher, eine Steckmücke saugte an seinem linken Arm. Doch er wagte nicht, sich zu bewegen und sie zu erschlagen. Bis jetzt hatte Philippa keine Reaktion auf seinen letzten Knabberversuch gezeigt, und das beunruhigte ihn. Vielleicht ging er zu stürmisch vor. Vielleicht gehörte sie nicht zu der Sorte Mädchen, die gleich bei der ersten Verabredung ins Bett hüpfen. Vielleicht bedurfte es bei ihr ein bißchen mehr Anstrengung, einen Tick mehr Zeit. Das ging völlig in Ordnung. Dagegen war nichts einzuwenden. Er hatte seinen Spaß. Wobei das ganze Gerede von wegen Autorin erotischer Geschichten doch etwas in die Irre führte. Warum erzählte sie ihm das ohne Umschweife, wenn sie damit nicht etwas andeuten wollte? Plötzlich schoß ihm durch den Kopf, daß er ihr womöglich nur

als, tja, *Rechercheobjekt* diente. Jake fand diesen Gedanken ziemlich reizvoll. Andererseits fragte er sich, wie sie eigentlich schrieb. Was ihm bislang an erotischer Literatur zwischen die Finger gekommen war, hatte ihn nicht sehr überzeugt. Entweder war es, hm, triefend und schwülstig oder abstoßend kalt und brutal.
Jake gab vorübergehend die Stellung über ihren Lippen auf. Er schmuste mit ihren Wangen, knuddelte ihr Kinn und schmiegte seinen Kopf um ihren Hals. Dabei gelang es ihm gleichzeitig, die nervige Strähne vor dem Gesicht zu entfernen. Offenbar gefiel ihr dieser Kurswechsel, denn sie schmuste und knuddelte zurück.
Vielleicht aber nutzte sie auch nur die Gelegenheit, den Hals zu strecken, der wie seiner vor Spannung und Nervenbelastung steif geworden war. Der Gedanke quälte Jake. Allmählich fragte er sich, ob er einen Fehler begangen hatte. Vielleicht war sie ja gar nicht so rätselhaft, sondern einfach nur passiv. Und passive Frauen konnte er nicht ausstehen. Jake war stolz darauf, ein sensibler, unter Feministen aufgewachsener Neuer Mann der neunziger Jahre zu sein. Er schätzte Frauen, die an den Dingen aktiv Anteil nahmen.
Seine Dreadlocks fühlten sich pelzig auf ihrer Haut an. Sie fand Dreads faszinierend. Irgendwo hatte sie gelesen, daß der Mensch pro Jahr ungefähr 6000 Haare verliert. Im Gegensatz zu anderen Frisuren, bei denen die toten, ausgefallenen Haare am Ende auf den Kleidern landeten, in der Suppe schwammen, sich in Computertastaturen, zwischen Kammzinken oder als dicke Knäuel in Abflußrohren ablagerten, blieb einem bei Dreads praktisch jedes Haar erhalten, verfilzt fürs Leben.
Die Vorstellung gefiel ihr. Sie erinnerte Philippa ein wenig an ein perfektes Gedächtnis, dem keine Erfah-

rung verlorengeht, das jeden Handlungsfaden aus der Vergangenheit bewahrt und mit der Gegenwart verknüpft. Ganz ähnlich verhielt es sich in ihren Augen mit der Sexualität. Jeder sexuelle Akt prägte sich für immer in das sinnliche Bewußtsein ein. Jedesmal, wenn man mit jemandem ins Bett ging, nahm man sämtliche Vorgänger mit, mit denen man jemals geschlafen hatte. Jede Berührung war Ausdruck einer ganzen Vorgeschichte erlebter Zärtlichkeiten.

Praktisch gesehen hegte sie da allerdings einige Zweifel. Nach Aussage ihrer Friseuse meinten einige Dreadlocks-Träger, sie bräuchten sich nie wieder die Haare zu waschen. Schon einige Male, als sie Dreadlocks abschneiden sollte, hätte sie der miefige Geruch dreckiger Kopfhaut so überwältigt, daß sie beinahe in Ohnmacht gefallen wäre. Philippa fragte sich, ob Jake sich wohl die Haare wusch. Sie schnupperte unauffällig. Seine Locken rochen ziemlich gut. Und er ebenfalls. Sonnengeröstetes Fleisch mit einem feinen Bukett Jungmännerschweiß.

Philippa wunderte sich plötzlich, warum sie dem bisherigen Geschehen so *reaktiv* begegnet war, so passiv. Ohne ein Wort zu verlieren, strich sie ihm mit dem Mund übers Gesicht, schmeckte die Wangen mit dem weichen Flaum, leckte ihm die Nasenspitze, fuhr ihm mit den Lippen über die klaren Augenbrauenlinien und saugte sanft an seinen Wimpern. Die Stilettos in Kapitel fünf! Wieso fiel ihr das erst jetzt ein? Auf Teppichen konnten die doch nicht klicken! Die Webbrükken in dem viktorianischen Inn mußte sie rausschmeißen. Sie nahm sich vor, dieses Problem sofort zu erledigen, wenn sie wieder zu Hause war, und riß dann ihre Gedanken unter Aufwendung enormer Willensanstrengung von philosophischen, auktorialen und anderen Dilemmata los und zog Jake näher an sich. Womit sie genau das tat, wonach Jake sich sehnte – näher bei ihr zu sein. Das unerwartet plötzliche Aufblühen ihrer Leidenschaft erlaubte es ihm, sich zu entspannen und auf den honigsüßen Schwingungen treiben zu lassen, die sie mit Zunge und Lippen in seinem ganzen Gesicht auslöste. Sie vergrub ihre Nase in seinen Haaren – anfangs noch zögerlich, dann etwas mutiger –, dann konzentrierte sie sich auf sein Ohr, bohrte mit der nassen Zunge in sämtlichen Nischen und knabberte an dem tintenfischartigen Fleisch. Vom Ohr arbeitete sie sich langsam am Hals entlang und biß ihn unterwegs ausgiebig und zärtlich in den Adamsapfel.

Als sie wieder zu seinem Mund hochwanderte, wurde sie bereits von geöffneten Lippen erwartet. Inzwischen war die Gefahr störender rationaler Gedanken auf beiden Seiten gebannt. Hungrig saugten sie einander an den Lippen. Philippa spürte, wie prickelnde Erregung zu ihrem Geschlecht hinabströmte, das immer feuchter wurde, während Jakes Erektion unangenehm gegen die Jeans drückte. Sekunden später machten sie sich im T-Shirt des anderen zu schaffen, dann im Slip, und die Dunkelheit – der Mond schien an diesem Abend nicht sonderlich hell – war ihre Decke, als sie über den harten Stein purzelten. Sie vögelten halb in, halb aus ihren Kleidern – hier ein Ärmel, dort eine Socke –, und es war eine wilde, triebhafte, blaue Flekken verursachende Tollerei, ohne Rücksicht auf den harten, unebenen Fels oder mögliche Passanten oder sonstiges, es ging allein um ihre vereinte rohe Begierde. Hinterher hielten sie sich japsend und er-

schöpft in den Armen; Philippa lag ausgestreckt auf Jake.
Irgendwann griff Jake nach einer Hose, die er sich unter den Kopf legen wollte, und rutschte leicht zur Seite, um einen bequemeren Platz für seine Hüfte zu finden, die sich anfühlte, als stächen hundert Messer auf sie ein. Dabei hörten sie ein kurzes schlitterndes Geräusch und das leise, aber deutliche Plopp eines mittelgroßen Gegenstands, der unten ins Meer fiel.
»Was war das?« fragte Philippa und wickelte ihre Finger besitzergreifend um Jakes Rastalocken. Sie wünschte sich aufrichtig, daß dies kein One-night-Stand blieb.
»Keine Ahnung«, erwiderte Jake, der sich mittlerweile darauf konzentrierte, den Kiesel unter seinem Schulterblatt zu ignorieren. »Wahrscheinlich bin ich an einen Stein oder so was gestoßen.«
»Das klang aber nicht nach Stein«, bemerkte Philippa.
»Nein, du hast recht«, gab Jake zu.
Wenig später bummelten sie Händchen haltend über den dunklen Weg. Jake ging barfuß. In der freien Hand hielt er einen seiner Stiefel umklammert.
Das Gegenstück hatte sich tief unter ihnen auf dem Meeresgrund niedergelassen.
Am nächsten Morgen wachte Philippa als erste auf. Sie fand sich von Jakes ausladenden Gliedmaßen an den äußersten Bettrand gedrängt. Seine Haare besetzten die Kissen. Mit sanften Stupsern versuchte sie, ein bißchen Territorium zurückzugewinnen, konnte ihn aber nicht von der Stelle bewegen. Schon komisch, wie schwer ein so dünner Mensch sein konnte. Nachdem sie jeden Gedanken an weiteren Schlaf aufgegeben hatte, wälzte sie sich aus dem Bett, warf sich ein Unterhemd und Jeans über und ging im Laden an der Ecke

Milch, Croissants und große blaue Weintrauben kaufen. Zurück in ihrer Wohnung, zog sie sich wieder aus und schlüpfte in einen Sarong. Während sie darauf wartete, daß Jake aufwachte, setzte sie sich ins Wohnzimmer, das ihr auch als Arbeitszimmer diente, futterte Weintrauben und überflog die Zeitungen vom Wochenende.
Als er endlich erwachte, kratzte er sich am Kopf, streckte die Glieder und überlegte kurz, wo er sich befand. Er betrachtete den Bücherstapel neben dem Bett. Ach, richtig. Philippa. Die Schriftstellerin. Er gähnte, schlang sich ein Handtuch um und steuerte die Toilette an, um zu pinkeln. Als er herauskam und sie tapsend in der Wohnung suchte, hatte Philippa sich, durch die Geräusche aus dem Bad alarmiert, so verführerisch wie möglich auf dem Sofa drapiert. Der Anblick entlockte ihm ein Lächeln. Er wählte eine Scheibe von den Gadflys aus ihrer CD-Sammlung (letztendlich billigte Jake ihren musikalischen Geschmack doch) und legte sie ein.
Now we're heading for the stars and shooting for the sun; it's time to rise and shine schmalzten die Gadflys. Die ideale Musik für den Morgen danach. Jake kuschelte sich neben Philippa. Er warf sich eine Traube in den Mund und beugte sich zu ihr hinüber, bis seine Lippen direkt über ihren schwebten, dann zerbiß er die Frucht, ließ den süßen Saft von seinem Mund in ihren tropfen und schleckte ab, was auf ihr Kinn gekleckert war. *Put on a smile for me and say you are my friend.*
»Bist du mein Freund, Jake?«
»Was meinst du?«
Jetzt nahm sie eine Traube und zerkaute sie zu Mus, bevor sie ihn mit offenem Mund küßte und Brei samt Saft von ihrer Zunge auf seine schob. In diesem Stil

verzehrten sie fast ein ganzes Traubenbüschel. Dann schnappte sich Philippa, die sich inzwischen ziemlich verwegen und frivol vorkam, vier Weintrauben und schob sie nacheinander in ihren tiefer gelegenen Schlund. Sie spreizte die Beine ein wenig. »Wie wär's mit Perlentauchen?« fragte sie lächelnd und ließ sich nach hinten ins Kissen sinken.

Jake erwies sich als äußerst geschickter Taucher. Während er noch Trauben kaute, richtete er sich wieder auf, griff sich einen Fuß von Philippa und zog ihn vor sein Gesicht. Er steckte sich den Fuß in den Mund, lutschte jeden Zeh einzeln ab und leckte die Zwischenräume mit seiner schwammig-nassen Zunge aus. Philippa stöhnte und quiekste dabei vor purem sinnlichem Vergnügen.

Jake lächelte und leckte sich die Lippen. »Bißchen wie ein Spaziergang im Matsch, stimmt's?« sagte er, packte den Fuß wieder aufs Sofa und nahm sich den zweiten vor.

There's something about you, wherever you go, I call your name out low. Schier hilflos vor Glück, streckte Philippa die Hand aus und zog Jake das Handtuch weg. Sie plumpsten vom Sofa auf den Teppich. Im Fallen gelang es Philippa gerade noch, das von ihr in der Traubenschale versteckte Kondom zu schnappen. Er legte sich ihre saubergeleckten Füße über die Schultern und drang im Rhythmus des Songs mit langsamen, trägen Stößen in sie ein. *And there's nothing I can say. You've got to take a chance on me and see what it gets you, and see what it gets you.*

Und sehen, was du davon hast. Philippas Warnsystem war außer Betrieb. Am Abend zuvor hätte sie vielleicht noch einen Funken Ironie in dem Text wahrgenommen. Doch im Augenblick, da sie unter diesem charismatischen Halbfremden delirierte, mit Liebessongs in der Luft und Hormonen im Hirn, litt sie unter einem schweren, wenn auch kurzfristigen Ironiedefizit.

Als sie hinterher aneinandergekuschelt auf dem Teppich lagen, schaute Philippa an Jake vorbei nach oben. War da im Haus gegenüber nicht eben ein Männergesicht am Fenster? Komisch, dachte sie, die Wohnung steht doch seit einer Ewigkeit leer. Wie lange war er schon da? Was hatte er gesehen? Sie wollte sich gerade in eine andere, günstigere Sehposition manövrieren, da küßte Jake sie erneut. Als sie wieder zu dem Fenster hinüberschaute, war der Mann, falls es ihn überhaupt gab, wieder verschwunden.

»Was gibt's da Interessantes zu sehen?« fragte Jake.

»Nichts.«

Er zuckte die Achseln. »Kann ich eben duschen?«

»Klar«, erwiderte sie und folgte ihm ins Bad.

Anschließend frühstückten sie zusammen. Sie setzten sich Seite an Seite aufs Sofa und stippten warme Croissants in den Kaffee des anderen. Nachdem Jake zwei normale und eines mit Nußfüllung verputzt hatte, rieb er sich den Bauch und legte ihr den Arm um die Schultern.

»Jake«, sagte Philippa leicht beunruhigt, »ich muß gerade daran denken, daß du gestern erzählt hast, du hättest jemanden zum Flughafen gebracht. War das die Frau, mit der du zusammen warst?«

»Hm, so quasi.«

»So quasi?«

»Ja.«

»Und wohin ist sie geflogen?«

»Nach China.«

»Tatsächlich? Dann war sie womöglich mit einer guten Freundin von mir im gleichen Flugzeug. Julia, eine Fotografin. So ein komischer Zufall. Du hast sie vielleicht sogar in der Schlange gesehen – sie ist klein, dünn, dunkelhäutig mit langen schwarzen Haaren und trägt gewöhnlich interessante Retroklamotten.«
Jake verschluckte sich an seinem Kaffee. Er hustete ziemlich heftig, und Philippa klopfte ihm besorgt auf den Rücken. In dieser Sachlage war schnelles Denken gefragt. »Sagt mir überhaupt nichts«, meinte er, zuckte die Achseln und dachte: BING BING BING. Schade. Ihm blieben drei Wochen mit Philippa, und dann hieß es ade. Aber drei Wochen waren wirklich reichlich lang. Praktisch ein ganzes Leben.
Vielleicht aber lief es folgendermaßen ab:
»Und wohin ist sie geflogen?« fragte Philippa.
»Nach China.«
»Tatsächlich? Was macht sie da?«
»Sie ist Fotografin und nimmt an irgendeinem Kulturaustauschprogramm teil.«
»Ach, wirklich?« sagte Philippa und unterdrückte ihre Gefühle. »Wie heißt sie?«
»Julia. Ich hab sie auf der gleichen Party kennengelernt, wo wir uns getroffen haben.«
Philippa brauchte eine Weile, um das zu verdauen.
»Ähem, Jake, ich will ja nicht unhöflich sein, aber ich muß mich langsam an die Arbeit machen.«
»Heute ist doch Sonntag.«
»Ich weiß. Aber sonntags schreibe ich immer an meinem Roman.«
Vielleicht, überlegte sie, endete es schlicht so:
»Und wohin ist sie geflogen?« fragte Philippa.
»Weit weg.«

»Wie schön.«
»Ja«, sagte Jake und streckte sich in Philippas Schoß aus. Langsam schob er ihr den Sarong die Beine hoch, entblößte ihre Schenkel und küßte sie. Er wanderte weiter aufwärts. »Aber hier ist es viel schöner.«

Pekingente

Was für ein Wahnsinnsland. Ich wüßte zu gern, ob ich je wieder hierher komme, ob ich den Mann meiner Träume wiedersehe, ob seine Schlangen den Tag überlebt haben, ob sich mein Dolmetscher von dem Schock erholen wird, ob das Opernkostüm nicht doch zu teuer war, ob meine Fotos gut werden, ob ich jemals die Schulden auf meiner Kreditkarte abstottern kann, ob Jake am Flughafen auf mich wartet, und wenn ja, was sage ich ihm dann? Mengzhong, »In deinen Träumen«. Allein dieser Name! Mengzhong, Mengzhong. Ich hab es bestimmt nie richtig ausgesprochen. Aber schließlich war sein »Julia« auch nicht gerade perfekt. Was soll's.
Ich glaube, ich hätte den Teppich doch kaufen sollen. Sicher, das Verschicken hätte ein Vermögen gekostet, aber wo in Sydney findet man so ein Stück? Ob ich meinen Tee deklarieren muß? Der australische Zoll ist so streng. Ich kann's kaum fassen, daß mein Abenteuer mit Mengzhong Wirklichkeit ist. Und vor allem, daß es erst heute morgen stattgefunden hat. Kommt mir wie eine andere Welt vor. Gott, bin ich aufgedreht. Hoffentlich haben die Nachbarn nicht vergessen, meine Blumen zu gießen. Und die Post. Ob wohl was Interessantes dabei ist?
Ja, ich war zum ersten Mal in China. Und Sie? Hätte ich doch nur die Augen zugemacht. Hoffentlich quatscht

mir der Typ neben mir nicht während des ganzen Flugs nach Australien die Ohren voll. Das wäre mein Tod. Ich wünschte, in Flugzeugen gäbe es ein spezielles Abteil für »Personen, die nicht in der Stimmung sind, Befindlichkeiten mitzuteilen oder Erfahrungen auszutauschen oder in irgendeiner Weise mit dem neben ihnen sitzenden Fluggast zu kommunizieren«. Außer natürlich, es handelt sich bei dem Sitznachbarn um einen mörderisch gutaussehenden Mann, mit dem man sich dann sofort in den Überfliegersalon zurückziehen könnte. Leider gehört Mr. 38A nicht zur mörderisch attraktiven Kategorie, und ich fürchte, er ginge noch nicht mal als gefährlich gutaussehend durch. Das ist natürlich schrecklich ungerecht. Bücher soll man ja auch nicht nach ihren Umschlägen beurteilen, und überhaupt sollte ich mich glücklich schätzen, daß er sich mit dem Reden so lange zurückgehalten hat. Wahrscheinlich war es ganz hilfreich, daß ich auf der Strecke von Beijing bis zur Zwischenlandung in Guangzhou meine Nase in den *Club der wilden Mädchen* gesteckt habe.
Ach ja? Sie waren geschäftlich dort? Wie interessant. Laß das, Julia. Ermutige ihn nicht noch. *Ja, nein, eigentlich bin ich Fotografin. Bei einem vom Komitee für australisch-chinesische Beziehungen unterstützten dreiwöchigen Austausch.* Wieso erzählst du ihm das alles? Damit lieferst du dem Gespräch nur noch mehr Munition. *Sowohl Schwarzweiß als auch Farbe ... Ja ... Hauptsächlich für Zeitschriften.* Da haben wir's. Vielleicht können wir einfach auf Autopilot schalten. Oder ich nehme mir wieder den *Club der wilden Mädchen* vor. Nein. Ich könnte mich nie konzentrieren.
Äh, Julia. Nett, Sie kennenzulernen, Mick.
Himmel, die Mädels werden Augen machen, wenn sie

hören, daß Mengzhong Schlangenbeschwörer, Schwertschlucker *und* Schlangenmensch war. Und er hatte sagenhafte Geschichten auf Lager, wie er über die Grenze nach Nordkorea geschlichen und dann im Gefängnis gelandet war. HERRGOTT, war das eine Turbulenz! Ich hasse das! Man kriegt es richtig mit der Angst! *Nein, ist schon in Ordnung, danke, Nick. War ja nur eine kleine Turbulenz ... Oh, tut mir leid. Mick. Mein Namensgedächtnis ist eine Katastrophe.*
Der Dolmetscher, Mr. Fu, war ja nicht grade begeistert. Aber sagte nicht schon die Frau in der Botschaft, daß in China nichts so ist, wie es nach außen scheint? Na ja, nach dem von ihr gezeichneten Bild der allgemeinen Lage zu urteilen, fühlte Mr. Fu sich womöglich politisch vor den Kopf gestoßen, oder vielleicht wollte er einfach nur ausbezahlt werden und sich verdünnisieren, oder aber – und mein Urteilsvermögen in Sachen Körpersprache läßt mich selten im Stich, vor allem nicht in solchen Dingen – er war schlichtweg eifersüchtig. Das wäre ja zu bizarr!
Tomatensaft, ohne Eis, danke ... oh, eigentlich sagte ich ohne Eis, aber macht nichts ... Ach ja? Untersuchung und Weiterentwicklung der Mineralvorkommen? Das ist aber interessant. Von wegen. Wieso verwende ich eigentlich immer das Wort »interessant«, wenn ich genau das Gegenteil meine? Aber ich sollte nicht ungerecht sein. Es ist bestimmt ein faszinierendes Gebiet, wenn man ein Faible dafür mitbringt. Tu ich aber eben nicht. Das ist alles. Mich würde eher interessieren, wo er beim Thema Landrechte der Aborigines steht. O Gott, Julia, bring das bloß nicht aufs Tapet. Entweder er sagt dann das Falsche, und du streitest dich auf dem ganzen Rückflug mit ihm, oder er entpuppt sich als anständiger Kerl,

und dann fühlst du dich vor Erleichterung zu einem Gespräch mit ihm verpflichtet. Mengzhong. Mengzhong. Klingt fast ein bißchen wie Glockenläuten. Fragt sich nur, ob ich es richtig ausspreche.
Dieser Teppich. Allmählich bedaure ich es richtig, daß ich ihn nicht erstanden habe. Verdammt. Aber was soll's, irgendwann komme ich bestimmt zurück. Sechsunddreißig Kilo Gepäck ist wahrscheinlich schon verrückt genug, wenn man bedenkt, daß ich nur mit fünfzehn Kilo abgeflogen bin. Komischerweise haben sie wegen des Übergewichts am Flughafen in Beijing nicht mal mit der Wimper gezuckt, aber schließlich hat auch die halbe Belegschaft auf diesem Flug bedenkenlos vierzig bis fünfzig Kilo mitgeschleppt. Über die Auswirkungen von diesem Packwahn auf die Flugsicherheit will ich lieber nicht länger nachdenken. *Ja, es war toll ... Hm, ein faszinierendes Land ... Nur in Beijing und Shanghai ... Oh, ja, die Frauen sind wunderschön.* Schwein. Wenn Männer aus dem Westen nach Asien kommen, halten sie sich für ein Geschenk Gottes. Wahrscheinlich erfreut er mich jetzt jeden Moment mit irgendeiner Eroberungsgeschichte. Das ersticken wir lieber gleich im Keim. *Die Männer sind natürlich auch nicht ohne.* Ha! Das hat gesessen! *Doch, ich finde sie wirklich attraktiv.* Sieh dir den Kerl an! Das hat er immer noch nicht verdaut. So ein Saftsack. Sowie das Essen serviert wird, stülpe ich mir die Kopfhörer über. *Hühnchen oder Rind? Hühnchen, bitte ... ach, Sie haben nur Rind? Dann eben Rind. Danke.* Warum bieten die Hühnchen an, wenn sie gar keins haben? Und jetzt schnell die Stöpsel ins Ohr. Gütiger Himmel, was ist denn das für ein Kanal? Wahrscheinlich Peking-Oper. Danach steht mir jetzt auch nicht der Sinn. Ah, Klassik ist gut. Würg. Das ist ja ekel-

haft, selbst für Flugzeugessen. Richtiger Fraß. Auch nicht schlimm. Noch habe ich den Geschmack der Pekingente im Mund, die wir zum Lunch oder Brunch, oder was das war, verspeist haben. Und außerdem bin ich ja bald wieder im Land der feinen Salate und des Bohnenkaffees.

Ich kann's kaum noch erwarten, mit den Mädels beim Cappuccino zu sitzen und ihnen all meine Geschichten zu erzählen. Würde mich interessieren, wo Mengzhong im Augenblick ist. Ob er an mich denkt? Unglaublich, daß es heute morgen noch geschneit hat. Ich kann mir kaum vorstellen, daß wieder Sommer ist, wenn wir in Sydney landen. Der Schnee war so schön. Ob Mr. Fu uns nachspioniert hat? War er deshalb so sauer, als ich ihn später am Auto getroffen habe? Ich wüßte zu gern, wie man auf chinesisch sagt: Reg dich ab, Alter! Ach, ich sollte gerecht sein. Immerhin hat er mich ganze drei Wochen lang durch die Gefahren des Beijinger Verkehrs gelotst, meinen verrückten Eingebungen fast immer nachgegeben (außer natürlich meiner Idee, daß wir uns irgendwie den Weg in eines der Gefängnisse ermauscheln könnten, da widersetzte er sich eisern) und sich mit meinem Geschmack in puncto abendlicher Unterhaltung abgefunden (Punkrock made in Beijing – was für ein Erlebnis), und nach alldem war er vermutlich sehr besorgt, daß ich plötzlich in den Fängen eines dahergelaufenen Straßenkünstlers verlorenginge, ich deshalb mein Flugzeug verpassen, mein Visum überziehen, womöglich sogar für immer verschwinden und damit die sino-australischen Beziehungen komplett zum Entgleisen bringen würde. Und er hätte dafür die Verantwortung am Hals – und die Schlangen. Ich sehe Mr. Fu förmlich vor mir im Auto sitzen, die Tasche mit dem

gruseligen, gegen die Seitenwände schlingernden Inhalt im Auge und überzeugt, die Dinger sind giftig und gehen gleich auf ihn los. Andererseits, bei der Lebensgeschichte kann man dem Mann nicht verübeln, daß er so ein Trauerkloß ist – durch die Kulturrevolution aller Bildungsmöglichkeiten beraubt, der Bruder zu Tode gehetzt, herumkrebsen mit einem mageren Regierungsgehalt, während jeder andere anscheinend das große Geschäft macht und auf den ersten Ferrari spart.
Worum handelt es sich eigentlich bei diesem Fleisch? Rind ist das nicht, da bin ich sicher. Ich glaube, ich hab genug davon, was immer es sein mag. *Wie bitte?* Schon unerhört, daß er mir ein Gespräch aufdrängen will, obwohl ich den Kopfhörer aufhabe. *Nein, ich hab auch schon besser gespeist, aber was soll's … Ja, ich mag die chinesische Küche … Was? Nein, Hundefleisch habe ich ganz bestimmt noch nicht gegessen! Sie etwa?* Aber der Hund ist doch der Frauen bester Freund! Hunde lümmeln auf dem Sofa und gucken Videos, Hunde spielen Frisbee und essen Schinkensandwiches! *Wirklich? Das haben Sie übers Herz gebracht? Wie haben Sie sich dabei gefühlt?* Wenn bloß die Stewardeß endlich käme, um das Tablett abzuräumen, dann könnte ich so tun, als ob ich ein Nickerchen einlege. *Warm? Oh, ist ja interessant.* Interessant. Daß ich nicht lache! Für den armen Fluffy war's bestimmt viel interessanter! Jetzt schnell wieder den Kopfhörer auf, bevor er Gelegenheit hat, weiterzureden. Mein Gott, Julia, du bist schrecklich. Wahrscheinlich ist er ein überaus netter Mann, der sich nur ein bißchen einsam fühlt und plaudern möchte. Andererseits, wer bin ich denn? Eine Plaudermaschine? Im übrigen würde ein überaus netter Mann nie Hundefleisch essen!

Hoffentlich ist es den Nachbarn gelungen, den großen Farn neben dem Eingang am Leben zu halten. Bin schon neugierig, was sich bei den Mädels getan und ob sich die eine oder andere kleine Romanze abgespielt hat. *Nein, ich möchte keinen Kaffee. Nein, auch keinen Tee. Danke.* Sitz zurück, Kopfhörer auf, Augen zu. Wenn wir ankommen, bin ich total erschossen, das weiß ich schon jetzt. Mein Kopf ist ein einziger Wirrwarr aus Bildern und Düften und Klängen. Versuchen wir uns ein bißchen zu konzentrieren, ja? Ich weiß auch schon, worauf. Ich möchte mich bis ins kleinste Detail an heute morgen erinnern. Es war so eine Hektik von hier nach da, packen und auschecken. Bevor ich mich versah, mußte ich mich von Mr. Fu und Xiao Wang verabschieden und saß auch schon im Flugzeug – keine Chance, die Ereignisse des Morgens richtig zu genießen. Und jetzt Disziplin. Eins nach dem andern.
Also ... Ich erwache sehr früh. Ich schaue aus dem Hotelfenster und sehe, es hat die ganze Nacht geschneit. Ich begebe mich mit meiner Kamera auf einen Spaziergang. *Ja, ich bin fertig, danke.* Komischerweise fühlt es sich gar nicht so kalt an. Der glitzernde weiße Schnee, noch völlig unberührt zu dieser frühen Morgenstunde, und das zarte Leuchten der Morgendämmerung verwandeln Beijing in einen ganz und gar neuen Ort, eine Stadt, die viel mehr Alter, Reinheit und Ruhe ausstrahlt. Ich gehe zu der Verbotenen Stadt und bin hingerissen vom Anblick der Schneewehen, die sich auf den goldenen Kacheln und vor den krenelierten purpurroten Palastmauern türmen. Fast zwei Stunden schlendere ich fotografierend um den Kaiserpalast und den Platz des Himmlischen Friedens. Als ich ins Hotel zurückkomme, erwartet mich ein aufgeregter Mr. Fu in

der Lobby. In Beijing, predigt er mir, treibe sich heutzutage jede Menge übles Volk herum, Räuber und Diebe und Vergewaltiger, und ich solle besser nicht so allein durch die Gegend ziehen. Ich muß lachen. So wie er redet, könnte man meinen, wir wären in New York! Armer Mr. Fu! Der würde das Unglück sogar in einem ordentlich gemachten Bett lauern sehen.
Wir gehen in den Coffeeshop des Hotels, wo ich mir Hände und Wangen an einer Tasse Kaffee wärme und ihm verkünde, daß ich noch mal zum Yuanmingyuan möchte, um ihn im Schnee zu sehen. Der ist viel zu weit weg, meint er. Außerdem ist es zu kalt. Statt dessen fragt er, ob ich denn nicht ein paar letzte Einkäufe zu erledigen und noch einiges zu packen hätte. Und was ist mit unserem geplanten Pekingentenessen in dem berühmten Restaurant in der Innenstadt? Aber ich bleibe hart. Das Flugzeug geht erst um vier Uhr nachmittags, erkläre ich ihm, und wenn wir uns gleich auf den Weg machten, kämen wir genau hin. Die Pekingente ist mir piepegal. Und die Einkaufstour kann ich mir abschminken, denn meine Visa läuft ohnehin ab. (Das kapiert er nicht. Was soll's.) Bittebittebitte, Mr. Fu. Bittebittebitte. Schließlich schüttelt er den Kopf und erklärt mich für verrückt, meint aber, ich solle mir noch was überziehen, damit ich mich nicht erkälte. Da ich schon von oben bis unten eingemummelt bin, packe ich nur noch ein paar Objektive, Batterien und Filme ein, und schon sind wir unterwegs. Wir durchqueren in unserem Mietwagen, mit dem immer liebenswürdigen Xiao Wang am Steuer, die Stadt, und die sonst ununterbrochene Lärmkulisse aus Hupen, Geschrei, Preßlufthämmern und Rammen wird wie von Zauberhand durch die Schneedecke gedämpft.

Als wir uns an der Universität von Beijing befinden, verlockend nahe am alten Palast, sagt Mr. Fu etwas in Chinesisch zu Xiao Wang, worauf dieser am Straßenrand vor einem Restaurant hält. Mr. Fu sagt, erst die Ente, dann geht es weiter. »Es ist doch erst halb elf vormittags«, protestiere ich. Aber ich habe gelernt, wann ich nachgeben muß, also gehen wir rein – natürlich zu dritt. Ich rechne es den Chinesen wirklich hoch an, daß sie ihre Fahrer immer zum Essen einladen; soweit ich beurteilen kann, ist das eine der wenigen Gleichheitsrituale, die ihnen noch geblieben sind. Nachdem sich jedenfalls der Dampf auf Mr. Fus Brille verflüchtigt hat, bestellt er unsere Ente.

Das Restaurant ist ziemlich leer, was angesichts der Tageszeit nicht überrascht. Am Nebentisch sitzt ein außerordentlich gutaussehender Mann. Er hat die klassischen Schlitzaugen und den kräftigen Knochenbau der Nordchinesen sowie eine ungewöhnliche, leichte Hakennase, doch am auffälligsten sind seine wunderschönen, fast hüftlangen Haare. Wie die meisten Bewohner im Norden ist er hochgewachsen und zugleich stämmig. Er hat so einen Armeeüberzieher an, wie man sie in den siebziger und achtziger Jahren oft auf Fotos aus China sah, die aber inzwischen kaum noch jemand zu tragen scheint.

Was jedoch allgemeine Aufmerksamkeit erregt, ist die Ledertasche auf dem Boden neben seinem Stuhl. Sie bewegt sich. Ist das ein Tier in Ihrer Tasche oder freuen Sie sich nur, mich zu sehen? Mr. Fu und Xiao Wang sind ebenso gebannt wie ich, wenngleich Mr. Fu sichtlich nervös ist. Xiao Wang beugt sich über seinen Stuhl und fragt: »Was ist das in der Tasche?« Der Typ antwortet. Xiao Wang lacht, Mr. Fu schaudert. Ich habe natürlich

wieder nicht verstanden, was sie gesagt haben. Nach drei Wochen China bringe ich es gerade mal auf *ni hao!* – hallo – und *xiexie* – danke. »Was ist da drin, Mr. Fu?« – »Schlangen«, sagt er und schüttelt den Kopf. »Entsetzlich. Entsetzlich.«
Wie bitte? Oh, aber sicher. Können Sie über mich drübersteigen oder soll ich aufstehen? Kein Problem. Hat er mein Bein absichtlich berührt? Ekelpaket. Nächstesmal steh ich einfach auf. Aber zurück ins Restaurant. Ich bin völlig fasziniert. »Fragen Sie ihn, wozu er die Schlangen braucht, Mr. Fu.« Mittlerweile beäugt mich der Typ ebenfalls, und ich warte ungeduldig auf die Übersetzung. Er erzählt Mr. Fu, daß er Straßenkünstler, Schlangenbeschwörer, Schwertschlucker, Kung-Fu-Meister und Schlangenmensch ist. Wow! Er gehört keiner offiziellen Organisation an, und Mr. Fu gibt sich alle Mühe, mir irgendein Konzept über »Flüsse und Seen« zu verklikkern, das sich, soweit ich es verstanden habe, auf außerhalb des Systems lebende Menschen bezieht. Mr. Fus Mißbilligung ist nicht zu übersehen.
Ich dagegen bin begeistert. Der Schlangenbeschwörer erzählt uns, wie er sich schon immer danach gesehnt hat, zu reisen, er sich aber nie Hoffnungen auf einen Paß machte und deshalb etliche Male über die Grenze nach Nordkorea oder Vietnam geschlichen war. Jedesmal wurde er erwischt und zurückgeschickt. Und jedesmal verhörte ihn die chinesische Polizei und ließ ihn wieder laufen. Offenbar halten sie ihn für leicht bescheuert. Ihn stört das nicht. Es läßt ihm größere Bewegungsfreiheit, sagt er. Nordkorea! Ein bizarrerer Ort zum Urlaubmachen ist wohl kaum denkbar.
Mr. Fu übersetzt mir säuerlich die Geschichte. Unsere Pekingente kommt. Ich winke den Schlangenbeschwö-

rer zu uns herüber. Er zögert und sieht Mr. Fu an. Es ist offensichtlich, daß Mr. Fu nicht allzu erfreut ist. Dann schaut der Schlangenbeschwörer zu Xiao Wang, der gerade einen Pfannkuchen nimmt und ihn konzentriert zu einem kleinen Päckchen mit Ente, Schalotten und Pflaumensauce faltet. Schließlich sieht er wieder mich an. Ich schenke ihm ein strahlendes Lächeln und klopfe auf den Stuhl neben mir. Er zuckt die Schultern, lächelt und setzt sich, nachdem er die Tasche mit den Schlangen herübergetragen hat, zu uns an den Tisch.
»Ich bin Julia«, sage ich. Er blickt hilfesuchend zu Mr. Fu, der jedoch völlig unkooperativ seine Ente anstarrt. Ich zeige auf meine Nase – ich habe gelernt, daß die Chinesen auf ihre Nasen zeigen, wenn sie von sich sprechen, so wie wir auf unsere Brust zeigen – und sage ganz langsam: »Ju-li-a.« Er lächelt, deutet auf seine Nase und sagt: »Mongdschung.« Ich lasse es mir von Mr. Fu buchstabieren: M-E-N-G-Z-H-O-N-G.
Mit den Stäbchen balanciere ich ein Stück knusprige Entenhaut, Fleisch, Pflaumensauce und Schalottenscheibchen hoch, lasse alles in einen Pfannkuchen fallen und falte ihn, dem Beispiel Xiao Wangs folgend, so gut ich kann zusammen, aber als ich ihn zum Mund hebe, flutscht ein öliges Schalottenstückchen durch die Ecke und will entwischen. Mengzhong sieht amüsiert zu. Er bedeutet mir aufzupassen und führt vor, wie man das perfekte chinesische Blintz kreiert, und gibt es mir dann. Dabei berühren sich unsere Finger, und mir ist, als ob es funkt. Aber es ist nicht so ein Funken, wie er gelegentlich auch von dem trockenen Mr. Fu auf mich überspringt, weil die Atmosphäre im winterlichen Beijing so unglaublich aufgeladen ist, da bin ich sicher. Apropos Mr. Fu, der wirkt mittlerweile ziemlich sauer-

töpfisch. Xiao Wang dagegen plaudert mit Mengzhong, und ich höre Yuanmingyuan heraus, das chinesische Wort für den früheren Sommerpalast, daher weiß ich, er erzählt ihm von unserem Plan. Spontan zeige ich auf ihn und dann auf uns und verdeutliche mit einer kreisenden Bewegung meine Einladung an ihn. Er wirft Mr. Fu einen Blick zu, und dann mimt er ein Fahrrad in meine Richtung. Aha, er ist mit dem Fahrrad da. Er sagt etwas zu Mr. Fu, der mir mit triumphierender Miene erklärt, Mengzhong mache sich Sorgen um die Körperwärme seiner Schlangen. Ursprünglich hatte er in einem der hiesigen Parks auftreten wollen, es sich jedoch wegen des andauernden Schneefalls anders überlegt und beschlossen, Mittag zu essen und danach gleich nach Hause zu gehen. Xiao Wang sagt etwas. Mengzhong antwortet etwas. Mr. Fu schüttelt vehement den Kopf.

Ich brenne darauf, zu erfahren, was vor sich geht. Mengzhongs Hände faszinieren mich völlig. Sie sind glatt und haarlos, und die langen, schlanken Finger falten geschickt die ganze Zeit weiter und bieten mir Pekingentencrêpes an. Inzwischen haben wir alles aufgegessen (Mengzhongs gebratener Tofu mit Gemüse wurde an unseren Tisch serviert und unter uns aufgeteilt), und Mr. Fu übernimmt die Rechnung, nachdem er Mengzhongs energischen Versuch, uns einzuladen, abgelehnt hat. Wir packen uns in Pullover, Mäntel und Schals und verlassen das Restaurant. Die Ente liegt mir wohlig im Magen und wärmt mich von innen. Mengzhong unterhält sich mit Xiao Wang, der die Schultern zuckt und am Ende *meiyou guanxi* sagt, was sinngemäß »Keine Sorge, Kumpel« bedeuten dürfte.

Mr. Fu wirkt nicht sonderlich begeistert, und den Grund

dafür sehe ich, als Xiao Wang die hintere Autotür öffnet und Mengzhong die Schlangentasche auf den Rücksitz stellt. Danach holt er sein Fahrrad, das er außen am Restaurant angelehnt hatte, und schiebt es zu uns herüber. Er klopft auf das schmale Brett über dem Hinterrad, das den Leuten zum Transport von Lebensmitteln über Bücher bis hin zu Paketen dient, und sagt etwas. Möchtest du dich draufsetzen? soll das wohl heißen. *Oh, Entschuldigung, nein, ich steh schon auf. Kein Problem. Gern geschehen.* Jetzt schlaf endlich und laß mich in Ruhe.

Ich nicke begeistert und übersehe Mr. Fus strafenden Blick. Mengzhong tritt langsam in die Pedale. Ich hänge mir die Fototasche sicher über die Schulter, springe auf und schlinge die Arme um seinen breiten Rücken. Das Fahrrad gerät auf dem dichten, rutschigen Schnee leicht ins Schlingern, aber Mengzhong hat es schnell wieder im Griff, und schon sind wir weg. Zum Abschied winke ich Mr. Fu und Xiao Wang stürmisch zu. Mr. Fu antwortet mit einer wegwerfenden Geste, die eher »Dann verpiß dich doch« denn »Bis bald« bedeutet, aber im interkulturellen Zweifelsfall entscheide ich doch zu seinen Gunsten. Ich gehe davon aus, daß wir Mr. Fu, Xiao Wang und die Schlangen am Yuanmingyuan wiedertreffen. Das Ganze ist so aufregend! Eben hat es wieder zu schneien begonnen, und Mengzhong dreht sich um und grinst mich an – sehr sexy, sehr selbstsicher –, und ich grinse zurück und umarme ihn etwas fester als unbedingt nötig. Dieser Teil von Beijing ist noch ganz schön und entsprechend unberührt; es sind auch weniger Menschen unterwegs. Ich vergrabe mein Gesicht in seinem Rücken und atme den muffigen Wollgeruch seines Überziehers ein, der, wie beinahe alles im winterlichen Beijing, einen schwachen Knoblauchduft verströmt. Plötzlich biegen wir von der Hauptstraße ab, und ich drehe noch rechtzeitig genug den Kopf, um festzustellen, daß der Wagen geradeaus weiterrauscht und Mr. Fu mit panischer Miene unsere kleine Extratour auf dem schmalen, für Autos unbefahrbaren Feldweg verfolgt. Mengzhong gestikuliert herum und sagt etwas. Ich nehme an, er will mir versichern, daß er nur eine Abkürzung fährt. Aber ich habe keine Angst. Gemächlich radeln wir über dieses wirklich bezaubernde ländliche Sträßchen, vorbei an kleinen Bauernhäusern aus Backstein und billigen einheimischen Freßlokalen, vor deren Eingängen Steppdecken als zusätzlicher Schutz vor der Kälte hängen. Als wir an den Rand einer riesigen gefrorenen Feldfläche gelangen, stoppt Mengzhong das Fahrrad und fragt mich mit unverständlichen Worten, aber verständlichen Handgesten, ob ich es da hinten auch gemütlich habe. Etwas in meinem Blick sagt ihm wohl, daß er mich ruhig küssen darf, und das tut er auch, schnell und beinahe schüchtern – seine Lippen berühren meinen Mund nur ganz leicht.

Ach, Jake! Aber warum Schuldgefühle? Jake gab sich vor meiner Abreise große Mühe, mir klarzumachen, daß unsere gemeinsame Zeit wirklich toll und so weiter war, aber er hat nicht von mir verlangt, daß ich ihm treu bin, und wenn ich die Männer richtig kenne – was ich inzwischen mit gutem Gewissen von mir behaupten darf –, dann bedeutet das, daß er nicht die Absicht hatte, mir treu zu bleiben. Also, es war ziemlich klar, daß es vorbei war, auch wenn wir am Abend vorher noch miteinander geschlafen haben. Gut, er hätte mich nicht zum Flughafen bringen müssen, das war wirklich eine nette Geste, obwohl ich letztendlich das Benzin da-

für geblecht habe. Plus ein üppiges Frühstück am Flughafen. Bin gespannt, ob ihm das T-Shirt mit dem chinesischen »Punk-lebt-noch«-Aufdruck gefällt, das ich ihm besorgt habe. Wir haben nicht ausdrücklich gesagt: »Es ist vorbei.« Aber ich weiß schon, wenn etwas vorbei ist. Glaube ich wenigstens. Und selbst wenn es noch nicht ganz vorbei ist, gehört er nicht zu den Typen, die einen Aufstand machen, wenn ich mich für eine Nacht, nein, in diesem Fall für einen Morgen, mit einem anderen Mann vergnügen würde. Ich kann es ihm ja einfach verschweigen. Es ihm zu sagen ist vermutlich ohnehin keine gute Idee, selbst wenn es zwischen uns vorbei ist. »Selbst wenn« - glaube ich nun, es ist vorbei, oder nicht? Meine Güte, was ist denn das für ein Film? Da muß ich gleich im Flugbegleiter nachschlagen, das ist einfach zu grotesk. Hmmm. *Nationale Minderheiten feiern fröhlich die neue Ernte.* Nun ja. Wo war ich? Genau, in der Nähe des Yuanmingyuan.
Wir fahren auf dem Weg neben dem Feld weiter, bis wir an einen der Parkeingänge kommen und von dort zu den berühmten Ruinen vorstoßen. Man kann sich kaum vorstellen, daß an diesem Ort früher dreißig kaiserliche Vergnügungspaläste standen. Heute befindet sich hier ein weitläufiger öffentlicher Park mit mehreren bühnenreif eingestürzten Säulen und ein paar anderen Überresten. Als ich letztes Mal hier war, erzählte mir Mr. Fu, wie die Palastgebäude 1860 von den Engländern und Franzosen geplündert und vierzig Jahre später von vereinten westlichen Streitkräften in Schutt und Asche gelegt worden seien und daß die Chinesen die Ruinen als Symbol für die Demütigung ihres Landes durch die Imperialisten bewahrt hätten. Wir entdecken Mr. Fu zuerst. Offensichtlich fühlt er sich ziem-

lich schlecht behandelt. Er stampft ungeduldig mit den Füßen im Schnee und stößt nervöse kleine Dampfatemwölkchen aus. Xiao Wang sitzt wahrscheinlich mit den Schlangen im geheizten Auto. Ich rufe Mr. Fu und winke ihm strahlend zu. Er hebt das Kinn zu einem knappen Gruß und nimmt nicht mal die Hände aus den Taschen. Was soll's. Ich hole die Kamera heraus und fotografiere die Ruinen, die unter den Schneemassen noch trostloser und tragischer wirken. Unten am alten Palast spielen Kinder; ihre knallroten Bäckchen passen farblich exakt zu ihren wattierten Mänteln und Strickmützen. Kaum habe ich das Objektiv scherzhaft auf Mengzhong gerichtet, bedeutet er mir, einen Augenblick zu warten, legt Mantel samt Hut ab und ehe ich mich versehe, fliegt er durch die Luft und gibt eine spektakuläre Serie von Überschlägen, Drehungen und Purzelbäumen zum besten. Er landet auf einer Säule, wo er auf dem rutschigen Schnee beinahe das Gleichgewicht verliert, breitet die Arme aus und lacht – ein volles, kehliges Hahahaha, das glatt aus der Peking-Oper stammen könnte, die wir uns vor einigen Tagen angesehen haben. Sogar Mr. Fu ist beeindruckt.
Ich klatsche Beifall, und Mengzhong schüttelt sich den Schnee aus den Haaren. Meine Kamera wartet schon einsatzbereit, als er einen genauso theatralischen Abstieg präsentiert, für den ich fast den ganzen Film verschieße. Mengzhong zieht wieder den Mantel an, sagt etwas zu Mr. Fu, und im nächsten Augenblick sitze ich auf dem Gepäckbrett, und wir sausen über einen der Parkwege. Wir sind beide in Hochstimmung, und ich lache und umklammere ihn noch fester, als wir auf eine vereiste Stelle geraten und wie verrückt im Zickzack kurven und um ein Haar stürzen. Ich habe keine Ah-

nung, wo Mr. Fu ist, ob er vor Wut kocht oder nur beschließt, uns später zu treffen.
Wir gelangen an den Eingang zu einem riesigen Irrgarten. Die Kaiser hatten wirklich immer die schönsten Spielsachen. Auf den steinernen grauen Labyrinthmauern thront eine beachtliche Schneehaube, und bei den Kindern ist dieses Plätzchen auch beliebt. Mengzhong schließt das Fahrrad ab und kauft uns Eintrittskarten. Und dann stürmt er, schneller, als ich denken kann, in den Irrgarten und ist verschwunden. Ich hinter ihm her. Ständig lande ich in Sackgassen, aber schließlich prallen wir ziemlich unvermittelt aufeinander, als ich eine Ecke umrunde und auf dem Eis ausrutsche. Er fängt mich auf und hält meine faustbehandschuhten Hände fest. Mengzhong ist ein ganz durchtriebenes Bürschchen, das sehe ich an seinen Augen. Aber ich bin auch nicht ohne und stelle mich auf die Zehenspitzen, um ihn zu küssen – diesmal mit Einsatz der Zunge. Er ist nicht gerade abgeneigt. Dann sagt er etwas in Chinesisch. Ich sehe ihn verständnislos an und muß lachen, worauf er ebenfalls lacht und den Kopf schüttelt und ich Mong-Dschung sage und er Jjuli-ja antwortet, und jetzt bin ich es, die im Labyrinth davonjagt, und er hechtet hinter mir her. Als ich in einer Sackgasse lande, mache ich schnell einen Schneeball und schleudere ihn auf Mengzhong. Dann versuche ich abzuhauen, aber er packt mich, und wir stürzen beide zu Boden. Wir wollen uns gerade wieder küssen, da schwärmen ein paar Schulkinder in schrillen Rot- und Pinkklamotten um die Ecke, die Finger auf uns gerichtet, hüpfen auf und ab und schreien etwas, das wahrscheinlich so was wie »knutschen, knutschen, beim Knutschen erwischt« bedeutet. Selbstverständlich raf-

fen wir uns schleunigst auf, kichern wie verrückt und verduften so schnell wie möglich.
Als wir endlich ans Ende des Irrgartens gelangen, stoßen wir auf ein Tor, hinter dem ein Weg einen kleinen Hügel hinaufführt. Hand in Hand steigen wir bergauf, unsere Füße knirschen im Schnee. Ich werfe einen Blick nach unten und meine, Mr. Fu im Irrgarten zu erkennen. Aber sicher bin ich mir nicht, denn er trägt wie so viele andere Leute eine wattierte blaue Jacke, Mütze und Brille. Inzwischen schneit es wieder stark. Japsend nähern wir uns der Hügelspitze, und unser Atem bildet kleine Wolken. Oben peilen wir ein Miniwäldchen an, und bald umarmen und küssen wir uns stürmisch, schmecken die Ente im Mund des anderen und versuchen uns durch achthundert Kleiderschichten zu fummeln. Der reine Wahnsinn. Wir stehen zwar zwischen den Bäumen, aber von einem lauschigen Plätzchen kann nicht die Rede sein. Die niedrigen Bäume sind kahl, und besonders dicht sind sie auch nicht gepflanzt. Von allen Seiten dringt das Lachen, Pfeifen und Schreien der vergnügten Volksmassen zu uns. Verrücktverrücktverrückt! Da kenne ich den Kerl kaum, kann gegebenenfalls nicht mal eine lebensrettende Verhandlung mit ihm führen, es ist schweinekalt und schneit, und wir befinden uns in einem öffentlichen Park in China, am hellichten Tag, verdammt, und Mr. Fu sucht mich wahrscheinlich überall, und ich sollte eigentlich mein Land repräsentieren – mehr oder weniger jedenfalls –, und ich amüsiere mich hier mit einem Straßenkünstler Zirkusakrobaten Schlangenschlucker Feuerfresser Schwertjongleur mit Peking-Oper-Lachen – und trotzdem ist es das aufregendste Stelldichein meines Lebens!

Flink durchdringt Mengzhong meine Kleiderschichten mit der Hand, die, nachdem sie Knöpfe und Reißverschlüsse geöffnet und Stoff nach hierhin und dahin geschoben hat, endlich zu meinen Brüsten gelangt. Der Kälteschock versetzt meine Nippel sofort in volle Alarmbereitschaft, und er zieht und drückt sie, während wir mit den Zungen unsere Partie Mandelhockey fortsetzen. Ich schlinge ihm einen Arm um den Hals und wühle ihm mit der Hand in der glänzenden Mähne. Die andere stecke ich unter seinen Mantel und streichle ihm die Weichteile. Trotz der diversen Hosen- und Unterwäscheschichten spüre ich, wie sein Schwanz aufsteht und artig *ni hao!* sagt. Als ich meine Hand wegziehe, hebt er mich hoch und drückt mich mit dem Rücken an einen Baum. Die Arme um seinen Hals und die Beine um seine Taille geschlungen, schieben wir eine Trockennummer wie zwei Teenager am Hinterausgang. Mir ist kalt und heiß, ich bin nervös und mutig, alles auf einmal. Er setzt mich wieder auf der Erde ab, gräbt sich nun durch weitere Schichten und findet mich ganz saftig und pulsierend vor. Seine Finger sind erstaunlich warm. Mit Visionen von Mr. Fu, Sicherheitspolizei, Wachhunden und, jawohl, wie könnte es anders sein, von der brutalen Niederschlagung der Studentendemonstrationen auf dem Platz des Himmlischen Friedens im Kopf entziehe ich mich seinem Kuß und sehe mich suchend um. Doch obwohl das chinesische Stimmengebrabbel immer noch aus allen Richtungen lärmt, sind wir wie durch ein Wunder allein.
Als ich mich wieder Mengzhong zuwende, stelle ich fest, daß es ihm irgendwie gelungen ist, seinen Schwanz aus den Kleidern zu befreien. Trotz Schnee und Kälte ist er erstaunlicherweise sehr steif. Spontan sinke ich auf die

Knie und schlucke das Schwert des Schwertschluckers, beschwöre die Schlange des Schlangenbeschwörers. Und sie läßt sich beschwören. Das ist unübersehbar. An einem Punkt meine ich sicher zu hören, wie Mr. Fu meinen Namen ruft, und ich hebe panisch den Kopf und werfe einen Blick in die Runde, doch Mengzhong schiebt ihn mit den Händen wieder an seinen Schwanz. Ich bin sehr nervös und sehr scharf. Was wäre, wenn man uns erwischt? Immerhin sind wir in einem kommunistischen Land. Bambussplitter unter die Fingernägel? Daumenschrauben? Ausweisung für mich, Arbeitslager für ihn? Doch die nahezu unerträgliche Spannung und Paranoia wirken sich, wie ich fast beschämt zugeben muß, nur stimulierend auf die Erregung aus. Er zieht mich hoch und küßt mich, während er mir den Gürtel öffnet und mir die Hose die Schenkel hinunterzieht. Ich zittere so schlimm, daß mir die Knie schlottern, aber ich könnte nicht sagen, ob vor Kälte, Angst oder Verlangen. Inzwischen hängt mein halbes Gehirn bei Mengzhongs langen, hyperaktiven Fingern zwischen meinen Beinen, und die zweite, schwächere Hälfte sieht uniformierte Männer vor sich, schockierte Gesichter von kleinen chinesischen Kindern und einen entsetzten Mr. Fu. Außerdem muß ich an meine Zehen denken, die trotz der Stiefel vor Kälte brennen, falls das einen Sinn ergibt.
Mengzhong umarmt mich jetzt noch fester und küßt mir zärtlich die Schneeflocken von den Wimpern. Ich wüßte zu gern, wie man in Hochchinesisch sagt: Süßer, vielleicht sollten wir uns unter den gegebenen Umständen für einen Quickie entscheiden, außerdem frieren mir die Titten ab, und was dir da an den Eiern hängt, ist garantiert ein Eiszapfen. Statt des-

sen beschließe ich, ihm in Weltsprache die etwas leichter verständliche Botschaft »Nimm mich, und zwar auf der Stelle« zu vermitteln. Doch plötzlich fällt mir ein, daß es dabei ein erhebliches logistisches Problem gibt. Meine Hose (samt langer Unterhose und Slip) hängt mir zwar schon an den Knien, aber wie soll ich auch nur ein Bein herauskriegen, ohne mir vorher die zugeschnürten Stiefel und Socken auszuziehen? Und das kommt nicht in Frage, wo wir doch jeden Moment überrascht werden können. Ich finde, ich sollte gewappnet sein, beim ersten Anzeichen von Polizeiknüppeln loszusprinten und außerdem kann ich mich nicht einfach in den Schnee legen, sonst friert mir nämlich buchstäblich der Arsch ab. Mengzhong hat dieses Problem offenbar schon durchdacht. Er murmelt etwas in Chinesisch. (Ich wette, das sagst du zu jedem ausländischen Mädchen.) Er dreht mich um, eine Hand in meiner Taille, und drückt meinen Rücken sanft nach unten, bis ich mich in der vorgebeugten Stellung befinde, die im Yoga (ganz treffend, in diesem Fall allemal) als Hundestellung bekannt ist.

Ich halte mich unten an einem dünnen Baumstamm fest, und Mengzhong legt sich um mich wie ein Pfannkuchen um Ente und gleitet sanft in mich rein, wie eine Schalotte, nein, ein riesiger Porreestengel, der in Pflaumensauce taucht. Mit der einen Hand greift er nach meinen Titten, die andere kümmert sich um meine Klit, und während er mich randvoll ausfüllt, kreisen meine Gedanken ziemlich unpassend um Bilder von Schlangen und Polizisten und Schneeflocken und Mr. Fu und knusprige Entenhaut, und dann stütze ich mich mit einer Hand am Boden ab und strecke die andere nach hinten, um mir seinen harten Wadenmuskel zu schnappen. Es handelt sich definitiv um das Bein eines Athleten, eines Akrobaten. Ich bin völlig hin und weg von dem ganzen Nervenkitzel, und er fühlt sich so unendlich gut in mir an. Aber ich bin wirklich nicht sicher, ob es mir noch gelingt, einen Orgasmus zu kriegen, bevor die vielen Leute, die den Hügel inzwischen garantiert von allen Seiten belagern, unser kleines Liebesnest stürmen. Andererseits bin ich auch sicher, daß Mengzhong sich so lange zurückhält, bis es mir kommt. Also beschließe ich, so zu tun als ob.

Natürlich will ich weder stöhnen noch schreien oder sonst was tun, das womöglich die revolutionären Massen auf den Plan ruft, und packe deshalb einfach seine Beine, so fest ich kann, krümme meinen Rücken, so gut es geht in dieser verdammten Stellung, die das eigentlich gar nicht zuläßt, schwenke den Kopf von einer Seite zur anderen, täusche leichte Gleichgewichtsstörungen vor und kralle mich noch fester in seine Beine. Das scheint ihn zu überzeugen, denn jetzt rammt er mir sein Ding richtig rein, und Sekunden später sinkt er endlich mit einem leisen Stöhnen erschöpft auf mich. Wir ziehen uns ziemlich schnell wieder an, und ich leihe ihm meine Bürste, und er bürstet mir meine Haare und dann ich ihm seine. Kaum nimmt er mich wieder in die Arme, kommt der gleiche Haufen Schulkinder von vorhin schreiend den Weg herauf in unsere Richtung. Wir lassen uns los, aber der Lehrer wirft uns trotzdem einen scharfen, mißbilligenden Blick zu – man stelle sich seinen Blick vor, wenn die Truppe vor einer Viertelstunde aufmarschiert wäre. Und ich hatte Jake im Geist mit den Guangdong-Akrobaten verglichen! Daß ich nicht lache! Jake ist nur ein Slacker mit einem ziemlich biegsamen Körper und noch biegsame-

rer Moral. Nein, ich sollte nicht so hart mit ihm sein. Das ist unfair. Ach, Jake, du fehlst mir schon sehr! Jedenfalls radeln wir zum Parkplatz zurück, wo Mr. Fu und Xiao Wang mit den Schlangen warten und Mengzhong mir mit strahlendem Lächeln die Hand zum Abschied entgegenstreckt. Natürlich bleibt uns in der gegebenen Situation kein Spielraum für herzlichere Lebewohlszenen, und deshalb nehme ich seine Hand, sage *xiexie*, danke, und er lacht und sagt ebenfalls *xiexie*, nimmt die Tasche mit den Schlangen, öffnet sie, um nach den Tierchen zu sehen, und gibt mit einer kleinen Geste zu verstehen, daß er etwas besorgt um sie ist, dann zuckt er die Schultern, hüpft aufs Fahrrad und fährt davon, und im selben Augenblick schimpft Mr. Fu, wie ich nur mit wildfremden Männern sprechen könne, blablabla, worauf ich eine ganz zerknirschte Miene aufsetze und so tue, als nähme ich mir seine Standpauke zu Herzen, während ich mich auf all die sinnlichen Gefühle konzentriere, die mir immer noch über die Haut und durch den Körper jagen. Auf der Fahrt zum Flughafen frage ich Mr. Fu, ob »Mengzhong« etwas Bestimmtes bedeutet. »In deinen Träumen«, erwidert er. »In meinen Träumen«, von wegen. *Frühstück? Hm, ja, danke. Nein, ich muß wohl eingeschlafen sein. Und Sie?* Ich kann's kaum glauben, daß ich hier sitze, die Beine fest übereinandergeschlagen, und mir ins Höschen mache. Was bist du nur für eine Schlampe, Julia.
Ja, es war wirklich nett, Sie kennenzulernen, Mike ... Oh, tut mir leid. Mick. Bitte, laßt mein Gepäck heil und schnell rauskommen. Ich bin so gespannt, ob Jake da ist.
(Eine halbe Stunde später.) *Nichts zu verzollen ... Danke.*

Er kommt, er kommt nicht, er kommt, er kommt nicht, er kommt, er kommt nicht. Hör auf zu jibbern, dumme Kuh! Da wären wir. Mach ein hübsches Gesicht. JakeJakeJake. Kein Jake? Nein, weit und breit kein Jake. Was soll's. Du lieber Himmel, da ist ja Philippa! Diese Heldin! Möchte wissen, was die dazu bringt, mich abzuholen. Ich meine, wo sie doch gar kein Auto hat. *Philippa! Danke fürs Kommen, Kumpel! Ja, es war toll. Natürlich erzähle ich dir alles. Aber was hat sich bei dir so getan? … Nicht viel? Schade. Wenigstens geht es mit deinem Buch voran. Klar, ich hoffe sehr, daß ich bald wieder hinfahren kann. Es war eine sagenhafte Zeit.*

Feuerwerk

»Du mußt uns alles erzählen, Julia.« Helen half Chantal den Tisch decken. »Jede Einzelheit.«
Chantal folgte Helen wie ein Schatten, sah dabei ab und zu in eine aufgeschlagene Gourmet-Zeitschrift auf dem Sideboard und änderte dann pingelig und millimetergenau den Abstand zwischen Tellern und Besteck.
»Keine Sorge«, erwiderte Julia. »Aber ich möchte auch wissen, was bei euch los war.« Chantal bemerkte, wie Philippa zusammenzuckte. Komisch. Was hatte Philippa eigentlich in den letzten drei Wochen getrieben?
Julia reichte Sommercocktails, bestehend aus Himbeerpüree, Zitronensaft, Cointreau und weißem Perlwein. »Auf unseren Australia Day.«
»Danke. Auf den Australia Day«, erwiderte Helen. »Und auf daß unser Nationalfeiertag bald auf ein ideologisch korrekteres Datum gelegt wird als den 26. Januar, den Jahrestag der weißen Besiedlung.«
»Prost.« Philippa nahm ihr Glas und ließ sich in den Zebrasessel sinken.
Helen widmete sich wieder der Tischdekoration. Während sie die letzten Messer und Gabeln auf den Tisch plazierte, beobachtete sie aus den Augenwinkeln, wie Chantal jedes Teil diskret umarrangierte. Helen nahm es ihr nicht übel; für neue Anregungen war sie immer dankbar. Sie hatte beschlossen, jeden Bereich ihres Lebens moderner zu gestalten. Erst vorigen Samstag hatte

Chantal sie einer nachmittäglichen Einkaufstherapie unterzogen, ihr bei der Auswahl von einigen neuen Kleidern und Schuhen geholfen und damit ihren Garderobenstreß erfolgreich gemildert. Am Ende erwies sich die Aktion natürlich eher als Neuausstattung denn als radikaler Imagewechsel. Helen schreckte immer noch vor Miniröcken zurück, und daß Stiletto-Absätze wieder schwer im Kommen waren, interessierte sie kein Stück – es gab einfach Prinzipien, da schloß sie keine Kompromisse. Und der Daumenring, zu dessen Kauf Chantal sie gedrängt hatte, ließ ihre rundlichen Finger in ihren Augen nur noch dicker wirken. (Gut, sie war diejenige, die ihre Finger rundlich fand. Chantal hatte nur gelacht und den Kopf geschüttelt. Aber schließlich hatte Chantal mit ihrer hochgeschossenen Windhundfigur auch gut lachen.) Den Vorschlag, einen Hauch Make-up aufzulegen, hatte Helen dagegen beherzigt, obwohl sie sich geschminkt immer wie ein Transvestit vorkam und die Wimperntusche manchmal schmierige Streifen auf ihrer Brille hinterließ.
Chantal ihrerseits hatte die bunten, neuen Teller in Herz- und Rautenform erstanden, mit denen Helen soeben den Tisch dekorierte. Sie inspizierte zufrieden die Gedecke und nahm einen Schluck von ihrem Cocktail.
»Das schmeckt lecker, Jules«, sagte sie mit Detektivblick auf Philippa.
Philippa richtete sich plötzlich aus ihrer bequemen Sitzposition auf, als spürte sie, daß sie unter Bewachung stand. »Ich mach mich mal lieber an meine Suppe.«
»Soll ich helfen?« bot Helen an.
»Hm, vielleicht«, sagte Philippa. »Ich bräuchte noch ein paar geschälte Weintrauben.«

»Ich dachte, für solche Dienste spannst du umwerfende junge Männer ein.«
»Wie oft soll ich euch noch sagen, daß ich meine erotischen Geschichten schreibe und nicht lebe.«
»Klar, Phippa, wie du meinst«, kicherte Helen und folgte ihr in die Küche. Sie erinnerte sich noch sehr gut an ihr Treffen in der Post und den Lippenstiftfleck auf Philippas Hals.
Das Telefon klingelte. Chantal strich sich über die glatten braunen Haare – vor zwei Tagen war sie unter die Brünetten gegangen – und wartete drei Klingelzeichen ab. »Man darf den Leuten nie den Eindruck vermitteln, daß man direkt neben dem Telefon sitzt«, erklärte sie und nahm den Hörer beim vierten Klingeln ab. »Hallo? Hm, dochdoch, die ist da. Einen Moment.« Dann rief sie: »Für dich, Phippa.«
»Komisch.« Philippa tauchte stirnrunzelnd aus der Küche auf. »Ich hab doch niemandem erzählt, daß ich hier bin. Hallo? Woher hast du ... hör zu, können wir nicht später darüber reden? Im Moment ist es wirklich ungün ... was soll das heißen, die Goldmedaille im olympischen Kußmarathon ...« Philippa nahm das Telefon und verzog sich mit einer entschuldigenden Miene in den Flur. Helen gesellte sich zu den beiden anderen ins Wohnzimmer; sie wechselten vielsagende Blicke. Wenn sie sich konzentrierten, übertönte Philippas Stimme gerade noch die Portishead-CD. »Was hast du im Nielsen Park zu suchen? Wer sagt denn, daß ich es war? Es gibt viele Mädchen mit schwarzen Jeans und Nietengürteln. Woher soll ich wissen, wessen Stiefel ins Meer gefallen ist ... Also, wirklich ... kann ich nicht später mit dir reden ... ach, komm ... sei doch nicht so, bitte ...«
»Ein Typ?« erkundigte Julia sich flüsternd bei Chantal.

»Eine Sie«, murmelte Chantal zurück.
»Das dachte ich mir«, nickte Helen süffisant.
»Wieso? Erzähl schon«, verlangte Julia und zupfte Helen am Ärmel. Ihre silbernen Armreifen klirrten.
Chantal brachte die beiden mit einer ungeduldigen Handbewegung zum Schweigen. »Meine Lieben, ich versuche mitzuhören.«
»Das erklär ich dir später. Morgen ruf ich dich an ... Ja, versprochen ... Morgen ... Keine Ahnung, so gegen zehn? ... Jetzt komm, beruhig dich wieder, okay? ... Ja, dann sag ich dir alles ... klar ... wirklich ... ich auch. Bye.«
Sie hörten das Klicken, als Philippa auflegte. Julia verschwand in die Küche, um die nächste Runde Cocktails zu mixen. Kurz darauf tauchte Philippa wieder auf, hochrot vor Verlegenheit, doch sie brachte den Spießrutenlauf unter den unverhohlen neugierigen Blicken ihrer Freundinnen ohne weitere Erklärung hinter sich.
»Ich mach mich wieder an die Suppe«, murmelte sie, bevor auch nur eine die Gelegenheit zu unbequemen Fragen hatte.
»Das klingt ja, als wäre neben der Suppe noch einiges mehr am Kochen«, bemerkte Chantal.
»Die Suppe ist gar nicht am Kochen; sie wird kalt serviert.«
»Komm schon, Phips, klär uns auf.«
»Und worüber?« fragte Philippa unschuldig.
»Zum Beispiel über den Kußmarathon.« Julia grinste und folgte ihr mit dem Cocktailmixer an die Küchentür. »Erzähl mir bloß nicht, das war eben das Olympische Komitee mit dem Vorschlag einer neuen Disziplin für Sydney 2000.«
»Nein«, erwiderte Philippa, ohne die Miene zu verzie-

hen. »Das war, ähm, Richard. Oh, danke. Aber nur noch ein halbes Glas ... das ist doch nicht die Hälfte. So, okay. Aber wenn du denkst, du kannst mich zum Reden bringen, indem du mich abfüllst, vergiß es. Im übrigen gibt es da nichts zu erzählen.« Julia ging wieder zu den anderen ins Wohnzimmer und zuckte die Schultern. Plötzlich drang ein höllischer Krach aus der Küche. Die versammelte Runde fuhr in die Höhe. Philippa streckte den Kopf ins Zimmer. »Tut mir leid. Ich muß Mandeln knacken.«

»Mandeln? In der Suppe? Aber, Moment. Hast du eben Richard gesagt? Das war doch eindeutig eine Mädchenstimme.« Chantal legte skeptisch den Kopf schief.

»Ach so, natürlich. Das ist bloß seine neueste Tarnung. Er schreibt nämlich erotische Frauengeschichten.«

Helen und Julia wechselten bedeutungsvolle Blicke. Helen unterzog ihren voreiligen Schluß, der Lippenstift auf Philippas Hals stamme von einer Frau, einer gründlichen Revision. Vielleicht, überlegte sie, kam er ja von einem Mann mit Hang zu Frauenkleidern. Sie hatte sich Philippas Sexualleben zwar schon immer ziemlich interessant vorgestellt, doch dieser Aspekt machte es noch interessanter. Aber ausgerechnet erotische Frauengeschichten? Gab es überhaupt eine Domäne im Leben der Frauen, die für Männer unzugänglich war? Helen dachte an die Kontroverse um den Politiker, der einen ausdrücklich an Koori-Frauen adressierten Brief geöffnet hatte. Die Kooris fürchteten, daß schon der flüchtige Blick eines Mannes auf den Inhalt genügte, um ihre Frauen mit einem Fluch zu belegen, an dem sie erkrankten und womöglich sogar starben. Helen fragte sich, wieso der Fluch sich eigentlich nicht gegen den männlichen Brieföffner richtete.

Chantal hob eine perfekt gezupfte, mit Stift nachgezogene Braue und gab damit der allgemeinen Skepsis Ausdruck. »Er schreibt erotische Frauengeschichten? Ist das nicht ein bißchen daneben? Außerdem kommt er dir doch damit auf deinem Spezialgebiet in die Quere, oder?«
»Erotische Literatur ist momentan der große Renner im Verlagswesen. Und Crossdressing ist überhaupt der große Renner.«
»Stimmt«, bestätigte Julia. »Das muß so eine Fin-de-siècle-Marotte sein, ein Jahrtausendwende-Ding. Hab ich euch übrigens erzählt, daß mir die *Image*-Redaktion kurz vor meiner Abreise nach China einen Auftrag über eine Fotoserie von Transvestiten erteilt hat? Und einer meiner großen Erfolge auf dem Chinatrip war ein Transvestit in Beijing, den ich zu einigen Aufnahmen überreden konnte.«
»Ein Transvestit in Beijing?« Chantal war sofort Feuer und Flamme.
»Ja, ich konnte es selbst kaum glauben, aber so war's. Im übrigen neigen chinesische Männer zu weitaus schwächerer Körperbehaarung und schlankeren Figuren als die Männer in der westlichen Welt. Sie geben hervorragende, wirklich wunderschöne Transvestiten ab. Der Typ war umwerfend.«
»Aus irgendeinem Grund habe ich immer gedacht, in China gäbe es keine Schwulen«, bekannte Helen. »Aber das ist vermutlich Quatsch. Warum sollte es dort keine geben? Hast du die Fotos mit?«
»Ich bin noch dabei, sie zu entwickeln. Aber sobald sie fertig sind, zeige ich sie euch zusammen mit den übrigen Fotos von der Reise.«
»Wenn ich's mir recht überlege«, sagte Chantal, »habe

ich mit China schon immer eine gewisse Schwulenästhetik verbunden. Ich weiß noch, wie ich das eine Buch mit Fotos von diesen, wie hießen die noch mal, Revolutionsopern oder so ähnlich entdeckte. Es war gespickt voll mit Prachttypen, die mit Rouge, Lippenstift und Eyeliner geschminkt waren und in stilisierten Armeeuniformen rumhüpften. Das ist ja absolut obertuntig, dachte ich mir. Als ich Alexi das Buch zeigte, war er hin und weg. Er hat es sogar behalten.« Chantal streckte Julia das Glas zum Nachschenken hin.
Philippa stieß einen unhörbaren Seufzer der Erleichterung aus. Der Themenwechsel kam ihr sehr gelegen.
»Erzähl doch weiter, Jules«, begeisterte sie sich aus der Küche. »Möglichst ausführlich. Und sprich laut genug, damit ich hier drinnen auch was höre.« Julia ließ sich nicht zweimal bitten und sparte Mengzhong bis zum Schluß auf.
»Ein Schlangenbeschwörer!« rief Chantal. »Ist ja irre exotisch.«
Helen fiel ein, daß sie Philippa Hilfe angeboten hatte, und ging zu ihr in die Küche. Julia folgte ihr mit dem leeren Mixer.
»Da kann ich mich ja dumm und dämlich suchen!« sagte Philippa. »Das Ding brauche ich jetzt gleich.«
»Vielleicht wäre es langsam Zeit für eine Flasche Wein«, sagte Julia, spülte den Mixer aus und reichte ihn Philippa. »Was gibt es denn eigentlich?« fragte sie.
»Ajo blanco, eine helle andalusische Suppe mit Knoblauch, Mandeln und Weintrauben.«
»Knoblauch, Mandeln und Weintrauben? Wilde Mischung.«
Nachdem Julia eine Flasche Weißwein aus dem Kühlschrank geholt hatte, scheuchte Philippa sie und Helen

aus der Küche. Sie beschloß, daß sie doch keine Hilfe bei den Weintrauben benötigte. Kaum waren die beiden jedoch an der Tür, fiel ihr etwas ein. »Sag mal, Helen, was ist eigentlich aus dem Brief geworden, den du zurückhaben wolltest? Ist er jemals aufgetaucht?«

»Was war damit, Helen?« fragte Julia neugierig.

Helen breitete die Geschichte mit dem verlorenen Brief aus. »Das Ganze ist so merkwürdig«, schloß sie. »Alle haben meine Briefe beantwortet, bis auf Bronwyn, eine Kollegin in Melbourne. Daraufhin war ich natürlich ziemlich sicher, daß sie die heißen Zeilen bekommen hatte. Sehr, sehr peinlich, aber immer noch besser, als wenn er bei meinen Eltern oder diesem wissenschaftlichen Journal gelandet wäre. Um ganz sicher zu sein, hab ich ihr ein paar belanglose Zeilen geschrieben und mich erkundigt, ob sie meinen Brief erhalten hätte und sie mir bald ihren Vortrag schicken könnte. In Bronwyns Antwortbrief hieß es, sie hätte mir ihren Vortrag eigentlich gleich nach meinem ersten Brief schicken wollen, und sie entschuldigte sich für die Verzögerung. Womit die Geschichte immer noch ein Rätsel bleibt. Manchmal frage ich mich, ob ich den Brief überhaupt geschrieben oder ihn mir nur eingebildet habe.«

Den hast du sehr wohl geschrieben, dachte Philippa und war froh, daß sie sich ungestört ihrer Suppe widmen konnte. Sie zog es vor, beim Kochen allein zu sein. Zuerst nahm sie die gehackten Mandeln und kippte sie in den Mixer. Dann holte sie das zuvor in Milch eingeweichte Brot, zerdrückte es zwischen den Fingern, ließ die Milch über die Hände rinnen und quetschte den weichen Brei weiter, bis der letzte Tropfen Flüssigkeit entwichen war. Den Brotbrei schichtete sie über die Mandeln. Dann riß sie vier große Knoblauchzehen von der Knolle, legte sie aufs Schneidebrett und zerdrückte sie unter dem flachen Ende eines riesigen Tranchiermessers. Mit einem schwachen »Pffft« gaben sie unter dem Druck nach. Nachdem sie das aufgeplatzte saftige Fleisch von der Schale getrennt hatte, landete es auf Brotbrei und Mandeln. Sie hielt sich die Fingerspitzen an die Nase, atmete tief den strengen Knoblauchgeruch ein und leckte jeden Finger einzeln ab, um die Schärfe voll auszukosten. Dann schaltete sie den Mixer an und wartete, bis alle Zutaten in Mus verwandelt waren. Sie fügte Olivenöl hinzu, erst tröpfchenweise, dann fließend. Schließlich gab sie Wasser dazu, das sie extra eisgekühlt hatte, eine Prise Salz plus einen Spritzer weißen Essigs und goß die cremige dicke Mischung in leuchtend grüne Schalen. Zum Schluß riß sie die Haut von ein paar dicken saftig-grünen Trauben, halbierte sie, löffelte die Kerne aus und setzte sie in die helle Flüssigkeit.

Es war das erste Mal seit jenem Morgen mit Jake, daß sich Philippa dem Anblick von Weintrauben gewachsen fühlte. Kaum war er damals aus der Tür gewesen, hatte sie sich daran erinnert, wie er laut zählend die Trauben aus ihr herausgesaugt hatte. Eins. Zwei. Drei. Erst später fiel ihr siedendheiß ein, daß es insgesamt vier gewesen waren. Wo war die vierte abgeblieben? Sie zog ihren Slip runter, bückte sich und bohrte mit einem Finger. Unglaublich. Das Ding hatte sich genau außer Reichweite in dem Hohlraum unterhalb des Gebärmutterhalses eingenistet. Sie konnte die Traube mit dem Finger berühren und im Kreis drehen, doch was sie auch anstellte, sie war nicht herauszubekommen. Als sie nach zwei Tagen immer noch an der Stelle saß, rückte Philippa, tiefrot im Gesicht, in der Abteilung für

Geschlechtskrankheiten im Sydney Hospital an. Dort gelang es einer Schwester, die Traube mit Spekulum und Sonde zu befreien, und sie versicherte ihr während der Prozedur, schon weitaus obskurere Gegenstände sowohl bei Frauen wie Männern entfernt zu haben. Philippa kam an Ort und Stelle zu dem Schluß, daß man gewisse Dinge doch besser dem Reich der Literatur überlassen sollte. Von wegen vernasch mich.

Als sie schließlich mit der Suppe auftauchte, brachen ihre Freundinnen in verzückte Begeisterung aus und setzten sich eifrig an den Tisch. Während Philippas kulinarische Kreation von allen Seiten bewundert wurde, schenkte Julia Weißwein in die Gläser.

»Wißt ihr«, kicherte Helen, »ich bin ja vielleicht schon ein bißchen angeschickert von den vielen Cocktails, aber mich erinnert die Brühe verdächtig an Sperma.«

»Oh, wie reizend.« Chantal verschluckte sich. »Danke für die Information, Helen.«

»Was ist denn los, Chantie«, stichelte Julia. »Schluckst du etwa nie?«

»Meine Liebe«, erwiderte Chantal und tupfte die Lippen mit einer Serviette ab, »ich probiere noch nicht mal. Aber ernsthaft, Phippa, die Suppe ist köstlich.«

»Stimmt«, bestätigte Julia. »Total lecker. Wo wir gerade vom Schlucken reden, kennt ihr die Geschichte von dem Typen, der sich von seiner Veganer-Freundin trennen mußte?«

Jetzt war Philippa mit dem Verschlucken an der Reihe. Helen klopfte ihr auf den Rücken. »Tödliche Suppe, Philippa«, bemerkte sie. »Wenn es in dem Stil weitergeht, schaffen wir's nie bis zum Dessert.«

Philippa unterdrückte ihr Husten und gab zu verstehen, es sei nicht so schlimm.

»Bist du sicher, daß du okay bist, Phippa?« Julia wirkte aufrichtig besorgt.
»Also, worum geht's in der Geschichte mit der Veganerin?« drängte Chantal.
»Na ja«, sagte Julia, »das Mädchen war strikt gegen oralen Sex – sie hielt nichts davon, tierisches Eiweiß zu schlucken.«
Helen und Chantal glucksten. Philippas Stimme hingegen erstarb völlig, die Ajo blanco war offenbar in die falsche Röhre gerutscht. »Wer hat dir denn die Story erzählt?« brachte sie schließlich krächzend zustande.
»Ach, der Typ, mit dem ich was hatte, ihr wißt schon, der ganz junge. Jake.«
»Jake?« Philippas Stimme flüchtete noch tiefer in die Speiseröhre, und der Name kam nur noch als schwaches Fiepsen. Die übrige Tischrunde prustete vor Lachen.
»So lustig ist der Name nun auch wieder nicht«, protestierte Julia.
»Wie ist eigentlich der letzte Stand an der Jake-Front?« fragte Chantal.
»Ach, ich weiß nicht. Es ist aus und vorbei, finito, Ende der Vorstellung. Glaub ich jedenfalls.«
»Wieso? Und was soll das heißen, du *glaubst*?« Chantal saugte geräuschvoll eine geschälte Weintraube in den Mund, ließ sie verspielt über die Zunge rollen, stupste sie wieder zwischen die vollen Lippen und saugte sie dann erneut ein.
»Gott, hör auf damit, Chantal.« Julia mußte lachen. »Sonst geht meine Phantasie mit mir durch. Was Jake betrifft, der hat sich vor meiner Abreise für die Lösung der neunziger Jahre entschieden und mir eröffnet, er möchte eigentlich doch keine feste Beziehung. Darauf

habe ich bloß gesagt: Ich schreibe dir. Das hat ihm höllische Angst eingejagt. Ihr könnt euch nicht vorstellen, wie erschrocken er aussah. Ist ein Minimum an Verbindlichkeit wirklich zuviel verlangt? Er hätte doch einfach versprechen können, die Post zu öffnen und einen oder zwei Briefe zu lesen. Ist das wirklich zuviel verlangt?«
»Aber ich dachte«, unterbrach Helen, »gerade der lokkere Charakter der Beziehung hätte dich so gereizt. Einen ›festen‹ Freund wolltest du doch gar nicht. Wenigstens hast du das behauptet, als du mir von Jake erzählt hast. Offenbar hast du deine Meinung inzwischen geändert?«
»Wer weiß«, seufzte Julia. »Kann mir jemand verraten, was die jungen Typen wirklich wollen? Ich meine, nichts gegen eine lockere Beziehung, und mit Jake ging es ohnehin länger, als ich erwartet hatte. Soweit ist alles okay. Andererseits lief die Sache so gut. Und bei einem so vielversprechenden Anfang hätte ich, ehrlich gesagt, nichts dagegen gehabt, wenn er noch ein oder zwei Jährchen bei mir geblieben wäre. Vielleicht bis zu seinem vierundzwanzigsten Geburtstag oder so. Ist das wirklich zuviel verlangt? Irgendwie werde ich aus dieser neuen Generation nicht schlau. In modischen Fragen legen sie sich lebenslang fest, ohne mit der Wimper zu zucken, sie lassen sich tätowieren und Ohrringlöcher ins ganze Gesicht stechen, aber eine Beziehung, die länger als einen Monat dauert, verkraften sie nicht.«
»Ist Jake denn gepierct und tätowiert?« fragte Chantal.
An einer Augenbraue und einer Brustwarze, dachte Philippa. Und auf die rechte Schulter ist ein Skorpion tätowiert.

»An einer Augenbraue und einer Brustwarze«, antwortete Julia. »Und auf die rechte Schulter ist ein Skorpion tätowiert.« Sie seufzte. »Was soll's. Aber der Sex war traumhaft. Geradezu explosiv. Zumindest, solange wir welchen hatten.«
Helen runzelte eher verdutzt denn verärgert die Stirn. »Sex, Sex, immer nur Sex. Findet ihr nicht, daß wir zuviel über Sex reden?«
»Ich weiß nicht. Ich meine, wir sind schließlich nicht irgendwelche Püppchen, die nichts anderes im Kopf haben«, hielt Julia dagegen. »Wir arbeiten ziemlich hart und beschäftigen uns meistens mit ernsten Dingen wie, na, ihr wißt schon, gesellschaftlichen Problemen und ästhetischen Fragen und Kamerablenden, und du, Helen, steckst in deiner wissenschaftlichen Arbeit und ...«
»Mode«, ergänzte Chantal. »Ich zerbreche mir ständig den Kopf über die Stilfragen unserer Zeit.«
»Na ja.« Helen nickte. Sie wußte, daß sie viel häufiger an Sex dachte, als daß sie darüber redete. »Und immerhin wollen wir am Sonntag diese Umweltveranstaltung besuchen.«
»Außerdem ist Sex ein ewiges Rätsel«, sagte Julia. »Obwohl Sex unsere intimste Erfahrung ist, teilen wir ihn – wenn wir Onanieren mal ausklammern – immer mit einem anderen Menschen. Manchmal sogar mit einem Fremden. Unsere Berufe und andere Bereiche unseres Lebens lassen sich mühelos einer Analyse unterziehen. Beim Sex ist das selten der Fall. Deshalb versuchen wir ständig herauszufinden, was er bedeutet und was sich dahinter verbirgt.«
»Wobei Beziehungen natürlich auch ziemlich rätselhaft sind«, fügte Helen hinzu. »Und aus einem unerfindlichen Grund sogar in zunehmendem Maß.«

»Richtig«, ereiferte sich Julia. »Ich glaube zwar nicht, daß Beziehungen und Sex zu Zeiten unserer Mütter weniger rätselhaft waren. Aber wenigstens mußten sie nicht wie wir die Form des Zusammenseins aus dem Nichts heraus bestimmen – und das auch noch bei jedem neuen Mann.«
»Genau«, bestätigte Chantal. »Früher hieß es: Ein Jüngling bringt dir Rosen oder singt unter deinem Balkon, man verabredet sich, baut eine Beziehung auf, und dann, nach einem rauschenden Fest, bei dem du das Traumkleid deines Lebens anziehen darfst, kommt der große Augenblick, und man schläft miteinander. Heute ist es genau anders herum. Wir hüpfen sofort ins Bett, und wenn wir dann noch Lust dazu haben, fangen wir an, uns Sorgen über die Beziehung zu machen. Und Kleider spielen überhaupt keine Rolle mehr.«
»Ich muß mich gezwungermaßen ständig mit Sex auseinandersetzen«, meinte Philippa, die endlich wieder im Vollbesitz ihrer Stimme war, »denn ich schreibe ja darüber.«
»Klingt für mich nach einer guten Ausrede«, gluckste Julia.
»Ich bin mir da auch nicht so sicher, Philippa«, meinte Chantal. »Du hast dir ausgesucht, über Sex zu schreiben. Wenn du eine verantwortungsbewußte gesellschaftskritische Autorin wärst, würdest du, was weiß ich, Umweltthriller, Erziehungsmärchen oder so was schreiben. Andererseits wären wir dann wahrscheinlich nicht so scharf darauf, deine Ergüsse zu lesen. Wie geht es eigentlich voran?«
»Sieben Kapitel stehen. Fünf fehlen noch.«
»Bist du soweit zufrieden?«
»Es macht Spaß und hält mich beschäftigt.«

»Hat der Inhalt mit dem wahren Leben zu tun?« wollte Julia wissen.
Philippa zögerte. Schuldbewußt fiel ihr Jake ein, und eine Vision von rotem Samt erschien vor ihrem geistigen Auge. »Was ist schon das wahre Leben?« konterte sie. Niemand wußte eine Antwort.
Nachdem sie Julias Frage erfolgreich abgeschmettert hatte, musterte sie den Tisch und bemerkte: »Tja, sieht so aus, als hätte sich hier doch jeder zum Schlucken überwunden.« Dann begann sie, die Suppenschalen aufeinanderzustapeln. Julia schenkte inzwischen Wein nach.
»Ich glaube, es wird Zeit fürs Hauptgericht.« Chantal stand von ihrem Stuhl auf, nahm die Schalen und verschwand in die Küche.
Als sie wieder ins Zimmer trat, prangte auf jedem Teller ein verzwirbelter Haufen schwarzer Pasta, gekrönt mit einem großzügigen Löffelvoll Pesto, dramatisch garniert mit gelben und roten Minitomaten sowie einem Blatt Basilikum. Dazu servierte sie in einer smaragdgrünen Schüssel einen riesigen Mesclun-Salat, den vereinzelte Babygemüse und knallig bunte Blüten zierten. Eine zweite, dazupassende Schüssel enthielt die restlichen Nudeln.
»Das sieht herrlich aus, Chantal!« Helen wünschte sich ungefähr zum zwanzigsten Mal an diesem Abend nichts sehnlicher, als einfach nur Chantal zu sein. Sie brachte zwar mühelos nahrhafte, schmackhafte Gerichte zustande, doch aus irgendeinem Grund nahmen sie stets ein unappetitliches und eintöniges Braungrau (Currys) oder Backsteinrot (Pastasaucen) an. Helen malte sich aus, wie sie die schwarzen Pasta ihrem Kollegen Sam auftischte. Nach dem Essen würde sie das

Geschirr abräumen und sich weiter in der Wärme seiner Komplimente sonnen. Er würde ihr in die Küche folgen, hinter ihr stehen bleiben, ihr die Arme um die Taille schlingen und den Nacken küssen, während sie den Wasserkessel aufsetzte und für den Kaffee ein wenig Milch in ein Kännchen goß. Sie würde sich entspannt bei ihm anlehnen, und er würde seinen Körper gegen ihren pressen. Seine Hände würden ihre neue, gewagt tief ausgeschnittene Bluse hinaufwandern und ihre Brüste daraus befreien. Er würde ihr das Milchkännchen aus der Hand nehmen, ihr die kühle weiße Flüssigkeit langsam über den Busen gießen und in die Brüste einmassieren. Dann würde er sie umdrehen und ihr die Milch von der Haut schlecken. Sie würde nur dastehen, die Augen geschlossen, den Kopf zurückgelehnt. Schließlich würde er ihr die milchdurchtränkte Bluse ausziehen, sich zu ihrem Rock hinabarbeiten, ihn nach unten schieben und ihr noch mehr Milch auf die Haut gießen. Er würde ihr Bäuchlein ablecken und ihr mit seinen milchigen Händen das Höschen reiben und sie dann durch den Stoff lecken, bis auch diese letzte Hülle weichen müßte. Irgendwann würde sie die Augen öffnen, aus dem Küchenfenster starren, und ihr zielloser Blick würde im gegenüberliegenden Fenster ihren gutaussehenden neuen Nachbarn bemerken, der mit den Augen an ihr klebte. Er würde sich langsam den Reißverschluß an der Hose aufziehen und seinen Schwanz hervorholen, der selbst aus einiger Entfernung gewaltig aussah, und ihn so lange schrubbeln, bis er sich über die ganze Fensterscheibe ergoß. Ajo blanco. Gepackt von dem Wunsch, Sam an seinem dichten graumelierten Haarschopf zu ziehen, würde sie nach unten greifen, seinen Kopf ertasten und sich die pista-

ziengrünen Schwänzchen um die Finger wickeln. Moment! Pistaziengrüne Schwänzchen? Sam hatte doch gar keine ... wieso tauchte Marc plötzlich in ihrer Phantasie auf? Du lieber Himmel. Das war ja ziemlich daneben. Sie bemühte sich nach Kräften, Sam wieder in die Szene einzubauen, doch das Bild löste sich auf, da die Unterhaltung am Tisch nun wieder gewaltsam in ihr Bewußtsein drang.
»Für jemanden, der immer behauptet, er könne nicht sonderlich gut kochen, hast du dich sagenhaft geschlagen, Chantal«, sagte Julia voll Bewunderung und wischte sich einen Klecks Pesto vom Kinn.
»Alles nur eine Frage des Einkaufs«, erwiderte Chantal. »Die selbstgemachten Pasta sind gekauft, die frische Pesto ebenfalls. Ich hab lediglich das Wasser gekocht. Und zwei Beutel fertig geputzte und gewaschene Salatblätter in die Schüssel geworfen. Der Frau in der Lebensmittelhalle bei DJs dürfte ich allerdings einen ganz schönen Schock versetzt haben. Ich wollte eigentlich frisches Babygemüse verlangen, war aber in Gedanken noch bei den lokalen Rockgrößen, die wir am Nachmittag fotografiert hatten, und deshalb ist mir rausgerutscht: ›Eine Tüte zarte Frischlinge, bitte.‹ Ihr hättet ihr Gesicht sehen sollen. Ich glaube, sie stand kurz davor, den Tierschutzverein anzurufen. Aber das Essen war ein Kinderspiel. Kreditkartenküche.«
»Schade, daß Beziehungen nicht so leicht zu haben sind«, seufzte Julia. Sie saugte die letzten Nudelfäden vom Teller in den Mund und nahm sich eine zweite Portion. »Ich finde, die sollten bei DJ eine Abteilung Liebe und Sex eröffnen, wo du einfach mit deinem Kärtchen antanzt und sagst, hmm, zeigen Sie mir doch mal den Achtundzwanzigjährigen mit den himmel-

blauen Augen und den drei Ringen am linken Ohr, den Sie mit Zwölfmonatsgarantie auf guten Sex, großen Spaß und beständiger Liebe plus Option auf jährliche Verlängerung (für nur 124 Dollar pro Jahr) anbieten. Oder, Moment, vielleicht nehme ich doch einfach das Supersexangebot mit den niedlichen Tätowierungen, das nächste Woche verfällt. Die Verkäuferin würde die Jungs aus dem Regal holen, den Scanner über ihren Hintern gleiten lassen, und schon schiebst du los.« Bei dem Gedanken an das Bild ihres Einkaufswagens mußte Julia kichern.

»Wißt ihr eigentlich«, setzte Chantal leicht beschwipst an, »daß es solche Läden tatsächlich gibt? Sogenannte Escort-Agenturen.«

»Hast du etwa schon mal?« Philippas Augen leuchteten auf.

Chantal lächelte geheimnisvoll und beförderte einige Pastafäden durch ihre noch immer schockroten Lippen. Helen fragte sich zum wiederholten Mal, wie Chantal es schaffte, daß ihr Lippenstift nie abging. Immer wenn Helen Lippenstift auflegte, verflüchtigte sich die Farbe entweder in die Fältchen um den Mund oder war in kürzester Zeit weggebissen. Manchmal, wenn sie bei Partys nach ein paar Stunden in den Spiegel sah, stellte sie zu ihrem Entsetzen fest, daß sich, wie es in akademischen Kreisen so schön heißt, beide Möglichkeiten bewahrheitet hatten: Auf den Lippen fehlte jede Spur von Farbe, dafür glühte am Rand eine tiefrote Aura. Aber Moment, was sagte Chantal da eben?

»Nun« – Chantal zupfte verspielt mit den Fingernägeln an der Blüte einer Babyzucchini –, »gewissermaßen schon.«

»Gewissermaßen schon?« Julia beugte sich ein Stück über den Tisch. »Was heißt das?«
»Na ja, ich habe schon mal.«
Tiefes Luftholen um den Tisch.
»Ich war damals ziemlich ausgehungert. Also spielte ich die Alternativen durch. Ich hätte einen Ex-Lover anrufen können. Aber das ist immer so kompliziert und mit so viel Reden verbunden, und ob es zum Sex kommt, bleibt fraglich. Ich hätte in eine Kneipe oder einen Club gehen und jemanden abschleppen können. Zu gefährlich. Und wenn ich von ziemlich ausgehungert spreche, heißt das, ich war fickrig bis ins Mark. Ist das zu schockierend?«
»Ich glaube, das Gefühl kennen wir alle«, erwiderte Philippa. »Erzähl weiter.«
»Ich blätterte eine Ausgabe von *Women's Forum* durch und blieb auf den letzten Seiten bei den Anzeigen der männlichen Escort-Agenturen hängen, ›sinnliche‹ Masseure und so weiter. Dann suchte ich mir eine Anzeige aus und nahm den Hörer in die Hand. Fragen schadet ja nicht, dachte ich mir, hätte mir aber, ehrlich gesagt, selbst nie träumen lassen, daß es über einen Anruf hinausgeht. Tja, und dann meldet sich dieser Mann am Telefon: ›Spunkfest, womit kann ich Ihnen dienen?‹
Ich versuchte, das aufgeregte Zittern in meiner Stimme zu unterdrücken, und bat ihn, mir den Ablauf des Ganzen zu erklären. Er nannte Preise und Aufschläge, die je nach Bestellung von ›Rundumservice‹ oder nur Begleitung oder was immer stark differierten, und dann fragte er mich, was genau ich denn suche.
Plötzlich wurde die Situation sehr konkret.« Chantal nippte an ihrem Wein und untersuchte eine hübsch ge-

formte, drei Zentimeter lange Karotte, bevor sie sie in den Mund steckte und nachdenklich zerkaute.
»Komm schon, Chantal, du kannst doch nicht mittendrin aufhören«, sagte Philippa ungeduldig.
Chantal lächelte. »Das hatte ich auch gar nicht vor.«
»Ich muß erst mal auf die Toilette«, sagte Julia. »Dann hole ich uns noch eine Flasche Wein. Und bis dahin erzählst du kein Wort.«
Während die drei auf Julias Rückkehr warteten, genossen sie schweigend das durchdringende Aroma der glitschigen schwarzen Pasta, schmeckten die knoblauchhaltigen Spuren der Pesto-Sauce im Hals und zerdrückten Minitomaten im Mund. »Könntet ihr einen Mann lieben, der gutes Essen verschmäht?« unterbrach Helen die Stille. »Einen, der sich nur von matschigen weißen Brötchen ernährt und partout keinen Fuß in ein afrikanisches Restaurant setzt?« Ein kollektives Schaudern erfaßte die Tischrunde. Mit Sicherheit nicht, war die einhellige Meinung. Ein köstliches Mahl und Freude am Essen waren Lebensgenuß pur, da waren sie sich einig.
Julia kam mit einer frischen Flasche zurück, füllte die Gläser nach und setzte sich. »Okay. Es kann weitergehen.«
»Ich beschloß also«, fuhr Chantal fort, »meiner Phantasie freien Lauf zu lassen. Schließlich handelte es sich nur um ein Telefongespräch, und er hatte mich ja gefragt, was ich wollte. ›Einen Schwarzen‹, sagte ich, ohne groß nachzudenken. ›Amerikaner. Typ Matrose. Markantes Gesicht. Kräftige Muskeln. Unbeschnitten. Mit dem größten im Angebot. Oral versiert, aber auch Zungenküssen und harmlosem Sadomaso nicht abgeneigt. Ich übernehme die aktive Rolle.‹

Am anderen Ende der Leitung herrschte kurzes Schweigen. Vielleicht, dachte ich mir, hätte ich meinen Wunsch etwas allgemeiner formulieren und nur sagen sollen: ›Wenig Körperbehaarung, großer Schwanz.‹ Ich überlegte, ob ich vielleicht noch hinzufügen sollte: ›Aber ein dünner Braunhaariger, der nichts gegen Fesselspiele hat, würde auch gehen.‹ Tja, und dann hörte ich im Hintergrund plötzlich das schwache Klacken von Computertasten. Dem folgten ein paar elektronische Biepser und ein schnarrendes Brummen. ›Hmmm, ich glaube, Eddie ist Ihr Mann. Er ist schwarz, einsneunzig, muskulös, im erigierten Zustand fünfundzwanzig Zentimeter, unbeschnitten. Möchten Sie einen Termin buchen?‹

›Äh, gern‹, sagte ich. Die Sache kam mir so unwirklich vor. ›Wann ist er denn verfügbar?‹ Der Typ meinte, er würde zurückrufen. Allmählich kriegte ich das große Zittern. Ich beschloß, einfach zu sagen, ich hätte es mir anders überlegt. Als zehn Minuten später das Telefon klingelte, fuhr mir der schrille Ton wie ein Elektroschock durch die Glieder. Ich nahm allen Mut zusammen und hob den Hörer ab, meine einstudierte Antwort spruchreif auf den Lippen.

›In einer Stunde?‹ Ich schluckte schwer.«

»Na bitte, Chantal schluckt doch«, piepste Julia und löste eine Runde Gekicher aus.

»›Ja, das paßt mir gut‹, sagte ich. Dann gab ich ihm meine Adresse und legte auf. Danach überfiel mich die blinde Panik. Ich machte mich über mein Schlafzimmer her und räumte auf, sprang unter die Dusche und schnell wieder raus, denn plötzlich fiel mir ein, daß ich Alexi nach der Arbeit zu einem kurzen Besuch bei mir eingeladen hatte. Ich rief ihn an, um abzusagen, und weigerte mich, ihm einen Grund dafür zu nennen, aber er hat eindeutig geahnt, daß irgendwas in der Luft lag. Dann duschte ich endlich, benutzte hinterher mein parfumiertes Körperpuder, zog meinen besten schwarzen BH, Straps und Strümpfe an und tupfte die weißen Puderflecken am BH sorgfältig mit einem feuchten Handtuch ab.«

»Ich hasse so was«, fiel Julia dazwischen. »Vor allem, wenn du es nicht merkst. Du stehst irgendwo, findest dich superelegant in deinem kleinen Schwarzen, und seitlich an den Achselhöhlen schimmern weiße Puderspuren.«

»Halt die Klappe, Julia, jetzt kommt sie doch gleich zum guten Teil.« Philippa saß mit aufgestützten Ellbogen am Tisch, den Kopf in den Händen und voll auf Chantal konzentriert.

»Auf einmal wurde mir bewußt, daß ich eine Ewigkeit brauchte, um mich zwischen den Strümpfen mit dem Spitzenrand und denen mit dem Spitzenrand zum Zuschnüren zu entscheiden, und außerdem hatte ich das Zähneputzen vergessen, was ich sofort mit Zahnseide und Bürste nachholte. Anschließend polierte ich meine Lackstilettos, kämmte mich und warf mir einen Kimono über. Ich legte einen Hauch Lipgloss auf. Dann setzte ich mich hin und schaute auf die Uhr. Gleich darauf stand ich wieder auf und zog mir einen anderen Kimono an. Immer noch zwanzig Minuten. Ich beschloß, anzurufen und abzusagen – wenn der Typ auftauchte, würde ich ihn bezahlen, doch ansonsten vergiß es. Diese Sache konnte ich einfach nicht durchziehen.«

»Weißt du, ich kann mir kaum vorstellen, daß du so aufgeregt sein kannst«, staunte Helen.

»Oh, und wie ich am Rotieren war. Ich weiß nicht mehr,

wie die letzten Minuten verstrichen sind. Denn wie ihr wahrscheinlich schon ahnt, habe ich doch nicht abgesagt. Ich goß mir einen Drink ein, nippte zweimal und putzte mir wieder die Zähne. Und dann, nach einer absoluten Ewigkeit, klingelte es endlich.
Als ich die Tür öffnete, stand meine fleischgewordene Phantasie vor mir. Aber das merkwürdigste war, daß er sogar einen Matrosenanzug trug.«
»Muß ein beliebter Wunsch sein.«
»Ja, ich hatte nicht ganz einkalkuliert, wie vorhersehbar die Popularität von Matrosen ist. Das beunruhigt mich etwas. Nächstes Mal verlange ich einen Astronauten. Oder einen Knöllchenverteiler – die sind garantiert nicht beliebt. Oder ET. Jedenfalls, da stand er und grinste mich an. ›Wie geht's‹, sagte er mit schleppendem Südstaatenakzent und musterte mich von oben bis unten. ›Ich heiße Eddie und freue mich sehr, dich kennenzulernen.‹
›Äh, Tag‹, begrüßte ich ihn – Klischee gegen Klischee. ›Ich bin Ramona. Komm rein, großer Junge.‹«
»Ramona?«
»Meinen richtigen Namen mochte ich ihm einfach nicht nennen. Ich dachte mir, mit einem Pseudonym würde ich mich, na ja, freier fühlen. Namen legen einen so fest. Sie sind mit so viel emotionalem Gepäck befrachtet, daß man sich unter ihrem Gewicht manchmal kaum noch bewegen kann. Geschweige denn Tango tanzen. Außerdem bezweifle ich, daß er wirklich Eddie hieß. Er war Eddie, meine Phantasie. Und als Ramona war ich ebenfalls meine Phantasie, versteht ihr? Ich bot ihm mit zitternden Händen einen Drink an. Als er merkte, wie nervös ich war, nahm er meine Hand, schaute mir direkt in die Augen und sagte: ›Ramona,

Schnuckelchen, sei nicht nervös. Wir tun doch nichts, was du nicht möchtest. Du bist die Lady und hast das Sagen. Und wie ich gehört habe‹, zwinkerte er, ›magst du das gern.‹ Ich wurde knallrot. ›Du bist eine ganz bezaubernde Lady.‹
Mit diesen Worten ließ er seinen eigenen ziemlich bezaubernden Körper behutsam in den Zebrasessel sinken. Ihr wißt ja, wie wir in dem Ding immer völlig verschwinden. Er dagegen füllte es ganz und gar aus. Dann schaute er auf seinen Schritt hinunter, dorthin, wo sich der Stoff über etwas dehnte, das sogar durch die Hose wie der unglaublichste Ständer aussah, den ich je in meinem Leben gesehen habe. ›Und jetzt schau dir das an‹, sagte er und schüttelte seinen großen, schönen Schädel, ›der kleine Bursche findet das auch.‹
›So klein ist der Bursche nun auch wieder nicht‹, erwiderte ich und dachte insgeheim: Tja, Chantie, jetzt hast du, was du wolltest, nicht wahr? Ich nahm meinen Mut zusammen, streckte die Arme von mir, so daß sich mein Kimono öffnete, ließ ihn dann auf den Boden fallen, und irgendwie fiel mit dem Rascheln der Seide wie durch Zauberhand meine Nervosität von mir ab. Dann stolzierte ich zu ihm hinüber, und, nun, ich muß sagen, ich hab was für mein Geld gekriegt. Mit Zinsen.«
»Komm schon, Chantie! Damit kannst du uns doch nicht abspeisen. Wir wollen Einzelheiten«, rief Julia.
»Einzelheiten!« wiederholte Philippa.
»Jawohl, Einzelheiten!« stimmte Helen in den Chor ein.
»Ach, ihr wißt es doch.« Chantal zündete sich eine Zigarette an. »Ihr wißt genau, was als nächstes kommt. Küß, küß, reib, reib, leck, leck. Hier rein und raus, da rein und raus.«

»Nicht zu fassen«, meinte Philippa kopfschüttelnd. »Und was ist mit dem Sadomaso-Teil?«
»Also, wißt ihr, es wäre viel einfacher, wenn ihr Mädels nicht immer so gut zuhören würdet.«
»Weiter!«
»Schon gut, schon gut. ›Nun‹, meinte ich, ›ich hab tatsächlich gern das Sagen. Und deshalb, Matrose, nennst du mich ab jetzt Herrin. Du stehst sofort aus dem Sessel auf und begibst dich auf allen vieren zu mir.‹«
»Moment mal.« Helen war plötzlich hellhörig geworden. »Soll das etwa heißen, du hast einen Schwarzen zum *Sklaven* degradiert? Gütiger Himmel, Chantal, findest du das nicht ein bißchen rassistisch? Ich meine, denk nur an die geschichtliche Bedeutung und die ideologischen Auswirkungen ... Ich glaube, ich würde so was nie übers Herz bringen.«
»Vergiß nicht, Helen, hier geht es um die Inszenierung einer Phantasie. Mit seiner Zustimmung. Nicht ums wirkliche Leben, meine Gute. Manchmal hätte ich zwar nichts gegen ein Gefolge von spärlich bekleideten Sklaven und Sklavinnen jeglicher Hautfarbe einzuwenden, aber wenn sich mir tatsächlich jemand zu Füßen werfen und mich anflehen würde, mir dienen zu dürfen, würde ich wahrscheinlich vor Peinlichkeit sterben. Also, soll ich jetzt weitererzählen oder nicht?«
»Aber ...«
»Ach, Helen, spar dir das für später auf«, gurrte Julia, füllte Helens Glas auf und legte ihr freundlich die Hand auf den Arm. »Laß sie doch weitererzählen. Jetzt wird es ganz spannend.«
»Er ließ sich auf allen vieren nieder und küßte mir die Schuhe. ›Darf ich deine Fesseln verehren, Herrin?‹ bettelte er.

›Warst du denn ein braver Junge?‹ fragte ich.«
»Wo hast du eigentlich den Spruch her, Chantal«, unterbrach Philippa. »Du sagst ihn so selbstverständlich, daß er glatt von dir stammen könnte.«
»Tut er ja auch. Jedenfalls ließ er den Kopf hängen und sagte: ›Nein, Herrin, ich war ein böser Junge. Ich verdiene nicht, deine fabelhaften Füße zu verehren, jedenfalls nicht, bevor ich meine gerechte Strafe bekomme.‹ Daraufhin ging ich rasch zum Schrank und holte die Wildlederpeitsche heraus.«
»Wozu hattest du denn eine Peitsche im Schrank?« kicherte Julia.
»Ach so, die war, äh, für eine Kostümparty, ja, eine Art Verkleidungsaccessoire.« Chantal erzählte schnell weiter. »Als ich wieder zu ihm ging, stellte ich fest, daß er inzwischen den Kopf auf die Arme geneigt und den Arsch in die Luft gestreckt hatte. Ich stellte mich hinter ihn, hakte einen Finger unter den Bund seiner Hose und zog sie runter, um seine dunklen Hinterbacken zu entblößen. Er trug natürlich keine Unterwäsche. Ich konnte nicht widerstehen, ihm mit der Hand über den Hintern zu fahren. Er drückte ihn hoch, gegen meine Handflächen, und ich streichelte die festen, muskulösen Kugeln. Dann ließ ich meine Hand sanft über seine Ritze gleiten, vorbei am Anus und über seine Eier. Als ich hörte, wie er leise Lustseufzer ausstieß, richtete ich mich auf und ließ die Peitsche auf dieses wunderbare Fleisch niedersausen. Er zuckte, und die Hinterbacken zogen sich auf eine unglaublich ästhetische Art zusammen, nichts als Sehnen und Konturen, auf und ab schaukelnde Wellen geschmolzener Schokolade. Ich holte ein zweites Mal aus und ein drittes Mal, bis durch die braune Haut ein rosiger Streifen schimmerte. Als ich

die Stelle mit der Hand berührte, fühlte sie sich ganz heiß an.
›Setz dich auf, Matrose‹, befahl ich ihm. Er gehorchte und wippte zurück auf die Fersen. ›Tut es weh?‹
›Es tut angenehm weh, Herrin. Es tut richtig angenehm weh.‹
›Zieh das Hemd aus, Matrose‹, kommandierte ich. Er zog es sehr langsam aus und streckte dabei die Arme hoch und wiegte sich in den Hüften, was die imposanten Linien in Armen und Rücken betonte. Ich kniete mich einen Augenblick neben ihn, auf den Teppich, direkt da drüben übrigens« – Chantal zeigte auf die weiße Teppichstelle zwischen Zebrasessel und Eßtisch, und drei Augenpaare folgten ihrer Hand –, »und küßte ihn auf Hals und Rücken. Ich zog meine Finger hinter den Lippen her und grub ihm die Nägel immer tiefer und tiefer in die Haut, bis ich die Kratzer sah und er anfing, sich vor Schmerz zu winden. Dann stand ich auf und peitschte ihn auf den Rücken sowie den Hintern, der da so keck auf den Fersen hockte. Ich hatte eine CD von den Cowboy Junkies aufgelegt und bewegte mich ein bißchen im Rhythmus der Musik, während ich ihn auspeitschte. Die Situation war wirklich ziemlich hypnotisch und irgendwie irre erregend. Allein, zu sehen, wie so ein unglaublich starkes männliches Muskelwesen sich vor Wollust und Schmerz auf deinem Wohnzimmerteppich krümmt, deinem Befehl absolut hörig, ich meine, mehr kann sich ein Mädchen doch nicht wünschen.
Ich befahl ihm aufzustehen, sich mit dem Gesicht zu mir zu drehen und seine Stiefel und Schlaghosen auszuziehen. Bevor er das befolgte, griff er in die Hosentasche und zog eine Handvoll Kondome heraus, die er

vorläufig auf den Teppich warf. Ich dachte, wow, und zählte, eins zwei drei vier fünf sechs sieben acht neun. Der Gute hatte sich ja einiges vorgenommen. Seine gewaltige Fleischflöte allerdings hatte sich zu einem Nikkerchen entschlossen. Zeit für den Weckruf. Ich tickte leicht mit der Peitsche dagegen. Das Ding erhob sich unverzüglich und winkte mir zu.«

»Ich liebe es über alles, wenn Männer das machen«, quiekste Julia. »Da muß ich immer lachen.«

»Und was war dann?« fragte Philippa ungeduldig.

»Ich habe seinen dunkelrot bewehrten Liebesstreiter zwischen die Finger genommen und meinen Mund sehr, sehr langsam zu ihm hinabgesenkt. Dabei konnte ich erkennen, wie sich ein klitzekleiner Lusttropfen den Weg nach oben bahnte und eine wunderschöne Perle an der Spitze bildete, wie ein Sahneklecks auf roter Grütze. Als ich ihn ableckte, lief ihm ein Schauer über den Rücken.

›Und jetzt, mein kleiner Matrose‹, sagte ich, stand auf und zwickte ihn unterwegs fest in eine Brustwarze, ›jetzt erteile ich dir die Instruktionen für den restlichen Abend. Du reißt mir mit deinen strahlenden Beißerchen die Wäsche vom Leib. Du verehrst meine Möse, als wäre es die erste und letzte, die du in deinem Leben erblickst. Dann legst du mich flach und verführst mich, du fickst mich gut und hart und lange, wie das nur große, starke Yankee-Matrosenjungs können. Du fickst mich, daß ich es bis in die Augäpfel spüre.‹« Chantal zündete sich eine Zigarette an und blies Rauchkringel in die Luft. Sie wirkte sehr geistesabwesend.

»Und?« warf Philippa ein, unfähig, das Schweigen zu ertragen.

»Und das hat er gemacht.« Chantal lächelte. »Zweihundert Dollar, und ich hatte die beste Nummer meines Lebens. Feuerwerk! Laßt uns rausgehen.«

»Oh, sie haben wirklich schon angefangen.« Julia merkte als erste, daß Chantal wörtlich zu verstehen war. Sie nahmen die Gläser und eilten auf Chantals Balkon, der einen Blick auf ganz Woolloomooloo bot. In der klaren Sommernacht konnten sie die Brücke und die oberen Dachsegel der Oper gut erkennen. Glitzernde Salven zerstoben im Himmel über dem Hafen. Die Stadtmitte mit ihrer schmalen Hochhauskette schimmerte wie eine riesige Vergnügungsyacht, die jeden Augenblick den Anker lichtet.

Eine spektakuläre rote Leuchtkugel schnellte mit einem lauten Schwirren in die Höhe. Kaum war sie in der Luft, explodierte sie, und ihr sprühendes Ejakulat löste sich im Himmel auf.

»Knallfrosch der übelsten Sorte«, bemerkte Julia. »Wie manche Männer. Erst ziehen sie großkotzig deine Aufmerksamkeit auf sich, und wenn sie erst mal ihre Ladung verschossen haben, sind sie weg.«

Drei leise Pfeiftöne, gefolgt von drei funkelnden Quallen in Gold, Violett und Grün, tanzten in der Luft, eine hinter der anderen, und winkten mit ihren phosphoreszierenden Tentakeln, während sie langsam in den pulsierenden Himmel entschwanden.

»Das war schön«, sagte Philippa.

»Eine Frau«, nickte Julia. »Ohne Zweifel.«

Als das Feuerwerk zu einer gewaltigen, sich mehrfach entladenden Explosion anschwoll und den Himmel mit Glitzer erfüllte, seufzte Julia beeindruckt.

Helen ergriff als erste wieder das Wort. »Weißt du, Chantal, ich finde es trotzdem ein bißchen beunruhigend, daß du mit einem Schwarzen eine Herrin-Sklaven-

Phantasie inszenierst. Mir ist klar, daß es auf beiderseitigem Einverständnis beruht und es ihm offensichtlich auch Spaß gemacht und er damit Geld verdient hat. Und ich weiß auch, man sollte keine sexuelle Praktik vorschnell als Verstoß abtun, wenn sie für beide Seiten angenehm ist, und, ach, ich weiß nicht. Findet ihr, ich bin zu analytisch? Soll ich mich lieber ums Dessert kümmern?«

»Das ging wohl ein bißchen zu weit, wie?« fragte Chantal. Alle vier saßen da und schwiegen eine ganze Weile. »Vielleicht setz ich jetzt lieber den Wasserkessel auf.« Mit diesen Worten erhob sie sich und marschierte in die Küche.

Helen sah die beiden anderen schuldbewußt an. »Meint ihr, ich hab sie verärgert?« flüsterte sie.

Julia lachte. »Da mach dir mal keine Gedanken. Ich bin sowieso ziemlich sicher, daß sie die Geschichte nur erfunden hat.«

»Was?« fragte Helen entgeistert.

»Paßt auf«, sagte Julia. »Vor einiger Zeit hab ich einen Fotoessay über Prostituierte gemacht, die auf Fesseln, Züchtigung und Sadomaso spezialisiert waren, und die haben mir erzählt, sie würden bei einem Kunden niemals den passiven Part übernehmen. Das ist schlicht zu gefährlich. Wenn sie den Kunden sehr gut kennen, erfüllen sie ihm womöglich mal einen Spezialwunsch, aber beim ersten Treffen – keine Chance. Ich glaube, ihr kleiner Matrose hätte sich nicht solche Spielchen von ihr gefallen lassen. Das heißt, wenn es ihn überhaupt gegeben hat.«

»Helen«, rief Chantal aus der Küche. »Was ist denn jetzt mit dem Dessert?«

Am selben Abend stemmte Mr. Fus Frau, Yuemei, in Beijing die Hände in die Hüften und musterte ihren Gatten mit einer Kälte, die an Verachtung grenzte. Ihre Hose samt Unterhose hing ihr knapp über den Knien. Die beiden standen neben dem Bett in ihrem kleinen Schlafzimmer.

Mr. Fu bedeutete ihr nun schon zum dritten oder vierten Mal, sie solle ihm den Rücken zukehren und sich bücken.

»Zhe daodi shi weishenme?« fragte sie zornig und stützte sich schließlich mit den Händen auf den Fußboden. »Was, zum Teufel, soll das Affentheater?«

»Bie shuo hua, haobuhao?« antwortete er, knöpfte sich die Hose auf und zog seinen erigierten Schwanz heraus. »Kannst du mal einen Augenblick ruhig sein?«

Sie ächzte, als er von hinten in sie eindrang. Es kam ihm ziemlich schnell. Er löste sich aus ihr und ging nach nebenan, um ein paar Papiertaschentücher zu holen. Nicht gerade berauschend für sie, aber sie war erleichtert, aus dieser unbequemen, demütigenden Stellung erlöst zu sein. Seit seinem letzten Job verhielt er sich so seltsam. Hätte sie ihn nicht so gut gekannt, wäre in Yuemei glatt der Verdacht gekeimt, daß er eine Affäre mit dieser, was war sie noch mal – australischen? –, Fotografin gehabt hatte, mit der er durch die Gegend gezogen war.

»Qi tama guai«, zischte sie kopfschüttelnd, als er wieder ins Zimmer trat, und riß ihm ein Taschentuch aus der Hand. »Verrückter Kerl.«

Ei auf Toast

»Sie ist so cool, Carolyn. Das macht mir richtig angst.«
»Sie ist ganz in Ordnung. Nur ihren Beige-Tick finde ich ziemlich bedenklich. Zeugt nicht gerade von Stil. Und sie hat dicke Beine.«
»Das ist gemein«, protestierte Marc, während er mit seinen grünen Schwänzchen herumspielte. »Seit wann bist du so ein Modenazi? Ich wehre mich entschieden gegen das traditionelle und kommerziell forcierte Bild von weiblicher Schönheit. Du als Feministin müßtest das eigentlich zu schätzen wissen. Ich jedenfalls würde ihre Beine als sinnlich beschreiben. Zum Anbeißen sinnlich.«
»Das sieht dir ähnlich. Du bist so verdammt politisch korrekt. Hey, komm schon, ich hab dich nur auf den Arm genommen. *So* dick sind ihre Beine nun auch wieder nicht. Und ich weiß ja, was du meinst. Ich mag sie auch. Vergiß nicht, daß ich diejenige war, die dir ihre Kurse empfohlen hat. Möchte wissen, was das für ein Laden ist.« Sie blieb stehen und spähte durch eine Tür. »Hat eben aufgemacht. Ich glaube, es ist das einzige Café in Glebe, in dem ich noch nicht war.«
»Ich schon. Es ist ausgezeichnet. Die haben ganz lekkere vegetarische Pita-Sandwiches mit Sojasprossen, Tofu und so. Und die Betreiber sind ein lesbisches Pärchen, beide schwer in Ordnung. Was ist denn? Was hab ich jetzt wieder Falsches gesagt?«

»Nichts. Manchmal bist du einfach zum Schießen.«
Marc warf Carolyn einen gekränkten Blick zu. Die beiden hatten den ersten Tag im neuen Semester hinter sich, und Marc kam gerade aus Helens Kurs. Er war schrecklich nervös gewesen, aber ihr strahlendes Lächeln in seine Richtung hatte ihn beruhigt. Allerdings war er hinterher nicht länger geblieben, um mit ihr zu reden, denn sie war von neuen Studenten umringt gewesen. Carolyns Tag war weniger aufregend verlaufen; sie studierte im Hauptfach Physik und hatte sich mit dem bislang ungelösten Problem der Gravitone herumgeschlagen.
Trotz des späten Nachmittags war es noch immer warm. Nur das neue herbstliche Licht wirkte kühl, und der Himmel über Sydney leuchtete in einem satten Blau. Auf dem Weg entlang der Glebe Point Road waren Marc und Carolyn Kommilitonen begegnet, die Rucksäcke voller Bücher schleppten und die Insignien ihrer Zunft zur Schau stellten: Kunststudenten mit perlenbesetzten Fesen oder in langen indischen Röcken trugen prallgefüllte Einkaufsnetze mit Vollkornbrot und Erdnußbutter aus biologischem Anbau; Jurastudenten protzten mit akkuraten Kurzhaarschnitten und seriöser Branchenkleidung; und Musikjunkies verkündeten ihre individuellen Geschmäcker via T-Shirt-Aufdruck im Siebdruckverfahren. Ebenfalls unterwegs waren Kristallheiler und Auratherapeuten, die Häupter gekrönt mit leuchtenden Batikturbanen, hagere, gutaussehende Maler aus Lateinamerika mit Farbspritzern auf den Baumwollhosen sowie hier und da ein Grüppchen kräftig gebauter Landeier in rotkarierten Hemden, die sich irgendwo aus dem fernen Westen in das Viertel verirrt hatten. Es war, als hätten in Darling-

hurst, wo Schwarz dominierte und Weiß als Accessoire diente, alle unterdrückten Farben die Flucht ergriffen und das Stadtzentrum durchquert, um Glebe und seine noch exzentrischere Vorortschwester Newtown zu erobern. Im Gegensatz zum strengen Lakritze- und Sahnebild von Darlinghurst erinnerten Glebe und Newtown an ein Nest aus Liebesperlen.

Ungeachtet der Tatsache, daß Carolyn sich weder besonders auffällig noch exzentrisch kleidete, erntete sie von Männern wie Frauen bewundernde Blicke. Sie wirkte außergewöhnlich katzenhaft mit ihren langen, gepflegten Beinen, den geschmeidigen, schleichenden Bewegungen, den aufregend jadegrünen Augen, und vor allem ihre leicht spitz zulaufenden Ohren verstärkten den Eindruck, daß sie einer höher entwickelten Spezies der Edelkatzen angehörte. Die stacheligen blonden Haare paßten zu ihrem scharfen Verstand. »Wollen wir uns da ans Fenster setzen?« schlug sie vor.

»Klar. Dann können wir besser über die Leute ablästern.«

»Und die Leute über uns«, sagte sie fröhlich und knallte ihren Lackrucksack neben sich auf den Stuhl.

Marc winkte der Cafébesitzerin zu. »Hi, Jean.«

Jean winkte strahlend zurück. »Tag!«

»Woher weißt du, wie sie heißt?«

»Ich hab gefragt. Ich war seit der Eröffnung schon ein paar Mal hier.« Marc verstaute seinen Rock unter sich auf dem Stuhl. Ihm war heute besonders androgyn zumute.

Carolyn beobachtete ihn mit kaum verhohlenem Vergnügen. »Weißt du, Marc, du bist fast zu gut, um ein Typ zu sein.«

»Wieso mußt du mich immer auf der Basis von Geschlechterstereotypien beurteilen? Wenn ich zu dir so was sagen würde, wärst du stinksauer. Und das zu Recht. Ich gebe mir die größte Mühe, eine möglichst ambiguitive Sprache zu verwenden.«

»Ambi-was?«

»Ambiguitiv. Das bedeutet nicht-sexistisch.«

»Und warum sagst du dann nicht einfach ›nicht-sexistisch‹?«

»Weil es negativ klingt, verstehst du, es definiert Dinge in negativem Sinn, während ambiguitiv ein positives Wort für den gleichen Sachverhalt ist. Ähm, ja, Jean, ich nehme einen Milchkaffee. Und ein Stück Schokokuchen mit Sahne. Danke.«

»Für mich das gleiche. Du bist *so* niedlich. Ach, Marc, guck nicht gleich so beleidigt. Obwohl dein Trauriger-Hündchen-Blick ganz reizend ist – deine Augen werden dann so rund und knopfartig, und du siehst aus wie eine Figur aus *Tim und Struppi*. Irgendwie verletzlich und süß.«

»Das siehst du also in mir, eine Comic-Figur.«

»Na, hör mal«, schränkte Carolyn ein, »das ist schließlich keine x-beliebige alte Figur, sondern ein edler französischer Comic. Es gibt Schlimmeres. Ich könnte dich mit Bart Simpson vergleichen. Oder mit Stimpy. Im übrigen mußt du dich irgendwo selbst als Comic-Figur sehen, sonst würdest du dein Haar nicht so tragen.« Marcs Hände flogen zu den Schwänzchen hoch, und sein Mund öffnete sich zu einem beleidigten »Oh«, das exakt zu den kreisrunden Augen paßte. Carolyn mußte lachen. »Das macht es nur noch schlimmer. Aber zurück zu dem, was du eben gesagt hast – soll das heißen, du bist in deine verehrte Lehrerin verknallt?«

»Das ist leicht untertrieben. Aber ich weiß nicht, ob ich dir das jetzt erzählen möchte, Carr.«

»Stell dich nicht so an.« Sie zeigte mit dem Kinn zum Fenster. »Ich glaube, der Typ mit der Gitarre da draußen beobachtet dich.«
Marc hob den Kopf. »Ach, das ist Jake!« Er winkte ihn herein.
»Marc. Wie steht's, Kumpel?«
»Kann nicht klagen. Jake, das ist Carolyn. Carolyn – Jake. Der Gig neulich war genial, Mann«, sagte Marc voll Bewunderung. »Ihr wart so scharf. Die Leute sind total ausgeflippt.«
»Ach ja? Manchmal ist das schwer zu beurteilen. Ich meine, klar, wir haben es gespürt und waren wahrscheinlich deshalb so am Kochen. Aber das ist von Auftritt zu Auftritt anders, man weiß nie, wie es läuft oder ob überhaupt jemand auftaucht. Es ist ganz schön nervig, wenn du ins Publikum guckst, und dann hockt da ein sturzbesoffener Kerl an der Bar, der jeden Moment seinen Geist aufgibt, hinten lauern zwei oder drei Makker mit verschränkten Armen, richtig frostmäßig, und an der Seite lungern ein paar kaugummikauende Groupies herum, die eigentlich wegen der nächsten Band gekommen sind, und quatschen die ganze Zeit, während du spielst. Da freust du dich über jedes vertraute nette Gesicht, das dich anstrahlt und gute Laune verbreitet.«
»Na, ich schätze, am Samstag waren jede Menge von der Sorte im Publikum. Es war doch brechend voll.« Marc zeigte auf den Stuhl neben sich. »Trinkst du 'ne Tasse Kaffee mit uns?«
»Nein, keine Zeit. Muß zur Probe.«
»Schade. Übrigens, warum hast du eigentlich zwei verschiedene Schuhe an?«
Jake zuckte die Schultern. »Lange Geschichte. Mein

Privatleben war in letzter Zeit ein bißchen turbulent. Ich erzähl's dir ein anderes Mal.«

»Und wann spielt ihr wieder?«

»Nächstes Wochenende. Schon mal was von Bram Vam gehört? Punkdichter und Kultfigur Anfang der achtziger Jahre?«

Marc runzelte die Stirn. »Sagt mir nichts. Aber damals war ich auch noch ein kleiner Junge. Warum?«

»Und so was nennt sich alternativ«, sagte Jake spitz und lachte dann. »Ich kenn ihn eigentlich auch bloß, weil er mein Cousin ist. Er ging vor ungefähr zehn Jahren aus Sydney weg. Aber obwohl er schon zum alten Eisen gehört – er dürfte so in den Vierzigern sein –, ist er ziemlich cool. Jetzt ist er wieder im Lande, weil sich plötzlich alle wieder für seine Bücher und Werke interessieren und sein Verleger meint, es sei Zeit für ein Comeback. Deshalb macht er auch bei unserem nächsten Gig mit. Mal sehen, wie's läuft.«

»Toll. Ich versuche zu kommen«, sagte Marc begeistert. Ihm gefiel die Vorstellung, ältere Menschen zu unterstützen, vor allem wenn sie ungewöhnliche Dinge auf die Beine stellten. Er lehnte Seniorismus genauso ab wie Sexismus.

»Mach's gut.«

»Hau rein.« Marc und Carolyn beobachteten, wie Jake in großen Sätzen auf der Straße entschwand; die Dreads hüpften wie Sprungfedern.

»Marc, der Typ ist ein Schatz! Wieso hast du ihn mir nicht früher vorgestellt?«

»Tut mir leid, Carr, aber ich dachte, du stehst nur auf Frauen.«

»So dogmatisch bin ich nicht«, sagte sie beiläufig. »Ich nehme, was der Markt an Frischem bietet.«

»Außerdem«, sagte er nun schon leicht hämisch, »bist du nicht sein Typ. Zu jung.«
»Was meinst du damit? Ich bin einundzwanzig. Wie alt ist er?« Jean brachte den Kaffee und zog sich gleich wieder hinter den Tresen zurück, wo sie ihre diskrete Begutachtung Carolyns fortsetzte.
»Zweiundzwanzig. Damit meine ich, daß er auf ältere Frauen steht.«
»Was soll der Quatsch mit jüngeren Männern und älteren Frauen? Ist das eine Krankheit? Hast du dich bei ihm angesteckt?« Carolyn schüttelte den Kopf und biß ein Stück von ihrem Kuchen ab. »Lecker.« Sie kaute nachdenklich. »Hast du schon mal darüber nachgedacht? Was sollen wir jüngere Frauen denn tun, wenn ihr Jungs alle verduftet und euren Ersatzmüttern nachjagt? Und was habt ihr gegen feste Brüste und straffe Schenkel einzuwenden?«
»Hör sofort mit dem altersdiskriminierenden Gerede auf. Eine zweistellige Zahl ist keine Krankheit. Im übrigen ist eine zweiunddreißigjährige Frau wohl kaum ein Muttterersatz für einen Zweiundzwanzigjährigen. Außerdem wirst du eines Tages auch mal so alt. Und vielleicht darf ich dich daran erinnern, daß deine Freundin ebenfalls zweiunddreißig ist. Bisher hatte ich nicht den Eindruck, daß du an *ihrem* Körper was auszusetzen hattest.«
»Welche Freundin?« fauchte Carolyn. »Das ist vorbei. Ich hab sie beim Knutschen erwischt, mit einem *Kerl*, noch dazu in einem öffentlichen Park.« Carolyns Unterlippe zitterte. Sie drehte den Kopf zur Seite. »Wenigstens glaube ich, es war ein Kerl. Ich hab es nicht genau gesehen.« Seit Jake sich verabschiedet hatte, nagte etwas in ihr, doch sie konnte es nicht festmachen. »Ir-

gendeine doofe, schlaksige Gestalt mit vielen Haaren. Es war dunkel. Aber ich würde ihn jederzeit wiedererkennen.«
Viele Haare. Jake? Nein, unmöglich. Oder doch? Er war ein sehr sexy Junge. Wie konnte diese Frau nur!
Als Marc die Verzweiflung in ihrem Gesicht bemerkte, stellte er seinen Milchkaffee ab und legte ihr einen sexuell-nicht-belästigenden Arm um die Schultern. »Ach, Carr, das tut mir leid. Wann ist das passiert? Warum hast du mir davon nichts erzählt?«
Sie schüttelte seinen Arm ab. »Tja, ich hatte wohl keine Gelegenheit dazu. Oder hast du mich irgendwann mal gefragt: ›Na, was gibt's Neues bei dir, Carolyn?‹«, sagte sie schnippisch. Marc wirkte so verletzt, daß sie ihre Worte sofort bereute. Es war ja nicht seine Schuld. Sie war später mit Philippa verabredet und würde sie ohne Umschweife fragen: War es Jake? Und dann würde sie ihre Reaktion genau beobachten. Carolyn griff über den Tisch und tätschelte Marcs Hand. »War nicht so gemeint«, seufzte sie. »Zur Zeit bin ich einfach eine furchtbare Nörgeltante. Eigentlich will ich auch gar nicht darüber reden. Ich möchte viel lieber alles über dich und deine verehrte Frau Professor wissen.«
Marc sah sie prüfend an.
»Wirklich, das stimmt. Jede Einzelheit.«
»Es war alles ziemlich traumatisch, echt. Ich hab dir doch sicher erzählt, daß ich sie letzte Woche auf einen Kaffee eingeladen hatte, oder?«
»Ja, aber du hast nie gesagt, wie es gelaufen ist.«
»Tja, es war komisch. Anfangs wirkte sie irgendwie schüchtern. Und ich war furchtbar aufgeregt, obwohl ich versucht habe, es nicht zu zeigen. Dann kamen wir ins Gespräch, und ich fragte sie, was sie dazu bewegt

hat, an der Uni zu lehren, und sie fragte mich, was mich dazu gebracht hat, Seminare im Frauenstudiengang zu belegen. Soweit lief alles ganz gut. Ich hatte sogar allmählich den Eindruck, daß sie mich nicht nur, weißt du, als Studenten sieht, sondern als ...« Er lachte verlegen.

»Mann?« ergänzte Carolyn süffisant.

»Nein, klar, ach, du weißt genau, was ich meine.«

»Stimmt. Mann.«

»Jedenfalls brachte ich genug Mut auf und fragte sie, ob sie mal richtig mit mir ausgehen möchte. An einem Samstagabend oder so, verstehst du? Ich hatte entsetzliche Angst, daß sie nein sagt und ich mich dann so gedemütigt fühlen würde, daß ich ihren Kurs an den Nagel hängen muß.«

»Heißt das, dein männlicher Stolz könnte keinen Korb verkraften?« Carolyn grinste.

»Nein, die Art von männlichem Stolz ist mir fremd. Bleib fair. Und erzähl mir bloß nicht, Frauen hätten keine Heidenangst davor, jemanden zu einem netten Abend einzuladen.«

»Ja, ja, ja. Erzähl weiter. Komm endlich zum spannenden Teil.«

»Gott, Carr, manchmal muß ich mich wirklich über dich wundern. Denkst du allen Ernstes, männlicher Stolz wäre ein Problem für mich? Ich meine, sag's ruhig. Wenn du das glaubst, werde ich ...«

»Wirst du was?« forderte sie ihn mit einem bemüht strengen Blick heraus.

»Dann versuche ich mich zu bessern und melde mich noch mal zu einem Workshop für Sensibilitätstraining an.«

»Marc.«

»Ja?«
»Verschone mich mit deinen Workshops und erzähl weiter.«
Marc seufzte. »Na gut, ich dachte mir, ich lade sie zu dem Konzert mit Jakes Band ein. Jetzt sei ehrlich, meinst du wirklich, ich leide an einem Männlichkeitsstolz-Komplex?«
»Oh, hörst du endlich auf? Ich bereue schon, überhaupt was gesagt zu haben.«
»Schon gut, schon gut. Wir haben uns also getroffen. Die Sache lief bestens. Wir gingen etwas früher ins Sando, um noch was zu trinken, und ich war verblüfft, wie blendend wir uns verstanden haben. Keine Spur von diesen angeblichen Hemmungen bei der ersten, äh, Verabredung. Gott, was für ein komisches Wort.«
Marc verstummte. Er warf einen Blick in die Runde, um sich zu vergewissern, daß kein Bekannter in der Nähe war, und senkte die Stimme. »Carr«, setzte er nach einer langen Pause mutig an, »du weißt doch, daß ich noch Jungfrau war, oder?«
Carolyns Augen wurden groß, und ihr Unterkiefer klappte herunter. »Was meinst du mit *war*?«
Plötzlich fühlte Marc sich verunsichert. Vielleicht sollte er den intimen Teil für sich behalten. Helen war schließlich seine Dozentin. Erst kürzlich war ein Buch erschienen und hatte einen Riesenwirbel um einen Lehrer verursacht, der einer seiner Studentinnen lediglich die Hand auf die Brust gelegt hatte. Marc hatte die Geschichte äußerst skeptisch verfolgt. Natürlich lag der Fall bei ihm ganz anders. Oder doch nicht? Er wollte Helen nicht in Schwierigkeiten bringen. Helen. Ach, Helen. Vor seinem geistigen Auge tauchten ihre samtigen, vollen Brüste auf, ihr verführerisches Bäuchlein und

seine Hände, die ihr sanft die Schenkel auseinanderschoben.
»Was meinst du mit *war?*« wiederholte Carolyn. »Hast du es wirklich mit ihr getrieben, oder was?«
»Herrgott, Carr! Manchmal bist du so ordinär.«
»Wer hat die Initiative ergriffen?«
»Hm, ich glaube, sie.«

»Und wer hat die Initiative ergriffen?«
»Hm, ich glaube, er.«
Chantal beugte sich vor, einen Ellbogen auf die Bar gestützt, die spitze Nase zu Helen gereckt, als wäre sie ein Adler, der soeben ein kleines Pelztierchen mit der Stirntätowierung »Nachmittags-Snack« entdeckt hat. »Und? Erzähl schon weiter. Du weißt, wie ich Spannung hasse.«
Ohne Helen aus den Augen zu lassen, ertastete sie in der Nußschale einen Cashewkern und schob ihn zwischen ihre rostroten Lippen – Rostrot war *die* neue Herbstfarbe. Und da sie nun zu den Brünetten gehörte, stand ihr diese Farbe besonders gut.
Helen drehte ihr Glas in den Händen und studierte das wirbelnde Bier. Sie stellte fest, daß sie ihren Lippenstift an nahezu jeder Stelle am Rand verteilt hatte. Wie gelang es Chantal bloß, immer nur einen einzigen, schön geformten Fleck zu hinterlassen? Sie warf einen Blick in die Runde, um sich zu vergewissern, daß kein Bekannter in der Nähe war. Es war Spätnachmittag. In dem Pub am unteren Ende der Oxford Street hielten sich nur wenige Gäste auf. Ein paar Möchtegern-Supermodels, die beim Eintreten über ihre plateaubesohlten Füße gestolpert waren, saßen rauchend am Tisch, saugten rote Drinks durch schwarze Strohhalme und

kicherten in Richtung Barkeeper. Ein ernsthafter junger Mann erzählte einer wunderschönen gleichaltrigen Frau angeregt irgendeine Geschichte. Sie wirkte völlig desinteressiert und ließ ihre rastlosen Augen ungeniert durch den Raum schweifen. Ein paar Stühle weiter saß ein Ledernacken im Flanellhemd und musterte Chantal schamlos vom perfekt frisierten Kopf bis zu den glänzenden Lackschuhen.
Chantal beobachtete Helen. Sie liebte ihre Freundin. Nur für ihren Männergeschmack konnte sie sich ganz und gar nicht begeistern. Rambo im schmückenden Umkreis von Nonnen und Andrew Denton konnte sie ja noch verstehen. Aber Brummis? (Philippa hatte ihr die Geschichte erzählt.) Und jetzt kleine Feministen mit pistaziengrünen Schwänzchen?
Andererseits zeigte Helen wenigstens den Mut, loszuziehen und sich ins Kampfgetümmel zu stürzen. An Angeboten mangelte es Chantal bestimmt nicht, und sie wurde sogar oft von genau dem Typ Stadtcowboy umworben, für den sie am meisten schwärmte. Aber sie verspürte keine allzu große Lust, auf diese Offerten einzugehen. Und die Sklavengeschichte hatte sie tatsächlich erfunden, wie Julia vermutet hatte. Je länger sich die Phase ihrer sexuellen Enthaltsamkeit hinzog, um so einfacher erschien Chantal aus einem ihr selbst etwas unerklärlichen Grund der Verzicht. Ihre Freundinnen nahmen ihr das nie so ganz ab, daher hatte sie es aufgegeben, sie davon zu überzeugen. Im übrigen machte es mehr Spaß, Geschichten zu erzählen.
Helens Stimme holte Chantal in die Gegenwart zurück. »Wir gingen also in diesen Pub. Und da stellt sich natürlich als erstes die schwierige Frage: Wer zahlt? Ich meine, das Naheliegendste wäre, ich spendiere die er-

ste Runde, er die zweite. Aber irgendwie dachte ich, na ja, ich bin älter, berufstätig und finanziell abgesichert. Er ist ein armer Student. Eigentlich sollte ich zahlen. Andererseits war zu überlegen, welche Rollen wir genau spielten. Dozentin und Student? Frau und Mann? Gute Freunde? Automatisch vorauszusetzen, ich sollte zahlen, hätte zudem bedeutet, dasselbe gönnerhafte Verhalten an den Tag zu legen, mit dem Männer seit jeher den Frauen begegnet sind und sie damit entmündigt haben. Wenn er für mich zahlt, stellt sich natürlich das alte Problem, daß der Mann für die Frau aufkommt. Selbstverständlich hätte jeder sein eigenes Bier zahlen können, aber das wäre, ich weiß auch nicht, so furchtbar *unaustralisch* gewesen. Jedenfalls, als die Biere kamen, zog er seine Brieftasche raus und sagte: ›Die Runde übernehme ich, du kannst die nächste zahlen‹, und damit war das Problem gelöst.«

»Hast du nicht auch den Eindruck«, deutete Chantal behutsam an, »daß du in manchen Situationen zum Überanalysieren neigst?«

»Ich weiß nicht.« Helen runzelte die Stirn. »Vielleicht tu ich das. Wahrscheinlich ist es eine Art Berufsrisiko, daß ich versuche, aus jeder Situation die Machtspiele herauszukristallieren, vor allem dann, wenn sie geschlechtsrollenspezifische Verhaltensmuster beinhalten. Aber wo du das jetzt sagst ... Findest du das sehr störend?«

»Eigentlich nicht.« Chantal hatte nicht vorgehabt, Helens Erzählfluß zu unterbrechen. »Was ist dann passiert? Aber sag mir erst, in welchem Pub ihr wart, was du angezogen hattest, was er trug und so weiter. Du weißt, ich bin ein visueller Mensch und brauche solche Details.«

»Wir waren im Sando, in Newtown.«
»Ich glaube, da war ich noch nie«, überlegte Chantal. »Wie ist es da?«
»Der harte Kern ist ziemlich jung und abgedreht, man sieht jede Menge zerrissener Kleider und T-Shirts, Dreadlocks und blaue Haare und Leute, die auf die Bar steigen und tanzen, so in der Richtung. Ich hatte den langen schwarzen Knitterrock an, den wir zusammen gekauft haben, dazu das tief ausgeschnittene kastanienbraune Top. Er trug seine schwarze Schlabber-Jeans und ein T-Shirt mit Luscious-Jackson-Aufdruck. Um seine Schwänzchen hatte er kleine grüne Schleifen gebunden.«
»Luscious Jackson kenne ich übrigens«, sagte Chantal. »Wir haben die Band in einem Überblick über Frauen in der Rockmusik mit der Überschrift ›Girl-Sounds‹ vorgestellt.«
»Genau«, sagte Helen begeistert. »Er hatte den Artikel sogar gelesen.«
»Er ist *Pulse*-Leser?« fragte Chantal überrascht.
»Ich hab dir doch gesagt, er ist nicht der typische Mann«, erwiderte Helen selbstgefällig. »Wir sind im Lauf des Gesprächs auf das Thema gekommen. Wir haben über alles mögliche geredet – von der Stellung der Frauen in der Rockindustrie über Landrechte bis hin zu dem Problem, wie wenig die kommunistische Revolution den Kubanerinnen gebracht hat, solche Sachen.«
Chantal lächelte und blies einen Rauchkringel in die Luft. »Manchmal, Helen-Maus, bist du einfach zum Schreien.«
»Was soll das heißen?« Helen wirkte gekränkt.
»Versteh mich nicht falsch. Ich meine nur die Themen,

über die du dich mit deinen jungen Männern unterhältst.«
»Mann. Singular, bitte.«
»Entschuldige, ich wollte nicht unterbrechen. Erzähl weiter.«
»Na ja, allmählich war ich unglaublich angetan von seiner Offenheit für sämtliche Probleme und dem Ernst, mit dem er über Dinge redete, die auch mir wichtig sind. Ich war völlig verblüfft, wie mühelos wir uns unterhalten konnten und wieviel wir gemeinsam hatten. Und das trotz des, hm, Altersunterschieds.«
»Der genau wie groß ist?«
»Elf Jahre.«
»Was sind schon elf Jahre unter Freunden? *Julia* würde sich über solche Lappalien nicht den Kopf zerbrechen.«
»Ja, aber ich bin nicht Julia. Und sie sieht aus wie fünfundzwanzig.«
»Helen, du kriegst doch hoffentlich nicht die nächste Schönheitskrise, oder? Erstens kann ich mir diese Woche nicht schon wieder eine Einkaufstour erlauben, und zweitens hast du doch einen anscheinend tollen jungen Mann verführt. Also erzähl einfach weiter.«
»›Verführt‹. Heiliger Himmel. Was hab ich bloß getan?« wimmerte Helen plötzlich. »Er ist einer meiner Studenten. Ich könnte meinen Job verlieren.«
»Passiert ist passiert.« Chantal zuckte die Schultern. »Außerdem hat doch er die Initiative ergriffen.«
»Ja, schon.« Helen verstummte.
»Wie ist es dazu gekommen? Aber, Moment.« Chantal winkte der Frau hinter dem Tresen. »Könnte ich noch mal das gleiche haben?« sagte sie und hielt ihr Glas hoch. »Und noch ein Coopers für meine Freundin.«
Der Ledernacken im Flanellhemd sah seine Stunde ge-

kommen. »Geht auf mich«, platzte er heraus, ein anzügliches Grinsen im Gesicht, das in seinen Augen wohl das charmanteste Lächeln sein mußte.
»Sehr nett, aber nein, danke.« Chantal lächelte minimal in seine Richtung und wandte sich dann mit bestimmtem Ton an die Frau an der Bar. »Das geht auf *mich.*«
»Keine Sorge«, nickte die Frau.
Der Mann stand abrupt auf und ging. Auf dem Weg zur Tür zischte er giftig »blöde Zicke«.
Chantal sah Helen an und verdrehte die Augen. »Da bist du mit den jungen unschuldigen Typen besser bedient«, bemerkte sie. »Die hat das Leben noch nicht versaut. Sie sind lieb und machen weniger Sorgen. Aber erzähl weiter.«
»Na ja, als endlich die Band von seinem Freund auf die Bühne kam, war der Laden brechend voll, und wir wurden dicht aneinandergedrängt. Weißt du, das Komische war, daß ich zwischendurch meinte, Philippa auf der anderen Seite des Raums zu erkennen, aber es war ziemlich verqualmt, und dann verschwand die Frau, und ich dachte mir, es war wohl nur jemand, der ihr ähnlich sieht. Ich muß sie mal fragen, ob sie dagewesen ist. Wobei ich nicht wüßte, was sie dort hätte suchen sollen. Das Sando dürfte nicht gerade ihr Lieblingsort sein. Jedenfalls stand Marc direkt hinter mir – er hatte gesagt, ich solle mich vor ihn stellen, weil ich kleiner sei und er über mich drübergucken könne. In einer Situation wurde er in dem Gedrängel ganz an mich rangedrückt. Wir waren bei unserem dritten Bier, und als das wieder passiert ist, hab ich mich einfach, na ja, gegen ihn gelehnt.«
»Das ist völlig normal«, meinte Chantal und stieß einen Rauchkringel aus.

»Ich war mir nicht sicher, ob ich es mir nur einbildete oder nicht, aber mir war, als hätte er, weißt du, eine Erektion.«

»Ich hatte einen Steifen, Carr. Mitten im Sando. Genau in dem Moment, als sie sich an mich gelehnt hat. Es war mir so peinlich. Ich war mir nicht sicher, ob sie es merkte oder nicht. Natürlich war ich völlig überzeugt, daß jeder im Raum Bescheid wußte. Und ich hatte entsetzliche Angst, ich könnte jeden Augenblick, du weißt schon ...«
»Abfeuern?«
Marc wurde knallrot. »Carr!«
»Das hast du doch gemeint, oder?«
»Ja, schon. Aber dafür muß es doch andere Ausdrucksmöglichkeiten geben. Ich kann das Wort nicht ausstehen. Es ist so, ich weiß nicht, so maskulistisch. Ich finde, wir sollten Waffenmetaphern für Sex abschaffen.«
»Wir sollten die Waffen abschaffen, Punkt. Und nur die Metaphern bewahren. Mir gefallen sie ganz gut«, lächelte Carolyn. »Aber ich bin ja auch kein dogmatischer Feminist wie du.«
»Bin ich doch gar nicht! Hältst du mich wirklich für dogmatisch? Mein Gott, einmal habe ich Probleme mit meinem männlichen Stolz, dann wieder bin ich ein dogmatischer Feminist.«
»Und genau deshalb bist du so niedlich, Marc. Du bestehst nur aus Widersprüchen.«
Marc beschloß, die Implikationen dieser Äußerung nicht näher zu erörtern. »Jedenfalls trat sie einen halben Schritt vor und fing an zu tanzen. Ich stand hinter ihr, völlig hypnotisiert vom Anblick ihrer schwingenden Hüften. Und ihres Rückens. Ich liebe es, wie ihre

kleinen Fleischpölsterchen direkt unter dem BH-Rand hervorquellen und sich durch die Bluse abzeichnen; es ist, als sträube sich all diese Üppigkeit gegen jede Einengung.«
»Du bist seltsam, Marc.«
»Ich hab dich damals gewarnt, Carr, aber du wolltest unbedingt mit mir befreundet sein. Jetzt hast du mich am Hals.«
»Ja, das hab ich auch schon gemerkt. Welche Art von Musik spielt Jakes Band eigentlich?«
»Surfie-Metal. Mit leichtem Funk-Einschlag.«
»Na ja. Vielleicht ist er doch nichts für mich. Ich bin eher ein Acid-Jazz-Mädchen. Und was ist dann passiert?«

»Wir sind ein bißchen auf der Stelle gehüpft, und nach einer Weile hab ich gespürt, wie sich seine Hände ganz zärtlich auf meine Schultern legten. So haben wir dann weitergetanzt, beide mit dem Gesicht zur Band. Ich dachte mir noch, wo wird das bloß enden? Aber eigentlich wußte ich es schon. Und zwar genau. Ich hatte, ehrlich gesagt, schon eine ziemlich konkrete Vorstellung, wo das Ganze enden würde, als er mich eingeladen hat.
Im selben Moment knallte ein Verstärker durch, und die Band mußte eine Pause einlegen, um Ersatz aufzutreiben. Ich wußte nicht so recht, was ich tun sollte. Einen Schritt von ihm weggehen? Mein Gewissen schwankte hin und her: Er ist erst einundzwanzig! Er ist dein Student! Man hat Dozenten schon für weitaus geringere Sünden fertiggemacht. Inzwischen fuhr er mir mit den Fingern sehr langsam die Arme hinunter zu meinen Händen. Ich bin mir nicht sicher, wer den

ersten Schritt gemacht hat, aber Sekunden später standen wir ganz eng zusammen, und falls er vorher keinen Ständer gehabt hatte, dann jetzt todsicher. Mein Herz pochte wie bei einem Schulmädchen. Ich schlang meine Finger um seine, und dann standen wir da, schweigend und ohne uns anzusehen, obwohl es mir wie eine Ewigkeit vorkam, bis die Band einen anderen Verstärker gefunden hatte.«

Helen blickte zur Seite.

»Und dann?« drängte Chantal.

Helen seufzte. »Tja, und dann sind wir irgendwie zu ihm in die Wohnung und haben es gemacht.«

»Ach, komm schon, nach dem langen Anlauf kannst du doch nicht hier aufhören. War es gut?«

Helen kratzte sich an der Nase und überlegte, wie sie die Frage beantworten sollte. »Ja, doch. Es war gut«, antwortete sie vorsichtig. »Aber es darf nie wieder vorkommen. Ich mag ihn wirklich gern, und er ist wahnsinnig lieb, aber es fühlt sich nicht richtig an. Ich darf es nie wieder tun, Chantie. Ich darf nicht mit einem Studenten schlafen.«

Chantal wollte Helen gerade weitere Einzelheiten entlocken, als ein hochgewachsener Mann Anfang Vierzig zu ihnen trat. Er trug ein schlichtes schwarzes T-Shirt und Jeans über seinem hageren, aber durchtrainierten Körper. Sein freundliches, ziemlich unauffälliges Gesicht wurde von einem dicken schwarzen, mit grauen Strähnen durchzogenen Haarschopf gekrönt. Er tippte Helen mit entschuldigender Miene auf die Schulter. Sie hatte ihn nicht kommen sehen und fuhr erschrocken hoch.

»Tag, Helen«, sagte er schüchtern zu ihr. »Hoffentlich störe ich nicht.«

»Oh! Sam! Tag. Was treibst denn du hier?« Ob er ihre letzten Worte wohl noch gehört hatte? Helen spürte, wie sich kalter Schweiß in ihren Handflächen sammelte.
»Ich bin ein paar Häuser weiter mit einem Freund auf einen Drink verabredet, und danach wollen wir essen gehen. Ich hab dich im Vorbeigehen hier drin entdeckt.« Sam lächelte Chantal an. »Ich bin Sam. Ein Unikollege von Helen.«
»Oh, Gott, entschuldigt, wie unhöflich von mir. Sam – Chantal. Chantal – Sam.« Helen wurde allmählich wieder ruhiger. Offenbar hatte er doch nichts mitbekommen.
»Freut mich, dich kennenzulernen, Chantal«, sagte Sam.
»Ganz meinerseits«, erwiderte Chantal. »Helen hat schon einiges von dir erzählt.«
»Tatsächlich?« Sam sah Helen an, wobei ein seliger Schimmer über sein Gesicht huschte. »Hoffentlich nicht nur Schlechtes?«
Als Helen ihn einlud, auf einen Drink bei ihnen Platz zu nehmen, sagte er, er müsse wirklich zu seinem Freund in die andere Kneipe, denn er sei schon spät dran. »Aber wenn ihr nichts Spezielles vorhabt«, schlug er herzlich vor, »könnt ihr euch uns gern anschließen.«

»Schließlich gingen wir los und die King Street runter. Ich lief halb gebückt, so peinlich war mir mein Ständer. Erstaunlicherweise schien sie es nicht zu bemerken, und zum Glück regte er sich auch bald ab. Muß an der kühlen Luft gelegen haben. Jedenfalls sind wir irgendwie bei mir in der Wohnung gelandet.«
»Hast du ihr erzählt, daß du noch Jungfrau bist?«

»Nicht so laut, Carr! Herrgott noch mal!« Marcs Augen schossen ängstlich durch den Raum. Aber es sah aus, als hätte niemand etwas gehört. Marc starrte stirnrunzelnd auf seinen Teller. »Nicht so richtig.«
»Was heißt ›nicht so richtig‹?«
»Na ja, nicht bevor, weißt du, erst als wir ...«
Carolyn beugte sich vor, fuhr ihm mit der Hand über den klettbandrauhen Skalp und gab einem seiner Schwänzchen einen aufmunternden Stupser. Sie lächelte. »Weißt du, Marc, ich glaube, du bist tatsächlich verlegen.«
»Laß mich in Ruhe, Carr«, schmollte er.
»War doch nur Spaß. Du bist eben so niedlich. Ich muß dich einfach ab und zu ärgern.«
»Niedlich? Schon wieder dieses Wort. Ist das etwa eine erstrebenswerte Eigenschaft für einen Mann in meinem Alter?« Er stützte den Kopf in die Hände. »Oh, Carr, was soll ich bloß tun? Meinst du, sie trifft sich noch mal außerhalb der Uni mit mir? Wie soll ich dieses Semester bloß überstehen?«
»Findest du nicht«, bemerkte Carolyn kopfschüttelnd, »daß du dir darüber ein bißchen früher hättest Gedanken machen sollen?«

Was genau, überlegte Philippa und starrte auf den Computerbildschirm, geht einem verloren, wenn man seine Unschuld an jemanden verliert? Könnte man sie wie einen verlegten Gegenstand betrachten? Und wohin verschwindet sie, wenn man sie verliert? Landet sie hinter dem Sofa neben dem Kleingeld, den alten Lollies und dem Schlüssel, den man schon den ganzen Nachmittag gesucht hat? Und was genau gewinnt derjenige, an den man seine Unschuld verliert?
Was genau geschah in dieser Nacht?

Sie starrte aus dem Fenster. Gegenüber stand wieder dieser Mann. Er mußte die Wohnung gemietet haben. In letzter Zeit hatte sie ein paar Mal Licht brennen sehen. Er schaute nicht in ihre Richtung, aber sie war sicher, er hatte sie noch Sekunden zuvor bespitzelt. Sie betrachtete ihn genauer, überzeugt, ihn von irgendwoher zu kennen. Endlich klickte es. Er arbeitete im Supermarkt in ihrem Viertel. Natürlich.
Mit ihm würde sie sich später befassen.
Doch jetzt war es Zeit, zu Helen und Marc zurückzukehren, die sie zuletzt auf dem Weg durch Newtown zu Marcs Wohnung gesehen hatte.

Nachdem sie die Tür hinter sich geschlossen hatten, fühlten sich beide plötzlich befangen. Helen sah sich um. Sie gingen durch einen Vorraum ins Wohnzimmer. Es war mit Sofas und Sesseln aus dritter Hand möbliert. Ein Greenpeace-Poster, die Flagge der Aborigines und diverse Konzertplakate waren rings an den Wänden mit Klebeband und Reißnägeln befestigt. Überall im Zimmer lagen Bücher, Zeitungen und CDs verstreut.
Auf dem Fußboden, direkt neben ihren Füßen, stand eine Kaffeetasse, in der weißer Schimmel auf dem Uraltrest einer braunen Flüssigkeit schwamm. Marc stieß vorsichtig mit dem Fuß gegen die Untertasse, bis sie mitsamt der Tasse unter dem Sofa verschwand. Er hoffte, daß Helen nichts bemerkt hatte. Aber sie hatte natürlich: Frauen bemerken alles.
»Wohnst du allein hier?« fragte sie.
»Nein, ich hab noch drei Mitbewohner«, erklärte er. »Aber die sind übers Wochenende weg. Ich bin also allein.« Er zeigte auf das allgemeine Chaos und lachte nervös. »Wir sind nicht gerade die begnadetsten Haus-

hälter.« Helen zuckte gleichgültig die Schultern. Er winkte sie in die Küche. »Ähm, möchtest du eine Tasse Tee oder sonst was?«
»Das wäre nett«, nickte Helen. Als er sich umdrehte, um das Licht anzuschalten, huschte ein halbes Dutzend Küchenschaben in ihr sicheres Heim im Boden des Toasters, und sie gab sich alle Mühe, bei dem Anblick nicht zusammenzuzucken. Sie zog sich einen Stuhl heran und setzte sich. Marc ließ Wasser in den Kessel laufen. Als er damit zum Herd ging, kam er dicht an Helens Stuhl vorbei. Wie im Reflex hob sie die Hand und streichelte ihn leicht über den Rücken. Marc stellte den Kessel ungeschickt ab und er landete klappernd auf dem Herd. Ohne ihn einzuschalten, drehte er sich um und setzte sich ihr diagonal gegenüber auf einen Stuhl. Er spürte, wie sein Schwanz sich anläßlich des feierlichen Augenblicks erneut aufrichtete. Runter, Junge, runter, befahl er ihm, doch vergeblich. Ihre Knie berührten sich um ein Haar. Helens Lippen waren zu einem komischen dünnen Lächeln verzogen, und sie starrte auf die Hände in ihrem Schoß.
»Helen«, setzte er an. Sie sah auf und ihm direkt in die Augen.
Im selben Augenblick meldete sich die unerbittliche Frau Analyse mit dem strengen Haarknoten und den züchtigen Kostümen und äußerte sich in mißbilligenden Tönen in Helens Hirn. Schlag dir das bloß aus dem Kopf, drohte sie. Du bist schon weit genug gegangen, junge Dame. Auf einmal stürmte die langbeinige Sexbombe herbei, ihre Erzrivalin, und streckte sie mit einem Haken nieder. Als Frau Analyse ausgeschaltet war, beugte sich Helen über die Tischecke, die sie von Marc trennte, und küßte ihn zaghaft. Er blinzelte, er-

hob sich halb von seinem Stuhl und erwiderte ihren Kuß so fest, daß ihre Zähne unangenehm gegen die Lippen drückten. Sie spürte seinen flaumigen, weichen Bartwuchs auf ihrer Haut; es kitzelte fast ein bißchen. Während er den Druck auf ihre Lippen beibehielt, schlang er die Arme um sie und versuchte sie näher an sich zu ziehen, doch die Tischkante war im Weg. Helen öffnete ihren Mund ein wenig, worauf er unverzüglich reagierte und seine Kiefer vollkommen aufklappte, als wolle er sie mit Haut und Haar verschlingen. So innig, dachte Helen mit einem Hauch von Nostalgie, bin ich seit meiner Jugend nicht mehr geküßt worden.
Ohne den Kontakt zu unterbrechen, hievte sie sich hoch und passierte die Tischkante. Er zog Helen an sich und ließ sich wieder auf seinen Stuhl nieder. Das Manöver endete jedoch wenig galant, denn sie rutschte mit den glatten Sohlen ihrer neuen Schuhe auf dem Linoleumboden aus und mußte eine ziemlich plumpe Landung auf seinem Schoß einstecken. Marc entfuhr unwillkürlich ein »Uff«.
»Bin ich zu schwer?« flüsterte sie beschämt. Schuldbewußt verteilte sie ihr Gewicht, so gut sie konnte, auf seinen dünnen Oberschenkeln und hielt sich dabei an seinem Hals fest.
»Überhaupt nicht«, flüsterte er zurück und umarmte und küßte sie mit einer wilden Gier, die Helen ziemlich erregte. »Weißt du, ich hatte mal, ich habe noch, weißt du, du bist die ...« Seine plötzliche Artikulationshemmung entrang Marc einen Seufzer. Ihm war, als hätte der letzte Blutstropfen sein Hirn verlassen und sich gen Süden abgesetzt.
Etwas an der gierigen, fast tolpatschigen Art, mit der er sie beim Küssen festhielt, ihr den Rücken streichelte

und mit den Händen durchs Haar fuhr, verriet Helen, daß er wenig Erfahrung hatte, und das fand sie auf eine seltsame Weise aufregend. Der Brummi mochte eine Kostprobe der klassischen australischen Fleischpastete gewesen sein, Marc dagegen war eher wie ein weiches Ei auf Toast, nicht allzu kompliziert und schwer, genau die Sorte warmer, angenehmer Happen, neben dem man am Morgen gern aufwacht. Während er mit der Zunge erneut ihren Mund erforschte, schoß ihr plötzlich ein Gedanke durch den Kopf: War der Dotter womöglich noch intakt? Marc war, wie alt wohl – zwanzig, einundzwanzig? Machten es die jungen Leute dieser Tage nicht schon mit fünfzehn? Sie schob sein T-Shirt hoch und legte ihm die Hand auf den Rücken. Seine Haut fühlte sich warm und fast schon unglaublich zart und seidig an. Langsam ließ sie ihre Hand nach vorn gleiten und streichelte ihm den glatten, flachen Bauch und die niedlich unterentwickelte Brust, auf der nur wenige einsame Härchen sprossen – ein winziges Büschel in der Mitte und noch ein paar vereinzelte Exemplare um jede Brustwarze. Sie beugte sich hinab, um die zarten, pfirsichgleichen Höfe zu küssen. Sie spürte sein Herz pochen. Er nahm ihre Hand und senkte sie auf die Wölbung unter seiner Hose.
»Möchtest du mit mir schlafen?« krächzte er.
Die Kombination aus förmlicher Nachfrage und krächzender Stimme hatte etwas Rührendes.
»Ja.«
Helen stand auf und streckte ihm die Hand entgegen. Er war sich nicht sicher, ob er geradestehen konnte, aber irgendwie gelang es ihm, sie die ganze Zeit zu umarmen und dabei ins Schlafzimmer zu führen, wo sie Seite an Seite auf seinen muffigen Futon sanken.

Hochrot im Gesicht, fischte er ein Kondom aus dem Nachtkästchen (er hatte am Nachmittag ein Päckchen gekauft, nur für den Fall) und warf es aufs Bett. Diese Aktion schüchterte ihn wieder etwas ein. Er kuschelte sein Gesicht an ihre Wange, und sie spürte die heiße Schamesröte auf seiner Haut. Er legte ihr die Hand auf die Brust, worauf Helen sich rücklings aufs Bett sinken ließ und er ungeschickt auf sie kletterte. Ebenso abrupt wälzte er sich wieder herunter, zog wie verrückt an ihren Kleidern und dann an seinen, unschlüssig, ob er streicheln oder gestreichelt, ob er küssen oder geküßt werden wollte. Mittlerweile trugen beide keine Hemden und Schuhe mehr, und eine von Helens Brüsten war aus ihrer Spitzenhalterung gerutscht. Der Rock hing ihr über den Hüften, und sie fummelte gerade an seiner Gürtelschnalle herum, als ihr rationales Ich das Bewußtsein wiedererlangte und den Kopf vom Boden hob. Die Haare von Frau Analyse waren zerzaust, ihr drehte sich alles. Sie unternahm einen letzten Versuch, an Helens moralisches Verantwortungsgefühl zu appellieren. Doch im selben Augenblick kam Langbein mit Knebel und Pflaster herbei. Herrgott, du bist so ein Idiot, sagte Langbein, verstaute den Knebel und versiegelte der Rivalin die Lippen. Du hast keine Chance. Das Ganze ist jetzt nur noch eine Frage von Zentimetern.
Helen zog ihm die Hose runter und befreite seinen steifen und strapazierten Schwanz aus dem Slip. Er hing leicht nach links. Sie mußte an den Ausdruck »krumme Banane« denken und beugte sich vor und küßte sie, um das Lächeln zu verbergen, das ihr bei dem Gedanken über die Lippen huschte. Sie leckte die Eichel, züngelte verspielt an der Schwanzspitze und küßte die Ader, bevor sie zu seinen Eiern hinunterwanderte. Mit einem

schmerzlichen Stich von Zärtlichkeit stellte sie fest, wie stramm sie noch in ihrem Sack dicht am Körper hingen. Sie nuckelte nacheinander an den Eiern, kitzelte mit einer Hand die Gegend zwischen Sack und Anus und zog mit der anderen an seinem Schwanz. Als sie das Ding in voller Länge in den Mund steckte, plumpste Marc rücklings aufs Bett, absolut hilflos, wie betäubt, sein ganzes Bewußtsein, sämtliche Sinne voll auf den engen, warmen, nassen, kinetischen Tunnel ihres Mundes konzentriert. Er war die leibhaftige Verkörperung eines Prinzips geworden, das er so oft verurteilt hatte: Phallozentrismus.

Etwas von diesem Gedanken sickerte dunkel in seinen Verstand, soweit sein Verstand bei dem Geschehen überhaupt noch eine Rolle spielte. Die wenigen Gehirnzellen, die noch aktiven Dienst leisteten, fingen an, ihm Instruktionen zuzubrüllen wie ein Feldwebel bei der Armee: Lieg nicht bloß da und nimm alles hin! Mach was! Mit ihr! Such die Klitoris! Beim Vorspiel viel Zeit lassen! Achte auf ihre Nippel! Geh behutsam vor und bau den Rhythmus auf! Mach, was du willst, aber komm nicht zu schnell! Doch seine randalierenden Hormone entzogen sich jeder Kontrolle und rissen sämtliche Barrikaden sexueller Etikette nieder. Er entwand sich Helens Griff, wühlte ihr das Höschen runter, schob ihr mit den Händen die Beine auseinander und rieb blindlings an der nassen Spalte, die er dazwischen vorfand. Ohne viel Aufhebens wälzte er sich auf sie und drang in sie ein. Tausend Bilder strömten ihm durch den Kopf: von Mascarpone, Sharon Stone, dampfenden Canneloni, Damenunterwäsche, Elle Macpherson, Stuten, Staubgefäßen, Mal Meninga beim Spurt, Madonna in einer Gondel, Cockerspaniels, Mick Jaggers Lippen,

ET, Wet-T-Shirt-Wettbewerben, Mangos, seinem Vater mit ausholendem Golfschläger, einem Schnabeltier, das sich durch einen schlammigen Fluß schlängelt. Zu seinem großen Entsetzen lieferten Beavis und Butt-Head den Soundtrack: Hehe hehe hehe. Endlich war sein Schwanz zu jenem oft phantasierten, doch bislang unbekannten geheimnisvollen Ort vorgedrungen, hatte ein sowohl fremdes wie auch vertrautes Terrain erobert und wurde irgendwie gleichzeitig von ihm erobert. Und es war Helen, die unter ihm lag! Seine Lehrerin! Seine Leidenschaft! Das alles hing nur mit ihr zusammen! Plötzlich strafften sich seine Eier, und seine Schwanzspitze explodierte wie der Deckel auf einem Vulkan. Er verkrampfte sich, stöhnte und brach, mit plötzlich völlig klarem Verstand, auf dem verschwitzten, weichen und noch immer zuckenden Wall von Helens Körper zusammen.

Das ganze Ereignis hatte annähernd neun Minuten gedauert, inklusive der fünf Minuten, in denen sich Helen oral an Marc betätigt hatte.

Helens Enttäuschung wurde durch die Erkenntnis gemildert, daß Marc noch Jungfrau gewesen war. Sie fand seine unschuldige Unbeholfenheit rührend. Liebevoll schlang sie die Arme um ihn und küßte die rot angelaufene Wange, die über ihrem Mund lag.

Marc dagegen befand sich in hellem Aufruhr. Als sein Schwanz in ihr welkte, nahm sein Verstand wieder den Betrieb auf. Hier lag die Frau, die er vergötterte, der er in seinen Phantasien zu grenzenlosem Vergnügen verholfen hatte, und ihm war es nicht gelungen, sie auch nur einmal zum Höhepunkt zu bringen. Wie einen Festschmaus hatte er sie genießen wollen und statt dessen wie Fast-Food verputzt. Beschämt rollte er sich von ih-

rem Körper, stieg aus dem Bett und begann, sich anzuziehen.
Helen setzte sich verblüfft auf. »Was hast du …«
»Nein! Nein!« schnitt Marc ihr das Wort ab. Er fuchtelte mit den Händen in der Luft herum und stampfte mit den Füßen auf den Boden. »Ich kann jetzt nicht reden!« rief er. Er mußte über so vieles nachdenken. Und noch ehe die verdutzte Helen die Gelegenheit zu einer weiteren Äußerung hatte, war er schon aus dem Haus gerannt.
Marc tigerte durch die Straßen von Newtown, ein Schwänzchen noch zugebunden, das andere platt gegen den Kopf gedrückt wie ein gebrochener Flügel. Ihm schauderte beim Anblick des besoffenen oder vollgedröhnten Jungvolks in seinem Alter: junge Männer mit Mädchen in den Armen; Mädchen, die junge Männer küßten; Mädchen, die Mädchen küßten, und alle lachten und grölten. Sie hätten ebensogut von einem anderen Stern stammen können. Hundertmal spielte er die Ereignisse des Abends durch. Am liebsten hätte er losgeheult, obwohl er nicht sicher war, ob aus Verzweiflung, Freude oder Scham über seinen melodramatischen Abgang. Mein Gott, und sogar das Kondom hatte er vergessen. Vier Stunden dauerte seine Wanderung.
Nachdem Marc die Wohnung verlassen hatte, lag Helen ängstlich und unruhig in seinem Bett, bis der Alkohol und der Gefühlsaufruhr des Abends ihr übriges taten und sie einschlief.
Als er endlich zurückkehrte, von der Angst getrieben, sie könnte womöglich aufgestanden und gegangen sein, entdeckte er sehr erleichtert ihre vollen Konturen unter der Daunendecke. Ein Fuß sah darunter hervor. Während er in der Tür stand und ihre schlummernde

Gestalt betrachtete, breitete sich eine glückliche Ruhe in ihm aus. Er trat ans Bett und zog die Decke über den einsamen Fuß, dessen vollendete Schönheit sein Herz höher schlagen ließ. Er kickte die Stiefel von den Füßen, zog sich gemächlich aus und schlüpfte wieder unter die Decke. Dann befühlte er die Wölbung ihres Körpers und schmiegte seinen an sie.

Durch ihren verträumten Dämmer spürte Helen seine Nähe und schlang sich seine Arme um die Brust. Es dauerte nicht lange, und sie verspürte wieder Lust. Sie rollte sich herum, kuschelte sich an ihn und küßte ihn auf Stirn, Nase und Kinn. Sie merkte, wie sich unten etwas rührte.

Marc hatte halbwegs erwartet, daß sie bei seiner Rückkehr längst die Flucht ergriffen hätte. Am wenigsten hatte er damit gerechnet, eine zweite Chance zu erhalten. Schon gar nicht nach der enttäuschenden Premiere. Doch diesmal würde er alles richtig machen und sein Essen nicht hinunterschlingen. Er würde ein guter Schüler sein. Er paßte genau auf, als seine Lehrerin ihm zeigte, wie man einen Kuß genießt und – wobei sie ihm die Hand führte – wie man ihre erogenen Zonen reizen und erkunden konnte. Als Helen sich allerdings anschickte, ihm einen zu blasen, stoppte er sie. Das war ein bißchen zu erregend; er mußte jetzt seine fünf Sinne beisammenhalten.

Er bemühte sich, das Drängeln in den Lenden zu ignorieren, und erforschte unter stürmischen Küssen Helens Brüste und Bauch. Dann teilte er ihr die Schenkel und betrachtete das Bild vor ihm. Ein faszinierender, aber auch leicht beängstigender Anblick. Die vielen Haare! Hatten alle Frauen da unten so viele Haare? Waren da immer so viele ungleichmäßige Falten und Fur-

chen? Und was verbarg sich dahinter? Aus irgendeinem Grund förderte sein übergebildeter Verstand den Ausdruck »Vagina dentata« zutage, und er spürte, wie ihm plötzlich die Säfte aus dem Schwanz wichen. Nein! Das durfte nicht geschehen! Genau das war die klassische männliche Anti-Phantasie: Die Angst, durch eine Möse kastriert zu werden! Erst im letzten Semester hatte er darüber eine Arbeit geschrieben! Ihm war klar, daß es sich dabei um einen bösartigen Mythos handelte. Warum mußte der ihn ausgerechnet jetzt heimsuchen? Mampf mampf. Mampf mampf. Hör auf, Marc! Mit wachsender Panik versuchte er sich auf sein Vorhaben zu konzentrieren. Genau. Die Klitoris! Er würde sie jetzt streicheln und küssen und lecken, bis es ihr kam. Aber welcher Teil war die Klitoris? Er begutachtete die Möglichkeiten und kam zu einem berechtigten Schluß. Nach Helens zufriedenem Stöhnen zu urteilen, mußte er seine Aufgabe mit Auszeichnung bestanden haben. Der Geruch ihrer Möse, den er zunächst etwas zu streng fand, begann ihn zu erregen. Er wurde wieder hart. War sie schon gekommen? Wie soll man das wissen? Nun ja. Das mußte jetzt reichen. Wenn er ihn ihr nicht *sofort* reinsteckte, würde er explodieren. Er legte sich umständlich auf sie, bohrte sich in sie, erinnerte sich an das Kondom, zog ihn wieder raus und stülpte sich das Ding mit Helens Hilfe irgendwie über (er konnte sich wirklich nicht mehr an Einzelheiten entsinnen), drang nochmals in sie ein, und nach mehreren Stößen in die warme, feuchte Höhle spritzte er wie ein Wal.
Am nächsten Morgen setzte er zu einer Entschuldigung an, doch Helen legte ihm ihren Finger auf die Lippen. Sie war das Verständnis in Person.
Und Marc war verliebt.

Ergonomisch

Gestatten, daß ich mich vorstelle. Mein Name ist, ach, nennen Sie mich doch einfach Argus. Wie soll ich mich am besten beschreiben? »Alleinst., m., 38, kräftig gebaut, para-gepolt (Inspektologe, um genau zu sein), auf der Suche nach ...« Nein, sagen wir einfach: Ich suche. Wenn ich etwas Eßbares wäre, dann Spiegeleier, schwarze Bohnen, Zitronentörtchen und eine kleine Auswahl an Sushi. Wenn ich ein Spiel wäre, dann Glasmurmeln. Kapiert? Na schön, sprechen wir's aus: Ich bin ein Voyeur.

Ich sehe schon, wie einige unter Ihnen das Wort »Perverser« oder »schmieriger Kerl« im Munde führen (ja, ich sehe auch Sie, werte Leser!), aber lassen Sie mich bitte ausreden. Den Frauen, die ich gern beobachte, passiert absolut nichts. Ich sehe zwar genau hin, aber ich berühre nie. Das ist für mich eine Sache des Prinzips und des Stolzes. Im übrigen würde ich nie zulassen, daß einem meiner Tierchen – und als solche im denkbar positivsten Wortsinn sehe ich sie – auch nur ein Haar gekrümmt wird. Wenn ich beispielsweise Zeuge wäre, wie jemand bei einer »meiner Frauen« in die Wohnung schleicht und versucht, sie zu vergewaltigen oder ihren Fernseher zu klauen, wäre ich in Sekunden zur Stelle. Ich würde dem Scheißkerl eigenhändig das Genick brechen, noch ehe er »buh« sagen könnte. Das ist keine eitle Angeberei. Ich bin Meister im Zen do kai

und anderer, etwas esoterischerer, aber keineswegs weniger tödlicher Formen des Kampfsports. Und ich lese gern: Georges Bataille ist mein persönlicher Lieblingsautor. *Meiner auch, dachte Philippa.*
Ich bin kein sonderlich geselliger Mensch. Ich gehe nicht zu Partys und Grillfesten, ich meide Cafés, Clubs, Pubs, Dinnerpartys und Brunches. Ich habe auch keine Freunde. Gut, da ist Ahmed. Jeden Tag, wenn ich meinen Vorrat an Milch, Cornflakes, Steaks und Artischokken aus dem Laden an der Ecke hole, fragt Ahmed, der Besitzer, wie es mir geht. Meine Standardantwort lautet: »Bestens, Ahmed. Und wie geht's dir?« Er antwortet dann immer: »Nicht schlecht – jedenfalls für einen Dienstag« (oder Mittwoch oder Donnerstag, je nachdem, welcher Tag ist), worauf ich jedesmal lache, als hörte ich diesen kleinen Witz zum ersten Mal. Dann gebe ich ihm sein Geld und gehe wieder. Kann man Ahmed als Freund bezeichnen?
Schließlich bin ich noch mit einer Dame befreundet, die ich einmal pro Woche treffe. Zwischen uns besteht eine kleine Vereinbarung, könnte man sagen. Doch das ist eine andere Geschichte. Nämlich die erste, sollte ich vielleicht hinzufügen.
Sie fragen sich womöglich, was ich eigentlich mache. Ich arbeite als Wächter bei ..., aber spielt es wirklich eine Rolle, ob es sich um die Kunstgalerie, die Pussycat Lounge, die Staatsbank, den Bondi Beach, ein Stadtverwaltungsbüro oder den Hellfire Club handelt? Wenn Sie gut aufgepaßt haben, sind Sie bestimmt schon dahintergekommen. Wenn nicht, auch nicht schlimm. Es reicht wohl, wenn ich sage: Ich wache über die Dinge. Es macht mir Spaß. Wenn ich nicht gerade meinem bezahlten Wachjob nachgehe, erteile ich mir selbst Auf-

träge, die ich genauso ernsthaft ausführe. In letzter Zeit habe ich mir die Aufgabe gestellt, über Philippa zu wachen. Sie könnten mich als ihren Schutzengel betrachten.

Ich kenne Philippas Namen, weil ich eines Tages beobachtete, wie sie mit einer städtischen Recycling-Box aus dem Haus kam. Sie stellte sie auf den Gehsteig und nahm einen Bus in die Stadt. Ich ging schnell nach unten, tat so, als interessiere ich mich für die letzte Samstagsausgabe des *Good Weekend*, und sah dabei den privateren Papierabfall durch. Ich entdeckte eine Menge Umschläge, die an Philippa Berry adressiert waren. Außerdem fand ich ein paar verblaßte, aber höchst interessante Textpassagen, die sich wie erotische Literatur lasen; sie waren auf einem Drucker ausgedruckt, der dringend ein neues Farbband benötigte: »mit der einen Hand zeichnete sie kleine Nullen um ihre Klitoris«, »herrliches Gefühl, wie dieser Riesenstab in mich hineinglitt«, »schiebt sie ihr den Kopf eines großen Dildos in das offene«, solche Sachen. Ich fand noch drei kleine Flaschen Coopers Ale, einen roten Samtfetzen, eine leere Panadol-Packung und einen Rundbrief von Greenpeace. Den Samtfetzen behielt ich, denn Samt wird ja wohl nicht recycelt, oder?

Ich weiß schon sehr viel über Philippa. *Kein Wunder, kicherte Philippa.* Unsere Häuser grenzen aneinander. Meine Wohnung liegt auf einer etwas höheren Ebene. Bautechnisch gesehen. Ich würde mich nie erdreisten, ein solches Urteil aus moralischer oder philosophischer Sicht zu fällen. Von meinem Badezimmerfenster aus kann ich ihre Küche ausspionieren; mein Schlafzimmer gewährt mir einen guten Blick in ihr Wohnzimmer, das ihr gleichzeitig als Arbeitsraum dient. Wenn Sie Phil-

ippa so gut kennen würden wie ich, wüßten Sie, daß dies entscheidende Schauplätze sind. Natürlich bedaure ich sehr, daß ich in ihr Schlafzimmer keinen Einblick habe, aber hin und wieder setze ich auch gern mal meine Phantasie ein. Ich muß, falls Sie meine Derbheit entschuldigen, nicht jeden Makel auf dem Laken sehen.
Im übrigen zieht Philippa in Küche und Wohnzimmer eine ziemlich gute Show ab. Manchmal befühlt sie ihre Nippel mitten im Anbraten, oder sie berührt sich beim Schreiben. Daß sie Erotika schreibt, hatte ich schon geahnt, bevor ich die Aufzeichnungen im Recycling-Müll fand, denn manchmal scheint sie vollkommen überwältigt von den Sätzen, die sie in die Tasten hämmert. Ich liebe die langsame, resignierte Art, mit der sie dann den Gürtel aufschnallt, den Reißverschluß aufzieht und eine Hand in die Jeans steckt. Mit der anderen hält sie sich hinten an ihrem ergonomischen Stuhl fest, lehnt sich mit geschlossenen Augen zurück, und dann legt sie richtig los. Ein fesselnder Anblick. Ich versuche immer, gleichzeitig mit ihr zu kommen. Simultanorgasmus ist so eine wunderschöne Sache, finden Sie nicht?
Dieser Stuhl ist das erotischste Möbelstück, das ich je gesehen habe. Er wirkt ziemlich unscheinbar – ein abwärts geneigtes rotes Kissen für den Arsch, ein aufwärts gerichtetes für Knie und Waden und ein paar schwarze Stangen, die alles zusammenhalten. Fast den ganzen Tag wird er von Philippas Hintern und Gliedern liebkost. Manchmal rutscht sie hin und her, um bequemer zu sitzen, oder sie streckt den Rücken, wobei sie den Arsch anhebt und die Muschi auf den Sitz hinunterdrückt, und dann denke ich, bitte, laß mich in meinem nächsten Leben ein ergonomischer Stuhl sein.
Wenn mein Fenster offen ist und ihres auch und der

Wind günstig steht, schnappe ich gelegentlich Gesprächsfetzen auf, während sie telefoniert oder Besuch hat. Manchmal merke ich an dem geschäftigen Treiben in der Küche, daß sie nicht allein ist – sie bereitet dann mehr Essen vor als gewöhnlich, oder jemand unterhält sich dort mit ihr. Vor allem ein junges Mädchen ist häufig da. Sie hat wunderschöne grüne Augen und kurzes blondes Haar, eigentlich nicht mein Typ – zu dünn. Aber sie steht offenbar mit Philippa auf ziemlich vertrautem Fuß, wenn Sie verstehen, was ich meine. Ich habe die beiden beim Salatmachen schon heftig ins Knutschen abdriften sehen, und ständig sind sie mit Fingern, Brüsten und Mösen im Gang, doch die richtig heißen Sachen heben sie sich fürs Schlafzimmer auf. Wenigstens nehme ich das an, denn ich bekomme ja nur die Appetithappen in der Küche mit, und ins Arbeitszimmer gehen sie selten. Damit will ich sagen, Philippa ist lesbisch, und das finde ich enorm interessant. Zumindest hatte ich immer gedacht, sie sei eine Lesbe. Nach dem, was ich heute am frühen Abend mit meinem kleinen Auge erspäht habe, bin ich ein wenig verwirrt.
Gut, bevor ich den Mietvertrag endgültig unterschrieb, war da noch die Episode bei der Wohnungsbesichtigung, aber zu der Zeit, verstehen Sie, *kannte* ich Philippa noch nicht wirklich. Außerdem konnte ich die mitbeteiligte Frau wegen der vielen scheußlichen – wie heißen die Dinger noch mal? – Dreadlocks, genau, wegen der Dreadlocks von dem Typen kaum sehen. Vergiß es. Später kam ich zu dem Schluß, daß es eine andere war, vielleicht eine Freundin von ihr, der sie die Wohnung überlassen hatte. Ich kann mir nicht vorstellen, daß meine Philippa es mit einem treiben würde, der Dreadlocks hat. Nein, ganz und gar nicht ihr Typ.

Es ist schon komisch, wie der Sommer plötzlich einfach so in den Herbst übergeht und der Herbst in den Winter. Inzwischen ist es tagsüber kühl genug, um einen Pullover zu tragen, und die Tage sind so kurz, wie sie nur sein können. Mir paßt das ausgezeichnet, denn wenn es dunkel ist und bei jemandem Licht brennt, während das eigene aus ist, kann man sich einen abgaffen bis zum Geht-nicht-Mehr, und glauben Sie mir, bei mir geht es erst nicht mehr, wenn ich sehr, sehr lange gegafft habe.
Ich war gerade von der Arbeit nach Hause gekommen und wollte schon Licht anschalten, da entdeckte ich Philippa mit diesem Mädchen im Arbeitszimmer. Jedenfalls dachte ich, es sei das Mädchen. Auf dem ergonomischen Stuhl saß ein knabenhaftes Wesen mit kurzen blonden Haaren und sehr roten Lippen, einem adretten schwarzen Pullover, leuchtendblauem Minirock und schwarzen Strümpfen. Die Schuhe hatte sie weggekickt. Ihre Beine waren etwas zu muskulös, aber diese Füße! Perfektion in Reinformat! Ihre einmalige Wölbung und Wohlproportioniertheit übertraf an Schönheit sogar die traumhaften Treter meiner geliebten Philippa.
Erlauben Sie mir an dieser Stelle einen kleinen Exkurs. Wie ich bereits oben erwähnte, bin ich bei der Arbeit mit einer Frau liiert. Na ja, sie ist keine richtige Kollegin. Aber man könnte sagen, wir haben eine ziemlich regelmäßige Sache an meinem Arbeitsplatz laufen. Sie ist schön und versteht mich bestens. Sie weiß, ich bin ein sündiger Mensch, und dafür bestraft sie mich, was mir gut gefällt, nur ihre Füße haben mich schon immer zutiefst enttäuscht. Sie erinnern mich einfach nur an Fisch, und ich hasse Fisch. Dabei liebe ich nichts mehr, als zwei schöne Füße zu vergöttern.

Jedenfalls war ich von den Füßen dieser Frau so hingerissen, daß mir erst nach einer Weile klar wurde, was sie machte: Sie las Philippas Ergüsse auf dem Computer. Wahrscheinlich einen Teil aus dem erotischen Werk. Philippa ging nervös auf und ab, verschwand immer wieder aus meinem Blickfeld, bis ihre Leserin sie, ohne die Augen vom Bildschirm abzuwenden, mit einer eleganten Handbewegung zu sich winkte. Philippa stellte sich dicht hinter sie und las über ihre rechte Schulter hinweg. Aufgrund der eigenartigen Sichtverhältnisse sah ich Philippa lediglich von der Hüfte abwärts, während der Stuhl und seine Benutzerin zu meinem besonderen Genuß ideal im Bild waren. Ich beobachtete, wie ihre Freundin ihr die Hand um die Knie legte und sie dann zerstreut auf und ab gleiten ließ, als bepinsele sie etwas mit Flüssigkeit. Philippa trat ein bißchen näher. Die zweite Hand ihrer Freundin betätigte an der Tastatur den Scroller. Dann wanderte die Hand auf dem Bein zu meinem großen Entzücken innen an den Schenkeln hoch. Ach ja, richtig. Das muß ich noch erwähnen. Ganz entgegen ihrer Gewohnheit trug Philippa heute einen Rock. Einen kurzen schwarzen Faltenrock – wie ein Schulmädchen. Und Strümpfe – richtige Strümpfe, solche, die man mit Strapsen befestigt. Das stellte ich fest, als die Hand ihrer Freundin den Rock hochschob. Ihre Oberschenkel waren das reine Vanilleweiß gegen die schwarzen spitzenbesetzten Strumpfbänder. Der Anblick ließ mein Herz höher schlagen. Jedenfalls glitt die Hand dann zielstrebig zwischen den Beinen hinauf, und was sie genau machte, kann ich nicht sagen, aber es muß schön gewesen sein, denn Philippa schien ganz weiche Knie zu bekommen. Dann zog ihr die Hand den Slip die Beine hinunter. Philippa stieg heraus, stellte

sich wieder in Position und wurde noch eine Runde befummelt. Nun bin ich eigentlich kein Experte auf diesem Gebiet, aber aufgrund der Tatsache, daß die Hand höher und höher fuhr und Philippas Körper etwas an der Grenze zwischen Schmerz und Ekstase auszudrükken schien, halte ich es für durchaus möglich, daß es sich hier um eine Faustmasturbation handelte. Ich sah genau, daß der Ellbogen sich wie ein Kolben auf und ab bewegte. Wirklich sehr interessant.
Ich sollte vielleicht noch klarstellen, daß ihre Besucherin die ganze Zeit über auf dem Bildschirm weiterlas. Nicht ein einziges Mal wandte sie den Blick ab, auch dann nicht, als sie die Hand langsam zwischen Philippas Beinen herauszog und sich die Finger nacheinander ableckte. Danach kehrte die Hand zurück und umfaßte die Taille neben ihr, worauf Philippa sich umdrehte, ihr rechtes Bein hochschwang und sich ihrer Freundin auf den Schoß setzte. Dabei bewahrte sie der kräftige Arm um ihre Taille vorm Runterrutschen (der Stuhl ist abwärts geneigt, vergessen Sie das nicht). Sie legte den Kopf auf die Schultern ihrer Freundin, kuschelte sich an, schloß die Augen und begann, sich genußvoll auf dem Schoß zu schlängeln. Nach einer Weile wurde Philippa von ihrer Freundin, die noch immer scrollte und las, bedeutet, die Hüfte anzuheben, damit auch sie ihr Höschen ausziehen konnte. Sie schob ihren Minirock hoch, nur um etwas zu enthüllen – und hier wird die Geschichte ein bißchen unheimlich, wenn Sie mich fragen –, das wie ein dicker, steifer, um die zwanzig Zentimeter langer Schwanz aussah. Woher kam der nur plötzlich? Philippa wühlte ihrer Freundin mit den Fingern durch die blonden Haare, und – an diesem Punkt traf mich der zweite Schock des Abends – sie gingen

ab! Es war eine Perücke, die sie einfach zur Seite schleuderte. Darunter kam ein kurzgeschorener Kopf zum Vorschein, der, wie ich jetzt deutlich sah, hundertprozentig einem Mann gehörte.
Philippa hob ihren Rock ebenfalls hoch und ließ sich sehr langsam auf den erigierten Schwanz des Typen nieder, kam wieder ein Stückchen hoch und verlor ihn fast, senkte sich dann etwas weiter runter, und dann hoch und runter, hoch und runter, bis sie ihn sich Stück für Stück einverleibt hatte und ganz auf ihm saß. Und jetzt fickte sie ihn, und zwar ordentlich. Sie fickte ihn vertikal, in Ekstase, und Sie können mir glauben, bei mir war mittlerweile auch so manches vertikal und in Ekstase. Ab und zu unterbrach sie den Rhythmus, setzte sich auf seine angeschwollene Schleimpumpe und rührte sie mit ihren Hüften wie Haferbrei um.
Er bemühte sich noch immer, den Leser vorzuschützen, doch ich fürchte, das war inzwischen eine ziemliche Farce. Als Philippa merkte, wie seine Augen vom Bildschirm abschweiften, rief sie mit halberstickter, unglaublich erotischer Stimme: »Scroll! Scroll! Nicht aufhören!« Ich sah, wie er um Konzentration kämpfte und die Scrolltaste weiter mit einer Hand bediente. Sie blickte über ihre Schulter auf die Tastatur. »Du bist gleich da!« keuchte sie. »Du bist am Höhepunkt! Mach weiter! Hör nicht auf! Nur noch ein bißchen!« Im selben Moment bäumte er sich so kraftvoll auf, daß sie fast hintenüber kippte und seine Liebesbarkasse beinahe aus ihrer Verankerung rutschte. Sein Oberkörper krümmte sich nach hinten zum Boden, wo er ihn mit den Händen abstützte, und seine Oberlippe zog sich über den Zähnen zusammen. »Aaaaargh«, stöhnte er, »aaaaah«. »Wie bitte?« hörte ich Philippa fragen. »Nonverbal«, erklärte

er. Nach etwa einer Minute, in der sich beide nicht rührten, richtete er sich langsam auf, die japsende Philippa eng umschlungen, und las mit halbgeschlossenen Augen noch etwa eine Minute weiter. Dann rief er: »Ende!«

Bei diesem Wort warf sie die Hände in die Luft. »Ende!« jubelte sie und lachte hysterisch. »Ende!«

Für mich war es genauso gut wie für die beiden.

Das Ende.

Amen.

»Hau ab, Argus, Adam, oder wie du auch heißt«, fauchte Philippa und ließ die Rollos mit einem scharfen Knall herunter. »Das ist ganz bestimmt noch nicht das Ende. Vergiß nicht, es ist *meine* Geschichte. Ich habe nichts dagegen, wenn du spionierst, aber aus dem Text hältst du dich gefälligst raus, klar? Hau bloß ab!«

Immer noch fuchsteufelswild, setzte sie sich wieder auf ihren Stuhl. Manche Figuren hatten vielleicht *Nerven.* Den Roman hier beenden zu wollen. Sie schüttelte empört den Kopf. Kaum läßt du sie in einer Geschichte auftreten, bilden sie sich ein, sie können dein Buch bestimmen. Dieser schmierige Kerl. Mit seinem Schutzengel-Scheiß. Und dem Quatsch vom Masturbieren auf dem ergonomischen Stuhl. Vielleicht in seinen *Träumen.* Mengzhong! Dabei hat er nicht mal an das Kondom gedacht. Männer. Man kann sich einfach nicht auf sie verlassen.

Hä-hm. Also, wo waren wir?

Im Grunde stimmt es ja. Mein Roman ist fertig. Richard, mein Schreiblehrer, der mit den wilden Kostümen und herrlichen Füßen, war davon offenbar ganz angetan. Und, jawohl, es stimmt auch, daß wir, als er die letzten

Kapitel las, endlich das vollzogen, was sich schließlich als heimliche, schwelende, auf *Gegenseitigkeit* beruhende Leidenschaft entpuppte. Aber weiter ging die Sache nicht. Er erzählte mir noch am selben Abend, er hätte seine erotischen Frauengeschichten ebenfalls abgeschlossen. Seitdem hat er die Frauenkleider aus seinem Schrank verbannt und sich Jeanshemden mit Fransen und Cowboystiefel zugelegt. Er hat Gitarre spielen und Boot-scoot tanzen gelernt und sich einen amerikanischen Akzent angewöhnt. Außerdem hat er sich einen Bart wachsen lassen (was nach den vielen Enthaarungsprozeduren mit Wachs eine Zeitlang dauerte) und ist nach San Francisco gefahren, um dort die schwule Country-&-Western-Szene zu erforschen. Ich habe eine Postkarte von ihm bekommen. Der Spaß dort drückt ihm mächtig auf die Eier. Sozusagen.
Ich fand es schade, daß er wegging. Er war genial und las jedes Kapitel noch in der Entstehungsphase und gab mir massenhaft gute Tips. Ich wünschte nur, er hätte mir seine Geschichten auch mal gezeigt. Schließlich habe ich ihm meine ja auch nicht vorenthalten. Vergiß es. Er hat immer behauptet, er möchte mich nicht beeinflussen.
Mittlerweile habe ich das Manuskript an mehrere Verleger geschickt, bislang aber (es ist vier Monate her) keinen Interessenten gefunden. Mir ist klar, man sollte bei einem Erstlingswerk nichts anderes erwarten, aber trotzdem, ein bißchen entmutigend finde ich das schon. Nun ja. Ich bleibe am Ball.
Ich wette, es interessiert jeden, was den Mädels in der Zwischenzeit widerfahren ist.
Auf Chantals Drängen hin schlossen sie und Helen sich an jenem Abend Sam und dessen Kumpel zum Essen

an. Das Glück schlug zu: Der Abend erwies sich als Anfang einer wunderschönen Geschichte. Nicht für Helen, sondern Chantal. Zunächst dachte sie, Sams Kumpel, Damien, müsse schwul sein: Er war attraktiv, modisch und bewies einen fabelhaften Sinn für Humor. Damien war Möbeldesigner und teilte ihre Leidenschaft für Stilfragen in jeder Beziehung: Als er erwähnte, daß ihm beim Anblick eines wohlproportionierten Toaster-Modells ganz weich in den Knien werde, verstand sie haargenau, wowon er redete. Er entpuppte sich sogar als treuer *Pulse*-Leser. Später ließ er eine scheinbar beifällige, in Wirklichkeit aber gezielte Bemerkung über seine Ex ins Gespräch einfließen – »eine umwerfende Frau, die immer noch meine beste Freundin ist«. Also war er doch nicht schwul! Chantal wurde klar, daß sie endlich ihr Ideal in leibhaftiger Gestalt getroffen hatte: den heterosexuellen schwulen Mann.

Zwei Tage später, an einem Freitag, kam Chantal ins Büro und wurde von ihrer Sekretärin mit der Nachricht empfangen, der Verleger wünsche sie sofort zu sprechen. Mit einem flauen Gefühl im Magen klopfte sie an seine Tür. Was er ihr allerdings mitteilte, war folgendes: Die Chefredakteurin hatte ihre Kündigung eingereicht, und er wollte sie in deren Position befördern. Sie dankte ihm, ging zurück in ihr Büro, machte die Tür zu, zog die Stöckelschuhe aus, hüpfte ein paar Mal auf dem Teppich auf und ab und fuchtelte dabei mit den Händen in der Luft herum, zog die Schuhe wieder an, setzte sich auf den Schreibtisch, legte frischen Lippenstift auf und rief Damien an. Sie lud ihn ein, ihr am Abend bei einer Flasche Champagner Gesellschaft zu leisten. Am nächsten Morgen tranken sie noch eine zum Frühstück, und seitdem sind sie unzertrennlich. Wenn sie gewußt

hätte, meint sie, daß Sex so gut sein kann, hätte sie sich in den vergangenen Jahren ein bißchen mehr darum bemüht.
Bram feiert ein Comeback. In der alternativen Szene von Newtown und Glebe erfreut er sich einer riesigen Gefolgschaft. Er und Chantal sind gute Freunde geworden. Sie treffen sich gelegentlich auf einen Kaffee. Es ist ihm zu peinlich, in ihrer Gesellschaft je wieder Alkohol zu trinken.
Was Helen und Sam betrifft, so hat die beiden die Geschichte mit Chantal und Damien sicher ein ganzes Stück näher gebracht. Sie sehen sich sehr oft. Sam ist von Helen ziemlich angetan, und Helen war es ja bekanntlich schon seit geraumer Zeit von ihm. Der kleine Ausrutscher mit Marc und das Abenteuer mit dem Brummi haben sie allerdings wirklich aus dem Gleichgewicht geworfen, und sie meint, sie müsse erst einmal Ordnung in ihrem Kopf schaffen, bevor sie sich näher mit jemand anderem einließe. Die beiden leben also irgendwie eine Beziehung ohne Sex – womit sie ja im Grunde voll im Trend liegen.
Julia, glaube ich, trauert insgeheim immer noch ihrem Jake nach, aber sie läßt sich nicht so schnell unterkriegen, und seit ihm (und Mengzhong) gab es einen dreiundzwanzigjährigen thailändischen Kickboxmeister, einen achtundzwanzigjährigen Rastafari aus Brighton, ein junges Buschgewächs aus Bourke, und zur Zeit geht sie mit einem fünfundzwanzigjährigen Maler aus Guatemala. Sie spielt zwar immer die Gleichgültige, nach dem Motto, ist doch völlig egal, ob diese Affären ein paar Wochen, einen Monat oder sonst wie lang dauern, aber ich glaube, tief in ihrem Inneren wünscht sie sich eine festere Beziehung. Erst vor einigen Tagen haben

wir uns wieder zu einem unserer gemütlichen Abende getroffen. Im Fernseher lief ein Tierfilm, und als der Sprecher was in der Richtung sagte wie: »Nach der Paarung setzt bei Tieren automatisch der Nestbauinstinkt ein«, meinte Chantal, diese Aussage gelte wahrscheinlich nur für die Weibchen. Die Männchen machten sich vermutlich aus dem Staub und jagten weiteren Paarungserlebnissen nach. Auf einmal brach Julia in Tränen aus. Wir starrten sie alle ganz schockiert an. Sie wischte die Augen ab und murmelte irgendwas von »PMS, kümmert euch nicht um mich«, daher hielten wir es für das beste, das Thema auf sich beruhen zu lassen.
Was mich angeht, nun, wir wissen, ich führe kein echtes Sexualleben. Ich erwähnte es bereits – ich bin die Herrin der V-Wörter: Vermittlung und Voyeurismus. Und es gibt noch ein Wort, das mich sehr beschäftigt: das legendäre F-Wort. Natürlich.
Wir leiden alle vier nicht an Gamomanie, und die biologische Uhr hören wir auch nicht ticken. Jedenfalls noch nicht.
Was den Rest angeht, nun, Marc trifft sich seit neuestem mit einem Mädchen in seinem Alter, aber insgeheim träumt er nach wie vor von Helen. Der Brummi hält jetzt ständig Ausschau nach Frauen mit Autopannen und hat auch schon viele Defekte repariert, allerdings nie ein zweites Angebot erhalten. Kein vergleichbares jedenfalls. Das Sexualleben von Mr. Fu und Gattin erfreut sich seit einiger Zeit einer neuerlichen Dynamik. Mengzhong geistert in Peking durch die Restaurants und Bars, in denen sich junge Ausländerinnen herumtreiben, und hat festgestellt, daß Julia nicht das einzige Mädchen aus der westlichen Welt ist, das er mit seiner Schlange beschwören kann. Und mit Jake, tja, da

hatte Helen Recht. Ich war bei dem Konzert im Sando. Ich war dort, um Jake zu sagen, daß ich ihn nicht mehr sehen möchte. Wenig später lernte er Ava kennen, und die beiden leben nun schon seit mehreren Monaten zusammen. Mein letzter Stand ist, daß sie unglaublich hohe Lebensmittelrechnungen haben.

Philippa drückte die Speichertaste. Wäre doch wirklich schön, dachte sie, wenn sich alles so nett und ordentlich auflösen würde. Das glaubst du doch wohl selbst nicht, murmelte sie vor sich hin, lehnte sich auf ihrem ergonomischen Stuhl zurück und streckte den Rücken. Es war Zeit zum Umziehen. In einer knappen Stunde war sie mit Jake verabredet.

Vernasch mich

Ellen traf als erste im Cafe Da Vida ein. Trotz des winterlichen Morgens waren die Tische vor dem beliebten Café brechend voll mit Leuten, die in den Wochenendzeitungen schmökerten, Hunde und Kinder zu ihren Füßen. Der Tisch zwischen Kuchenbuffet und Fenster, den sie im Auge gehabt hatte, weil er als einziger etwas abseits stand, war besetzt. Der andere Fenstertisch war jedoch frei. Sie legte den Mantel über die Stuhllehne, um sich ihr Platzrecht zu sichern, ging zum Tresen und orderte einen Cappuccino. Sie überlegte kurz, ob sie auch ein paar Tsurros bestellen sollte. Doch so groß die Versuchung war, sie entschied sich gegen das ölige Schmalzgebäck. Sie versuchte, auf ihr Gewicht zu achten – selbstverständlich auf eine vernünftige Art, jenseits von Magersucht oder Freßsucht. Ellen war das, was ihre Großmutter als *zoftig* bezeichnete, jiddisch für »kerngesund«. Ihre dicken braunen Locken, die intensiven blauen Augen und ausgeprägten Gesichtszüge hätten an einem elfengleichen Wesen ohnehin fehl am Platz gewirkt. Sie gab eine auffallende Erscheinung ab in dem Ethno-Look, den sie so gern mochte – flatternde, farbenfrohe Stoffe aus Afrika, Indonesien, Lateinamerika.
Ellen musterte die miesen Reproduktionen von berühmten Ölgemälden an den Wänden, atmete den angenehmen Duft frischgemahlenen Kaffees ein und versuchte, ihre Gedanken zu sammeln.

Vor einigen Tagen hatte sie, wie so oft, auf einen Sprung im Buchladen auf dem Campus vorbeigeschaut. Da sie englische und australische Literatur lehrte, legte sie Wert darauf, immer auf dem laufenden zu bleiben. Ihr besonderes Interesse galt erotischen Werken. Als sie »Vernasch mich« unter den Neuerscheinungen entdeckte, blieb ihr einen Augenblick die Luft weg. War das nicht der Titel, den ihre Schriftstellerfreundin Philippa für ihren Roman gewählt hatte? Soweit sie wußte, hatte Philippa noch keinen Verleger gefunden. Zudem stellte Ellen nach gründlicher Untersuchung des Umschlags fest, daß der Verfasser jemand mit dem scheußlichen Namen – garantiert ein Pseudonym – Viktor Steifmann war. Was für ein bedauerlicher Zufall! Als sie es aufschlug, war sie wie vom Donner gerührt. Das erste Kapitel entsprach nahezu Wort für Wort der Geschichte, die Philippa ihnen vor fast einem Jahr, als sie mit dem Schreiben des Romans anfing, vorgelesen hatte. Wie bizarr! Sie hatten sie zwar mehrmals gebeten, ihnen noch etwas aus dem Buch vorzulesen, aber sie hatte es nie getan und sich immer ein bißchen geziert.
Was Ellens Blut jedoch richtig in Wallung brachte, war die flüchtige Lektüre des folgenden Kapitels. Darin hatte die Kunst das Leben nicht nur imitiert, sie hatte es förmlich verschlungen und wieder ausgespuckt. Entsetzt beschloß sie, ein Exemplar zu kaufen und lieber zu Hause weiterzulesen. Sie verbrachte den ganzen Nachmittag und Abend damit. Dann rief sie Jody und Camilla an, die genauso verblüfft waren wie anfangs Ellen. Sie beschlossen, Philippa nichts zu sagen, bevor nicht alle das Buch gelesen hatten, und die Angelegenheit zunächst unter sich zu besprechen.
»Ellen! Entschuldige die Verspätung!« Jody kam schwung-

voll in das Café, schleuderte ihre Sporttasche unter den Tisch und schmetterte ein lautes »Einen Milchkaffee, bitte« in die Richtung des attraktiven spanischen Kellners, der wie durch Zauberei immer dann aufzutauchen schien, wenn Jody durch die Tür trat. Sie hatte ihre langen schwarzen Haare zum Pferdeschwanz gebunden und trug einen klassischen Mantel mit schwarzweißem Fischgrätmuster – ihre neueste Secondhand-Errungenschaft – über einem hellgrünen Rolli, schwarzen ledernen Hot pants, lilafarbener blickdichter Strumpfhose und blauen Doc Martens. Ihr gepflegter dunkler Teint war von der körperlichen Anstrengung und Kälte leicht gerötet.

»Du bist nicht zu spät«, beruhigte Ellen sie. »Ich war zu früh da. Kommst du vom Sport?«

»Ja«, erwiderte Jody. »Weißt du, es ist komisch, aber eben beim Fitneßtraining hab ich mich gefragt, warum Männer beim Sport immer so laute Geräusche von sich geben. Sie schnaufen und keuchen, machen *fuuu* und *aaargh.* Frauen dagegen schaffen sämtliche Übungen mit schlichtem, gesundem Ein- und Ausatmen, ohne das ganze Sturm-und-Drang-Gehabe der männlichen Sportler. Aber im Bett ist es genau umgekehrt. Wenn sie nicht gerade auf schmutziges Gerede stehen – und das ist was vollkommen anderes –, bleiben sie normalerweise bis zum Augenblick des Orgasmus unnatürlich stumm, erst dann bricht die ganze machistische Selbstkontrolle zusammen, und sie lassen mit einem schwachen *Pffft* los. Manche Typen verziehen nur das Gesicht, beißen sich auf die Lippen oder drücken die Hand seitlich an den Kopf. Frauen dagegen schreien und stöhnen und hecheln und keuchen und kreischen im Bett ohne die geringste Hemmung. Kannst du mir sagen, warum das so ist?«

»Ich schätze«, sagte Ellen vorsichtig, »das hat viel mit Er-

wartungshaltungen, Leistungsdruck und Konkurrenzdenken zu tun. Im Fitneßstudio sind es eher die Männer, die so tun als ob, und im Bett eher die Frauen.«
»Worüber redet ihr zwei denn da?« Camilla lachte, während sie ihre Handtasche an der Rückenlehne eines dritten Stuhls verstaute, ihren Mantel abstreifte und sich elegant hinsetzte; jedes ranke und schlanke Glied fand automatisch seinen optisch vorteilhaftesten Platz. »Bevor ich's vergesse, hier ist die neueste Ausgabe für euch.« Sie beförderte zwei Exemplare von *Pose* aus der Tasche und reichte sie weiter.
»Toll«, gurrte Jody und blätterte die Seiten durch. An einer Stelle blieb sie hängen, verzog angewidert das Gesicht und zeigte auf ein Foto. »Ich verstehe nicht, daß diese Mode jetzt wieder kommt! Ich war so froh, als sie letztes Mal endlich verschwunden war.«
»Reg dich nicht auf.« Camilla zuckte die Schultern. »In der nächsten Saison ist sie wieder weg. Und wie ich dich kenne, klapperst du ein, zwei Jahre später die Secondhand-Läden nach so einem Stück ab.«
»So ein Modeopfer bin ich nun auch wieder nicht, oder?« Jody wirkte entsetzt.
Camilla zog eine perfekt gezupfte Braue hoch und musterte Jodys Aufmachung. »Ich weiß nicht, meine Liebe. Das mußt du schon selbst wissen.«
»Faß dich doch an die eigene Nase«, erwiderte Jody, machte den Arm lang und wühlte in Camillas neuem blondem Stoppelschnitt.
Die drei lachten noch immer, als der Kellner die Kaffeetassen vor ihnen absetzte. »Ich bin eigentlich Musiker, weißt du«, erklärte er Jody unaufgefordert und senkte dabei schwere Lider über schwarze Schlafzimmeraugen. Jody schenkte ihm ein mattes Lächeln.

»Ich wünschte, er hätte es für sich behalten«, flüsterte sie, als er zum Tresen zurückging. »Ich meine, man kann sie sich als Künstler oder was immer phantasieren, aber sie sollten es einem nicht einfach so sagen. Verdirbt das Geheimnis.«

»Apropos Geheimnis.« Ellen klopfte auf das Exemplar von »Vernasch mich«, das auf dem Tisch lag und bislang von allen erfolgreich ignoriert worden war.

Jody und Camilla schnitten Grimassen. »Wie konnte sie uns das nur antun?« stöhnte Jody. »Also wirklich, sie hat sich ja nicht mal groß bemüht, unsere Identitäten zu tarnen.«

»Die Tarnung ist so dünn wie Kate Moss«, bemerkte Camilla.

»Moment mal«, warnte Ellen. »Wissen wir denn genau, ob es von ihr stammt? Schließlich sagt sie, sie würde noch einen Verleger suchen. Und auf dem Buch steht der Name Viktor Steifmann, nicht Philippa Berry. Aus den biographischen Angaben geht nahezu nichts hervor, man erfährt nur, daß es sich um einen Autor aus Sydney handelt.«

»Ja, aber ist es nicht trotzdem ziemlich offensichtlich?« protestierte Jody. »Erkennst du dich etwa nicht in Helen? Und uns in Julia und Chantal? Und dann ist da natürlich Phippa persönlich, absolut cognito. Und wenn euch die vielen Übereinstimmungen nicht auch irritiert hätten, würden wir dann hier sitzen?«

»Völlig richtig. Aber laßt uns erst mal überlegen. Würde Philippa mich wirklich so ideologisch verwirrt darstellen? Also, ich empfinde mich nicht so. Und ich glaube auch nicht, daß ich auf andere so verwirrt wirke. Ich persönlich sehe keinen Widerspruch darin, eine Feministin und gleichzeitig ein empfindungsfähiger Mensch zu

sein, der voll irrationaler und unberechenbarer Sehnsüchte und Launen steckt. Andererseits unterrichte ich ja vielleicht genau deshalb Literatur und nicht frauenspezifische Themen. Und einen Studenten habe ich bestimmt noch nie entjungfert. Mikes Schwänzchen waren übrigens orange, nicht grün, und er hat sich als schwul entpuppt, erinnert ihr euch? Und ich bin Jüdin, keine Katholikin. Außerdem« – Ellen klang jetzt ein bißchen eingeschnappt – »trage ich niemals, niemals Beige.«
»Und ich bin Vegetarierin. Eine Ente käme mir nie auf den Teller«, schmollte Jody. »Aber was mich wirklich trifft, ist, daß Josh, ›Jake‹, oder wie er heißt, auch mit Philippa geschlafen hat.«
»Jody, hab ich dir damals nicht gesagt, dieser Slacker-Gigolo ist ein schlechter Fang?« Camilla schüttelte den Kopf. »Mir wiederum ist schleierhaft, woher sie wußte, daß ich nach meiner Beförderung im Büro auf und ab gehüpft bin. Ich bin todsicher, es hat niemand gesehen. Wie peinlich. Ganz zu schweigen von diesem elenden Trent-Skelett, das sie aus dem Schrank gezerrt hat. Ich dachte, den hätte ich aus meinen Leben exorziert, als ich damals die ganzen Spitzen- und Samtklamotten aus dem Schrank verbannt habe. Und Jonathan wäre wahrscheinlich nicht sehr begeistert gewesen von der Vorstellung, wie Trent/Bram über unser Bett schlingert und die große Kotznummer vorführt. Verflixt noch mal. Woher nimmt sie bloß solche geschmacklosen Ideen?«
»Aber das ist es doch gerade!« rief Ellen. »Ich glaube, das Buch stammt nicht von Philippa. Paßt auf, ihr kennt doch ihren Schreiblehrer Richard?«
»Glaubt ihr, sie hat es wirklich auf ihrem ergonomischen Stuhl mit ihm getrieben?« kicherte Jody.

»Vielleicht«, sagte Camilla. »Vielleicht auch nicht. Aber ich denke, ich weiß, worauf Ellen hinaus will. Phippa ist womöglich einem lausigen Lehrer auf den Leim gegangen.«
»Was?« fragte Jody begriffsstutzig.
»Halten wir uns an die Fakten«, sagte Camilla. »Fest steht, er hat als einziger das ganze Manuskript gesehen, stimmt's?«
»Ja, aber ...«, gab Jody zu bedenken.
»Aber was?« fiel Ellen ihr ins Wort. »Angeblich schreibt er auch erotische Frauengeschichten, erinnert ihr euch? Das hat uns Philippa schon vor Jahren erzählt.«
»In Kapitel neun, um genau zu sein«, nickte Camilla. »Auf der fiktionalen Ebene, meine ich.«
»Ja, versteht ihr denn nicht?« fuhr Ellen rasch fort. »Philippa hat uns wahrscheinlich nichts mehr aus dem Manuskript gezeigt, weil darin so vieles ganz offensichtlich aus unserem Leben genommen war. Nehmen wir im Zweifelsfall mal zu ihren Gunsten an, sie wollte das Material in einem zweiten Durchgang überarbeiten, damit es fiktiver wirkt. Aber sie hat ihre ersten Entwürfe auch Richard gezeigt, und der hat das Material einfach geplündert und näher ausgeführt. Viktor Steifmann – Richard. Kapiert? Sie hat sich von unseren Erzählungen ernährt und er sich von ihren Aufzeichnungen. ›Vernasch mich‹, wie wahr! Ist doch sonnenklar, oder?«
»Meint ihr, Philippa hat das Buch schon entdeckt?« fragte Jody. »Wenn deine Theorie stimmt und sie tatsächlich so übel reingelegt wurde, müßte sie doch Gift und Galle spucken.«
»Andererseits ist das Buch natürlich auch ein bißchen sehr, hm, zahm, findet ihr nicht?« Camilla stippte einen

Tsurro mit der Spitze in den Milchkaffee und lutschte dann mit Seitenblick auf Jody und Ellen fellatiomäßig an dem länglichen Gebäck. Die Konzentration des spanischen Kellners wechselte augenblicklich von Jody auf Camilla.
»Ja, Madonna«, kicherte Ellen. »Aber im Ernst. Vielleicht ist das unsere Schuld. Wenn sich Philippa ihr Material hauptsächlich von ihren Freundinnen holt, sollte sie sich welche mit einem aufregenden Sexualleben suchen. Meines ist absolut australisch – auf Phasen mit schwerem Tiefgang folgen wahre Überschwemmungsfluten.«
»Und ich bin jetzt zwei Jahre mit Jonathan zusammen. Da ist alles voraussehbar. Bei mir ist nicht viel zu holen.«
Jody lachte. »Tja, wenigstens erfülle ich meine Rolle. Da liegt sie, er, Viktor Steifmann, völlig richtig. Ich wünschte nur, ich hätte nicht so einen untrüglichen Instinkt, mir immer Feuerwehrmänner auszusuchen.«
»Feuerwehrmänner?« fragte Ellen verdutzt.
»Ja, ihr kennt doch die Sorte: Schlauch ausrollen, spritzen und abrücken.«
»Alter Witz«, bemerkte Camilla. »Und«, fügte sie freundlich hinzu, »so aktuell wie am ersten Tag. Aber zurück zu dem Punkt, warum ich das Buch ziemlich schwach finde. Nehmen wir zum Beispiel die Szene, in der Helen Marc entjungfert. Wenn ich eine Entjungferungsphantasie schreiben würde, müßte schon ein bißchen mehr Pfeffer drin sein.«
»Ganz meine Meinung«, pflichtete Jody bei.
»Und wie sähe das aus?« fragte Ellen neugierig.
»Ach, na ja.« Camilla zog an ihrer Zigarette und blies nachdenklich einen Rauchkringel in die Luft. »Ich wür-

de mir die fünf Knaben von dieser blutjungen Rockgruppe ›tinstool‹ vornehmen – alle gleichzeitig und auf der Bühne.«

»Glaubst du, die sind noch Jungfrauen? Kann heute und in dieser Zeit jemand wirklich Rockstar und Jungfrau sein?«

»Warum nicht. Die sind doch erst vierzehn oder so. Aber ihr versteht, worauf ich hinaus will, oder?«

»Ich glaube schon«, sagte Ellen. »Und welche erotische Szene hat dir vorgeschwebt, Jody?«

»Paßt auf, ich erzähle euch eine meiner Lieblingsphantasien«, bot Jody an. »Du fährst in den amerikanischen Westen und landest in einer Gegend, wo's noch Cowboys gibt. Du sitzt auf einem Pferd – Pferde sind so erotisch, und deins ist das erotischste überhaupt, ein großer cremefarbener Palomino, der, na, sagen wir, Shilo heißt – und galoppierst durch die sprichwörtliche Ebene.«

»Hoffentlich hast du keinen Reithelm auf«, warf Camilla ein. »Ich weiß, ohne ist es gefährlich, aber ich finde, dein Haar muß im Wind wehen.«

»Natürlich«, beruhigte Jody sie. »In Phantasien braucht man keine Helme.«

»Ja«, bestätigte Ellen. »Genau deshalb sind sie so schön. Es wird niemand verletzt. Aber wir haben dich unterbrochen. Erzähl weiter.«

»Du trägst eine derbe Baumwolljacke und drunter ein rotkariertes Hemd mit einer niedlichen kleinen Bandanna. In der Ferne, vor einer irren Felsformation wie der in *Thelma und Louise*, entdeckst du ihn. Erst erkennst du bloß eine Staubwolke und hörst Hufgeklapper, aber ehe du dich versiehst, reitet dieser Mann auf einem gewaltigen Appaloosa neben dir. Seine traumhaften Wangenknochen sind selbst bei dem Tempo nicht zu übersehen. Er wirkt wie eins von den Models, die sie in der einen *Männer Vogue* mit dem Special über Cowboy-Mode hatten. Ihr wißt schon, Designerstoppeln, stechende blaue Augen, wuscheliges Haar, straffe Schultern, lederne Chaps und drunter nur einen G-String.«

»Au«, sagte Ellen. »Da scheuert er sich doch wund.«

»Ellen, hast du nicht eben selber gesagt, in Phantasien wird niemand verletzt? Er reitet mit nacktem Arsch, basta. Jedenfalls beugt er sich zu dir rüber und fragt: ›Haben wir den gleichen Weg?‹, und du antwortest: ›Aber klar, Cowboy. Wenn du mir deinen zeigst.‹«

»Du bist so was von gerissen, meine Liebe«, sagte Camillia voll Bewunderung.

»Er wirft also seinen Hut in die Luft, macht ›Yii-ha!‹ und führt dich und Shilo in vollem Galopp zu einer zauberhaften, kleinen, geschützten Wasserstelle. Du steigst ab und bindest die Pferde fest. Dann fütterst und striegelst du sie, während er sich ums Lagerfeuer kümmert. Shilo leckt dir mit sanften Stupsern den Schweiß vom Hals, und sein Pferd – es heißt Buck – schnuppert dir an Arsch und Möse rum. Der Geruch von den Möhrenstücken, die du in der Gesäßtasche als Belohnung aufbewahrst, macht ihn ganz wild.«

»Das erinnert mich an meine Lieblingsszene in *Meine Lieder – meine Träume*.«

»Welche ist das?« fragte Ellen.

»Gleich am Anfang, als Schwester Maria verschwunden ist und die lebendigen Berge etcetera besingt und die anderen Nonnen sie überall suchen. Da fragt eine: ›Habt ihr's schon in der Scheune versucht? Ihr wißt doch, wie sehr sie Tiere vergöttert.‹«

Jody hatte die Pause genutzt, um einen Schluck Kaffee zu trinken, und verschluckte sich vor Lachen. Sie nahm die von Ellen angebotene Serviette, tupfte sich den Mund ab und fuhr fort. »Du küßt die beiden Pferde auf die weichen Lippen und vergräbst dein Gesicht in Shilos dicker Mähne, schmeckst den süßen, grasigen Duft von seinem verschwitzten Hals und setzt dich dann zu Buck – der Cowboy heißt auch so – ans Lagerfeuer. Im Hintergrund ein ziemlich spektakulärer Sonnenuntergang. Als er ein bißchen näher rutscht, springt er plötzlich auf, streckt die strammen runden Hinterbakken in deine Richtung und dreht den Kopf, um sie zu begutachten.

›Verdammte Disteln‹, sagt er.«

»Ich dachte, es wird niemand verletzt?« warf Ellen ein.

Jody ignorierte sie. »Du sagst: ›Das mach ich schon, knie dich hin, Cowboy.‹ Er gehorcht. Du beugst dich hinüber und fährst mit der Hand über das warme, feste, haarlose Fleisch. Dann gibst du jeder Backe einen Kuß. Sein Arsch riecht verlockend nach Sattelleder. Den Stachel ziehst du mit den Zähnen raus. Deine Finger stecken inzwischen unter dem Band seines G-String und ziehen ihn langsam runter. Seine niedliche kleine Arschrosette prangt vor deinen Augen und bietet sich dir an, als sei sie allein zu deinem Genuß da. Du streckst die Zunge aus und leckst den süß-scharfen, runden Eingang. Er stöhnt. Schließlich wanderst du etwas tiefer und widmest dich seinen Eiern, wahrlich gigantischen Dingern (den Rest seiner Reitausrüstung kannst du noch nicht sehen, aber dir bleibt ja die ganze Nacht, und wenn nötig, die nächsten paar Wochen), du schmust ein bißchen mit ihnen, steckst dir dann die ganze Satteltasche in den Mund und lutschst an den Ei-

ern. Mittlerweile befindet er sich auf allen vieren, die Beine im Präriegras gespreizt, der kecke Arsch zeigt hoch in den sternklaren Himmel.
Du hilfst ihm behutsam aus dem Hemd, so daß er nur noch die Chaps, den Hut und die Stiefel anhat. Dann fallen deine Kleider bis auf die Stiefel und die Bandanna. Du schnappst dir deine Peitsche und setzt dich rittlings auf seinen muskulösen Rücken, den er unter dir hochkrümmt. Du gleitest mit deiner feuchten Pussy sein Rückgrat hoch und runter. Plötzlich krümmt er den Nacken wie ein Hengst, und du läßt die Peitsche auf seinen Allerwertesten niedersausen. Er bockt wie sein Name, aber du klammerst dich an seiner Mähne fest, und jetzt folgt eine kleine Rodeo-Einlage, bis er dich erschöpft und lachend unter sich rollt und anfängt, wie ein durstiges Roß an deinem Trog zu schlekken und dir mit den Handflächen die Nippel reibt, als wäre er ein Hufschmied, der Eisen schmirgelt. Mittlerweile habt ihr wohl schon bemerkt, daß er zwischen den Beinen ausgestattet ist wie ein – muß ich's noch sagen?«
»O bitte, Jody, sag's uns«, gurrte Camilla. »Komm schon, Schätzchen.«
Jody lachte. »Wie ein PFERD. Zufrieden?«
»Ich wär's schon«, schnurrte Camilla. »Unter solchen Umständen.«
»Also, wo waren wir? Ach ja, er hat sich jetzt umgedreht, so daß er über deinem Kopf kniet und sein pulsierender Pimmel über deinem Mund baumelt wie eine dicke Karotte. Du streckst die Zunge hoch und leckst daran, kannst dich allerdings nicht so richtig darauf konzentrieren, ihm ordentlich einen zu blasen, weil er dich mit Zunge und Fingern ganz zärtlich an die Schwelle

des Orgasmus streichelt, und daher beschließt du, ihn in der nächsten Runde zu entschädigen. Aber es ist schön, wie sein Ding vor dir hängt und dir der rohe fleischige Geruch, vermischt mit der pferdigen, schweißigen Duftnote eurer Körper, in die Nase dringt. Plötzlich kommt es dir unter Zucken und Stöhnen, und du spürst, wie du dich in seinen Mund ergießt.«
Die beiden Herren am Nebentisch hatten längst aufgegeben, auch nur den Anschein eines Gesprächs vorzutäuschen. Aber sie hätten auch gar nicht aufstehen und gehen können, selbst wenn sie gewollt hätten. Sie waren, könnte man sagen, in gewissen Regionen gehandicapt.
»Er saugt gierig an dir und läßt dich immer weiter kommen, bis du um Gnade flehst. Dann dreht er sich um, richtet sich über dir ein, zieht sich deine Beine über die Schultern und fragt: ›Kleiner Ritt mit Buck gefällig?‹ Sobald du richtig im Sattel sitzt, beginnt er im mäßigen Schritt, und du genießt die leichte schwingende Gangart in vollen Zügen, bis er in einen Trab verfällt, und jetzt wird's ein bißchen aufregend, also beschleunigst du im Rhythmus mit seinen Flanken, drückst ihm die Beine in die Seiten, worauf er einen langsamen Galopp reitet und mit einem langen EINS und kurzem zwei drei stößt, EINS zwei drei, EINS zwei drei, du hinterher mit dem Wind in den Haaren, und dann zwingst du ihn in einen Handgalopp, und schließlich seid ihr nicht mehr zu halten. Jetzt startet er durch, außer Rand und Band, und du hältst voll mit. Ihr seht die Hürde zur gleichen Zeit und setzt, schwupp, mit einem weiten Satz gemeinsam hinüber, und er schreit ›Huuu-ji‹, und du schreist einfach nur, und als du japsend wieder zu dir kommst, stellst du erstaunt fest, daß du irgend-

wie im Damensitz gelandet bist und unterwegs einen Stiefel verloren hast. Da seufzt du nur noch: ›Oh, Cowboy.‹«

»Du warst früher Mitglied im Ponyclub, Jody«, sagte Camilla bewundernd. »Das merkt man genau. Aber was passiert dann? Gehst du jetzt unter die Rodeo-Profis, oder was?«

»Ach was«, erwiderte Jody. »Er ist natürlich nicht besonders intelligent. Als ihr am Lagerfeuer liegt, fragt er, wo du herkommst, und du sagst Australien. Und er: ›Liegt das nicht links von Hawaii?‹ Du sagst, so ist es, und fragst, ob er mal anruft, worauf er meint: ›Wow. Dann wird die Telefonrechnung aber astrologisch.‹«

Camilla seufzte. »Ich hasse es, wenn sich der Kerl, mit dem man gerade geschlafen hat, als so blöd entpuppt, daß er Turnschuhe mit Klettverschluß tragen muß, damit er nicht in die peinliche Situation kommt und sich die Schnürsenkel zubinden muß. Sie können noch so attraktiv und die besten Bettgenossen sein, aber sobald sie den Mund aufmachen, möchtest du nur noch in Deckung gehen. Ich weiß nie so recht, was ich dann tun soll. Dabei sind das auch immer die Typen, die danach redselig werden. Die Intelligenzbolzen dagegen drehen sich bloß um und schlafen ein. Am nächsten Morgen mobilisieren sie dann ihre gesamte Rhetorik und erklären dir, warum das Ganze, obwohl es wunderschön war, nie wieder vorkommen darf.«

»Du hast gesagt ›in Deckung gehen‹, Camilla«, bemerkte Jody. »Genau das hab ich immer gemacht. Ich bin *unter* die Decke gegangen, genau genommen. Wenn ein Typ anfängt und so dummes Zeug redet, daß es weh tut, schlüpfst du einfach nach unten und züngelst ein bißchen an seinen Eiern oder so was. Das verschlägt ihnen jedesmal die Sprache und beschäftigt sie mit dem, wofür du sie schließlich dahast.«

»Oooh, Jody Raphael, du bist eine knallharte Frau!«

Die beiden Männer am Nebentisch zahlten und gingen mit beunruhigten Mienen.

»Und was passiert noch in unserem Buch? *Vernasch mich, die Fortsetzung? Tochter von Vernasch mich?*« fragte Jody ihre beiden Freundinnen herausfordernd.

»Nun«, begann Ellen und griff den Faden auf. »Als nächstes fährst du nach England. Du bist ein bißchen knapp bei Kasse, aber da dein Großvater Engländer war, darfst du dort arbeiten. Du studierst also die Stellenanzeigen und bleibst bei einer Anzeige hängen: ›Schulmeisterin gesucht. Eiserne Disziplin Voraussetzung. Üppige Figur bevorzugt. Unbedingte Diskretion. Erfahrung nicht erforderlich.‹ Du rufst die Nummer an und wirst mit allen möglichen Fragen bombardiert. Folgt ein Treffen mit einem Typen im gut geschnittenen Anzug, der dir noch mehr Fragen stellt. Zum Schluß bietet er dir einen Haufen Geld an, besteht aber auf einem Verschwiegenheitseid. Du bist neugierig. Und akzeptierst.

Man chauffiert dich durch London zum Hauptsitz der Torys. Dort wirst du in einen Umkleideraum geführt. Während eine Schneiderin rasch ein paar Änderungen an einem strengen schwarzen Kostüm vornimmt, verpaßt dir ein Friseur die klassische strenge Lehrerinnenfrisur. Man gibt dir eine Hornbrille, eine neunschwänzige Katze, einen Rohrstock und eine Peitsche. Die einzigen etwas rollenuntypischen Accessoires deiner neuen Ausstattung sind die schwarzen Netzstrümpfe, die Stilettos und der knallrote Lippenstift. Und der neue Push-up-BH, der einen mehr als sichtbaren Einblick in dein Dekolleté gewährt, da dein matronenhaf-

tes Kostüm offen getragen wird und einen tiefen Ausschnitt hat.
Schließlich wirst du in einen Raum geführt, wo du, obwohl man dich auf die Situation vorbereitet hat, tief Luft holst, denn vor dir sitzt das gesamte Tory-Kabinett. Sie haben dich engagiert, weil sie zu dem Schluß gekommen sind, daß sich die Konservative Partei keinen weiteren Skandal erlauben kann, und wollen nunmehr versuchen, alle ihre Bedürfnisse innerhalb einer streng kontrollierten Umgebung zu befriedigen. Einer sehr streng kontrollierten. Als du näher trittst, erheben sich die Herren unbeholfen wie Schuljungen und rufen im Chor ›Guten Tag‹. Du schwingst die neunschwänzige Katze in die Luft und erinnerst sie mit drohender Stimme daran, die Begrüßung habe ›Guten Tag, Frau Direktorin‹ zu lauten. Alle verbessern sich, mit einer Ausnahme, einem älteren Gentleman mit rotem Gesicht und Club-Krawatte. Du beorderst ihn zu dir nach vorn und sagst: ›Zieh deine Hose runter, elitärer Abschaum.‹ Und er zitternd: ›Ja, Frau Direktorin.‹ Er zieht die Hose runter. Du bedeutest ihm, sich über den Stuhl zu legen, der da steht. Er gehorcht. Als die Peitsche an seinem fetten rosa Arsch leckt, wabbelt das Fleisch, und unter der lückenhaften Behaarung prangt ein roter Streifen. Dir wird bewußt, wie sehr diese Männer der Bestrafung bedürfen. Inzwischen macht es dir richtig Spaß. Du greifst zum Rohrstock.
Nach einer Weile entläßt du ihn. Er wirkt enttäuscht, weil er zurück auf seinen Platz muß. Du wirfst einen Blick in die Runde, siehst dem Premierminister unverwandt in die Augen und fragst ihn: ›Bist du ein braver Junge gewesen?‹
›Hm, ja‹, antwortet er nervös. Er dachte, er wäre nur als Zuschauer anwesend.

›Da bin ich aber anderer Meinung‹, erwiderst du scharf. ›Komm her und zieh dir die Hose runter.‹
Er runzelt die Stirn, zögert und sieht sich hilfesuchend um. Sein Blick stößt auf einen Haufen steifer Kragen.«
»Könnte mir vorstellen, daß es in dem Raum noch einige andere steife Dinge gibt«, murmelte Camilla.
»Oh, aber sicher«, stimmte Ellen zu. »Jedenfalls schleicht er sichtlich beklommen nach vorn. Mit einem verächtlichen Wink forderst du ihn nochmals auf, die Hose runterzuziehen. Während er nervös den Gürtel aufschnallt, klopfst du dir mit dem Rohrstock ungeduldig in die Hand. ›Bißchen schneller, du privilegierter Stinkstiefel‹, knurrst du. Sein kleiner Schwanz begibt sich in Hab-acht-Stellung. Du quittierst den Anblick mit einem geringschätzigen Grinsen. Dann legt er sich hochroten Kopfes über den Stuhl.
›Das hier‹, sagst du, begleitet von einem gewaltigen KLATSCH, ›ist für deine verdammte Arroganz gegenüber uns Schafsnasen, und das – KLATSCH – für die Konservative Partei, die mit ihrer Politik die Kluft zwischen Arm und Reich in diesem Land vergrößert hat!‹ Bei jedem Schlag fährt er in die Höhe. ›Das‹ – KLATSCH – ›ist für Irland!‹ Auf seinem schwammigen, schlaffen Arsch bildet sich ein dicker roter Striemen. ›Das‹ – KLATSCH KLATSCH – ›ist für den Verrat an Hongkong!‹ Zwei neue Schrammen tauchen auf. Du beschließt, ihm das Muster des Union Jack aufs Fleisch zu bannen. KLATSCH KLATSCH. Du steigerst dich förmlich in die Sache hinein. Manche Männer, denkst du insgeheim, können für ihre Sünden gar nicht genug bestraft werden, und du bist einfach glücklich, daß du die gute Tat vollbringen darfst. Sehr aufregend, wirklich. Vor allem, wenn du die Reichen und Mächtigen in der Zange hast.

Im wahrsten Sinn des Wortes. Na ja, unter der Peitsche. Jedenfalls glüht ein ganz passables Bild des Union Jack auf seinem teigigen Fleisch. Tränen schießen ihm in die Augen. An diesem Punkt verabreichst du ihm ein Klistier. Voll in den Arsch und hart.«

»Vergiß nicht, sie auch für ihren schlechten Stil in Kleiderfragen zu bestrafen«, unterbrach Camilla.

»Natürlich«, sagte Ellen. »Dazu laß ich sie dann wahrscheinlich Nylonstrumpfhosen über den Kopf ziehen. Meint ihr, ich sollte sie zwischendurch mit der Peitsche auch mal kitzeln?«

»Bloß nicht.« Camilla schüttelte den Kopf.

»Nieder mit den Torys!« schwärmte Jody, die von einem argentinischen Vater und einer irischen Mutter abstammte.

»Als Ehrengast haben sie diesen Kongreßabgeordneten aus den Staaten da, er ist natürlich der Sprecher der amerikanischen Rechten«, fuhr Ellen fort. »Und dem sagst du, du möchtest ihn mit einer goldenen Dusche begrüßen. Das scheint ihn ziemlich zu freuen, bis du ihm befiehlst, den Mund aufzumachen.«

»Nicht schlecht«, meinte Camilla anerkennend.

Ellen lehnte sich auf ihrem Stuhl zurück; sie war offensichtlich sehr zufrieden mit sich.

»Nach diesem Erlebnis brauchst du etwas Zeit für dich«, warf Jody ein. »Daher fährst du mit der Tunnelbahn nach Paris. Jawohl. Es ist Frühling, versteht sich, und du entdeckst so ein absolut traumhaftes Plätzchen, ein Café mit Tradition, hinreißenden Kellnern und Kellnerinnen sowie einem großartigen Blick auf die vorbeiziehenden Passanten. Du kommst gerade von der Post und holst das Päckchen von deiner Mutter aus deiner riesigen Handtasche. Sie hat dir eine Schachtel

TimTams geschickt. Du bestellst *un bol* Café au lait, der dir wenig später, dampfend heiß und in einer kanariengelben Schale, an den Tisch serviert wird. Du pickst dir ein TimTam aus der Schachtel, schnupperst daran und läßt dir den süßen Schokoladenduft in die Nase steigen. Vorsichtig knabberst du am oberen Ende in der Mitte ein kleines Loch in die Schokoglasur und die darunterliegende Keksschicht, dann beißt du am unteren Ende eine ähnliche Kerbe in den Keks.«

»Ich kann mir schon denken, worauf das hinausläuft«, seufzte Ellen begeistert.

»Mit der freien Hand kämmst du dir die Haare nach hinten, senkst die Augenlider auf Halbmast und schließt die roten Lippen oben um den TimTam. Langsam – sehr, sehr langsam – senkst du das untere Ende so weit hinunter, bis es exakt die Oberfläche des Kaffees berührt. Timing und Konzentration sind entscheidend. Jetzt saugst du fest und schnell. Der Kaffee schießt durch den TimTam hoch, nimmt unterwegs Schokolade mit und strömt dir wie ein süßer, kräftiger Mokka in den Mund. Du ziehst ein zweites Mal, aber da dir der Keks mittlerweile unter den warmen Fingern wegschmilzt, landet ein etwas zähflüssigerer Schwall aus Schokolade und Kaffee auf deiner Zunge. Du spürst regelrecht, wie der TimTam jeden Augenblick implodiert. Kurz bevor er bricht, schiebst du dir das ganze Ding in den Mund. Du schmeckst nichts als Schokolade, Kaffee und aufgeweichten Keksteig, und ein leichter Schauer durchfährt dich, als dir das dicke Gemisch vom Mund in den Magen rutscht. Hinterher schleckst du dir die Schokolade von den Fingern und kostest das Gefühl ein letztes Mal aus.«

»Das war eine wahrhaft himmlische Phantasie«, gluck-

ste Camilla. »Mir war nie bewußt, daß sogar Kekse kommen können.«
»Da hast du was verpaßt«, lächelte Jody. »Und natürlich wird jeder, der mit eigenen Augen sieht, wie ein Mädchen einem TimTam einen bläst, sich diesem Wesen sofort zu Füßen werfen und ihr seine Dienste als Liebessklave anbieten.«
»Klar«, meinte Ellen nachdenklich. »Auf die Idee bin ich noch nie gekommen. Vielleicht ist genau das mein Problem. Ich hab TimTams schon immer als Strohhalme benutzt, wenn ich allein war.«
»Scheint mir auch eine sehr intime Betätigung zu sein«, bemerkte Camilla.
Der spanische Kellner runzelte die Stirn. TimTams? Was zum Teufel waren diese TimTams? Als Einwanderer, dachte er traurig, stößt man ständig auf kulturelle Anspielungen, die einem fremd sind. Ellen, die per Handzeichen noch eine Portion Tsurros bestellte, riß ihn aus seinen verwirrten Träumen.
Jetzt beugte sich Camilla vor. »Es widerspricht zwar den üblichen Vorstellungen, aber allmählich steht dir Paris bis oben hin, und du entschließt dich zur Weiterreise gen Süden an die Riviera. Du landest genau zur Zeit der Filmfestspiele in Cannes. Sämtliche Hotels, Limos und so fort sind natürlich schon seit Jahren ausgebucht von den vielen Schauspielern, Regisseuren und anderen Filmmenschen, die kein Stück flotter sind als du, aber ein bißchen organisierter. Du schlenderst zum Strand, um dir den nächsten Schritt zu überlegen. Dort schlüpfst du in deinen Bikini, stellst deine elegante Reisetasche neben dich auf die Decke und gönnst dir ein paar Sonnenstrahlen – in Phantasien kriegt man übrigens keinen Hautkrebs vom Sonnenbaden. Plötzlich tritt

ein Franzose zu dir und sagt: *Pardonnez-moi, mademoiselle. Vous êtes très belle. Voulez-vous jouer en film?* Oder so ähnlich. Du blickst hoch. Er ist an die vierzig und sieht auf eine schmierige Art gut aus. Alles klar, denkst du insgeheim. Hier wimmelt's von Starlets, und ausgerechnet mich fragt der Typ, ob ich in einem Film mitspielen will. Du erklärst ihm, deine Interessen tendierten eher in Richtung Zimmersuche. Dieses Problem, meint er, könne er lösen. Er heißt Jean. Du zuckst die Achseln, wirfst dir ein leichtes Sommerkleid über und folgst ihm zu einer wartenden Limousine. Sie fährt euch zu einem Filmset. Als du aussteigst, drängelt sich ein Haufen Paparazzi an der Absperrung, die dich vom Drehort trennt. Du stellst dich in Positur und lächelst für sie. Dabei kommst du zu dem Schluß, daß es durchaus Schlimmeres gibt als den Ruhm eines Superstars. Der Set besteht aus einem riesigen Swimmingpool, der wie ein Stück Meer mit Sandstrand gebaut ist. Auf dem Wasser schaukeln aufblasbare Objekte, manche haben die Form von Frauenbrüsten, andere sehen aus wie Scheiden mit einem Schlitz in der Mitte und wieder andere wie erigierte Penisse samt Eiern. Auf einmal wird dir klar, man hat dir eine Rolle in einem Porno angeboten. Du willst schon auf dem Absatz kehrtmachen und abzischen, als Jean mit den beiden anderen Hauptdarstellern aufkreuzt: einem Typen, der Christopher Lambert aufs Haar gleicht, und einer Frau, die aussieht wie Catherine Deneuve. Da bleibst du.«

»Na, was denn sonst«, bekräftigte Jody.

»Chris und Cazza treten strahlend auf dich zu. Die Kameras laufen, und Sekunden später mümmeln zwei Paar Lippen an deinem Körper, und vier Hände ziehen dich aus. Die beiden sind bereits nackt. Deine anfäng-

liche Befangenheit löst sich unter ihren streichelnden Fingern wie von selbst auf. Cazza sinkt unter betörendem französischem Liebesgeflüster vor dir nieder und fängt an, dich auszuschlecken, während Chris dir die Brüste streichelt und dich auf den Mund küßt. Dann schiebt sie dir einen Finger in den Arsch, und er bohrt dir seine Zunge ins Ohr. Du bist so geil, daß du zunächst gar nicht merkst, wie Cazza dich auf ihre Schultern lädt und dabei weiter mit Zunge und Fingern in dir gräbt. Chris hält dich oben an Schultern, Armen und Kopf. Sie tragen dich zum Pool und legen dich auf eine der Scheidenluftmatratzen. Dein Hintern hängt durch den Schlitz, und während Cazza auf dem Gummipenis zu dir rüberpaddelt, hechtet Chris ins Wasser und schwimmt genau unter deinen Arsch, wo er nicht nur seine enorme Lungenkapazität unter Beweis stellt. Natürlich laufen dabei die Unterwasserkameras und zeichnen sämtliche submarinen Aktivitäten auf.«
»Phantasien schließen doch hoffentlich nicht nur die Verletzungsgefahr aus, sondern auch das Risiko, daß deine Eltern, Arbeitskollegen oder dein zukünftiger Verlobter jemals über einen Pornofilm stolpern, in dem du zufällig die Hauptrolle spielst«, sagte Jody.
»Keine Sorge«, sagte Camilla. »Es sei denn, du willst es so. Was ja auch eine Alternative ist.«
»Hat der Film einen Plot?« Ellen war neugierig.
»Ja, natürlich. Das Ganze soll eine Art *Madame Bovary* trifft *Die Geschichte der O* in den neunziger Jahren in Cannes darstellen, aber da es kaum Dialoge gibt, kommt die Absicht nicht so eindeutig rüber. Jedenfalls bist du inzwischen aus deiner Scheidenluftmatratze gestürzt und stützt dich mit den Ellbogen am Poolrand ab. Chris bumst dich, und Cazza, die plötzlich einen Dildo umge-

schnallt hat, fickt ihn gleichzeitig in den Arsch, wobei sie im Wasser paddelt. Du küßt sie leidenschaftlich über seine Schultern hinweg – die Szene besticht durch ihre athletische Ästhetik, und du gibst natürlich die ganze Zeit ein phantastisches Bild ab. Dein Lippenstift geht trotz der Knutscherei nicht ab, und deine Wimperntusche verläuft nicht im Pool.«

»Bei dir nicht«, bemerkte Ellen. »Bei mir wäre alles weg. Und deshalb möchte ich, äh, begibst du dich nach diesem Abenteuer wieder auf trockenen Boden. Eine Zeitlang reist du durch Katmandu und findest gute Freunde, indem du das Video von deinem Pornofilm aus Cannes zeigst. Dann schleppst du dich an die Grenze nach Tibet. Du willst nach Shigatse trampen. Kaum bist du über der Grenze, hält ein chinesischer Armeelaster und nimmt dich mit. Wie sich herausstellt, fahren die Soldaten nicht bis ganz nach Shigatse, und sie setzen dich irgendwo mitten im absoluten Niemandsland ab. Du folgst einer Seitenstraße, die sich aber irgendwann in einem Reitweg verliert. Langsam packt dich die Verzweiflung. Dein Rucksack drückt dich in die Schultern. Plötzlich hörst du Hufeklappern, und als du dich umdrehst, siehst du einen Stammesangehörigen der Khampa auf dich zureiten.

Er ist in eine Chuba gehüllt, einen tibetischen Umhang, den er traditionsgemäß schulterfrei trägt. Mit dem bloßen, muskulösen rechten Arm hält er die Zügel fest, mit dem linken schwingt er wild die Peitsche. Er singt irgendein Lied. Seine Stiefel sind aus rotem, blauem und grünem Filz, und seine lange schwarze Haarmähne ist von unzähligen roten Fäden durchsetzt. Zum Beweis seiner hervorragenden Reitkünste umkreist er dich einmal und kommt exakt an deiner Seite zum Stehen.«

»Woher weißt du so gut über Tibet Bescheid?« fragte Jody.
»Ich wollte dort mal einen organisierten Abenteuerurlaub machen«, erwiderte Ellen, »und hab die Prospekte genau studiert. Aber dann zogen die Chinesen in Tibet die Schrauben wieder enger, und ich entschied mich kurzfristig für Bali. Jedenfalls sagt er was in Tibetisch, und dir fallen die klassischen ebenmäßigen Gesichtszüge an ihm auf: hohe, vorstehende Backenknochen, lebhafte, schmale Augen, dünne Lippen und rötlichbraune Haut mit einem Hauch von Bergstaub. Von der rechten Stirnhälfte zieht sich eine gezackte Narbe durch seine buschige Augenbraue. Als er dich in Zeichensprache auffordert, hinter ihm aufzusitzen, läßt du dich nicht zweimal bitten.
Er reitet im Galopp davon, du fest an ihn geklammert, und er lacht, und du ebenfalls, und über euch strahlt der Himmel im blendendsten Blau, das du je gesehen hast, und der Yakbutter-und-Schweiß-Geruch seiner Chuba raubt dir beinahe den Atem. Als er mit der Linken eine deiner Hände packt und befühlt, wie weich sie im Vergleich zu seiner schwieligen Pfote ist, muß er wieder lachen, und dann führt er sie nach unten, auf Hüfthöhe, wo die Chuba mit einer roten Schärpe gebunden ist, und du spürst, wie er dir etwas Hartes und Langes in die Hand legt. Vorsichtig – mittlerweile fühlst du dich auf seinem fliegenden Pferd schon etwas sicherer – umschließt du den Gegenstand. Ha! Ich weiß, was ihr Mädels jetzt denkt! Aber er zeigt dir natürlich nur seinen Dolch. Er steckt in einer herrlichen handgearbeiteten und mit Silber beschlagenen Holzscheide. Nachdem du sie ausgiebig bewundert hast, reichst du sie ihm wieder nach vorn. Dann gleitet deine

Hand hinunter zu seinen wollenen Reithosen, aber er fängt sie ab, preßt sie an seinen Oberschenkel, und du spürst, wie die Muskeln gegen den verschwitzten Sattelgurt drücken. Die Gerüche, die geheimnisvolle Aura um diesen Mann und das Pferd, dessen Rückgrat rhythmisch gegen deine Klit wippt, das alles macht dich langsam ziemlich geil.«

»Bin ich denn die einzige, die früher nicht im Reitclub war?« fragte Camilla mit einem Hauch von Bedauern in der Stimme.

»Da hast du nicht viel verpaßt«, beruhigte Jody sie, »obwohl ich meinen ersten Orgasmus hatte, als ich ohne Sattel im langsamen Galopp geritten bin. Danach bin ich runtergeflogen. Seitdem hat sich für mich Sex immer mit Gefahr verbunden. Aber Moment, Ellen. Hast du nicht auch den Eindruck, daß dein tibetischer Reiter nur eine exotische Variante von meiner ersten Cowboy-Geschichte ist?«

Ellen lachte. »Ist nicht jede Phantasie ohnehin nur die Variation auf ein Thema? Also, du entdeckst in der Ferne ein rundes Zelt aus gewebtem Yakfell, und davor haltet ihr schließlich. Er springt ab und hilft dir herunter, wobei er deine Hand einen Tick länger als unbedingt nötig in seiner warmen, rauhen Pranke hält. Er führt dich hinein, wirft Yakdung auf die Feuerstelle, zündet ihn an und bereitet aus einem wohlriechenden Brocken einen Tee, den er in ein Messinggefäß seiht und mit stechend riechender Butter vermischt, bevor er ihn dir in einer hölzernen Schale anbietet. Dann knetet er geröstetes Gerstenmehl zwischen seinen noch immer nach Schweiß, Pferd und Leder riechenden Fingern, stippt es in seinen Tee und rollt es zu einem Tsampa-Bällchen, das er dir in den Mund steckt.

Du leckst ihm die Finger ab. Sekunden später stellt er deine Teeschale beiseite und knetet deine Brüste wie Tsampa, und irgendwann drückt er dich sanft auf die am Boden liegenden Felle, um dich stürmisch zu lieben, wieder und wieder, bis die Nacht hereinbricht und es kalt wird und er euch mit ein paar Fellen zudeckt, bevor er dich erneut nimmt. Es kommt dir vor, als wäre er nach deiner inneren Anatomie gegossen; kein Mann hat jemals so ideal in dich reingepaßt und dich an genau den richtigen Stellen ausgefüllt. Du vergötterst seinen hageren, dunklen Körper mit den durchtrainierten Muskeln, den braunen Brustwarzen und wenigen Haaren, und du liebst den kräftigen Samenstrahl, wenn er kommt.« Ellen verstummte und legte die Stirn in Falten. »Obwohl man wahrscheinlich doch Kondome hätte verwenden sollen.«

»Ach, Ellen, es ist doch bloß eine Phantasie«, protestierte Jody. »Ich hab doch auch keinen Reithelm aufsetzen müssen, erinnerst du dich?«

»Ja, trotzdem, ich weiß nicht, wahrscheinlich sollte man auch in Phantasien die Bedeutung von Safer-Sex-Praktiken propagieren.« Ellen schielte zu Camilla, deren Gesicht eine Spur Ungeduld verriet. »Ach, vergiß es. Im ersten Morgengrauen tastest du nach ihm, aber er ist nicht da. Du packst dich in deine Kleider und gehst nach draußen, wo du ihn, an ein Schaf gekuschelt, entdeckst. Anfangs weißt du nicht so recht, was du davon halten sollst, aber als er dich zu sich winkt, gehst du zu ihm, und nun liegt ihr beide bei dem Schaf, genießt dessen Wärme, und dann liebt ihr euch neben dem Tier, unter den verblassenden Sternen und im Licht der aufgehenden Sonne. Er ist zärtlich und leidenschaftlich, daher bleibst du fast einen Monat bei ihm, gewöhnst dich an den öligen Tee, den Gestank der Yakbutter, den Geschmack der Tsampa-Bällchen und die erstaunlich erotische Ausstrahlung des Schafs. Ihr liebt euch jeden Tag so oft, daß du mit dem Zählen nicht mehr hinterherkommst. Nach einer Weile allerdings befällt dich die Sehnsucht nach einer Dusche, einem bißchen Obst, sauberen Kleidern und einem guten Gespräch. Außerdem neigt sich der kurze Sommer im Himalaya dem Ende entgegen. Und so verabschiedest du dich mit großem Bedauern.«

»Wie ergreifend«, bemerkte Camilla.

»Und dann«, spann Jody den Faden weiter, »landest du nach einigen Umwegen mitten in Tokio. Verkehr, Anzüge, Neonreklamen, Kaufhäuser, Noodleshops, und auf den Gehsteigen vor dir bewegen sich zu jeder Tageszeit mehr Menschen, als du während deines gesamten Aufenhalts in Nepal und Tibet gesehen hast. Du fühlst dich ein bißchen verwirrt und befingerst ständig die schwere silberne Halskette, die dir dein tibetischer Liebhaber geschenkt hat. Als du über die Straße gehst, faßt dich ein Herr im Anzug am Ellbogen. Du siehst ihn neugierig an, unschlüssig, wie du reagieren sollst. Er redet in Japanisch auf dich ein, aber du hörst das Wort ›Kaffee‹ heraus. Keine schlechte Idee, denkst du dir und läßt dich von ihm an mehreren hübschen, warmen und gemütlichen Coffeeshops vorbeiführen, in deren Richtung du jedesmal zeigst, doch am Ende landest du in einer Seitengasse in einer ziemlich schäbigen Kaschemme. Inzwischen kommen dir erste Zweifel. Eben ist dir aufgefallen, daß dem Mann zwei Finger fehlen. Langsam dämmert dir in deinem reisemüden Verstand, daß du wahrscheinlich einen Yakuza-Gangster vor dir hast. Du wirst deinen Kaffee trinken und dich dann aus dem

Staub machen. Nach einer Weile bringt die Kellnerin euren Kaffee und nickt dem Mann zu. Das kommt dir merkwürdig vor, und während du den Kaffee trinkst, erinnerst du dich plötzlich an Geschichten über die Verstrickung der Yakuza in den Mädchenhandel. Als die Droge im Kaffee ihre Wirkung zeigt, nimmst du vage wahr, wie der Yakuza aus seiner Aktenmappe ein Video mit dem Titel *La Belle Aussie Slut à la Plage* holt – deinen Pornostreifen aus Cannes. Das ist das letzte, woran du dich erinnerst, bevor du wieder zu dir kommst.

Dir dreht sich der Kopf, deine Augen sind bleischwer. Nach und nach dringt die Tatsache zu dir durch, daß du nackt auf einem langen, niedrigen Tisch liegst, umgeben von zwei Dutzend knieenden Japanern in traditioneller Kleidung. Du versuchst zu begreifen, was geschehen ist, und spürst plötzlich überall auf der Haut kleine kalte Gegenstände. Mühsam hebst du den Kopf, und bevor er benommen wieder auf den Tisch sinkt, siehst du gerade noch, daß man deinen Körper zu einem Tablett mit den verschiedensten Sushi- und Sashimi-Häppchen umfunktioniert hat. Man hat dir die Schamhaare und die Haare unter den Achselhöhlen abrasiert, und aus dem Spannen deiner Gesichtshaut schließt du, daß man dich ziemlich stark mit etwas eingekleistert hat, das deiner Ansicht nach Geisha-Schminke sein dürfte. Dein Venushügel ist mit etwas Warmem bedeckt – Reis, wie dir später klar wird. Irgendwas steckt in deiner Scheide – ein kleiner Tintenfisch? – und etwas anderes in deinem Anus – ein Stück Aal? Du spürst ein Brennen an den Schamlippen, der Klitoris und den Nippeln – es kann eigentlich nur scharfer Wasabisenf sein, und dein Geschlecht schwillt

langsam an und ist, wie peinlich, furchtbar geil, deine
Nippel sind unübersehbar hart.
Die Männer, durch die Bank ziemlich gut aussehend
und gekleidet wie in einem Kurosawa-Film, ganz in
Brokat, die Köpfe halb geschoren, die Haltung pure
Geometrie, nicken und geben verzückte Ausrufe von
sich, und nachdem sie dich eine Zeitlang bewundert
haben, sagt einer *Itedakimas! – Bon Appetit!* –, und der
Rest wiederholt es im Chor. Einer nimmt ein Paar Eßstäbchen und pickt dir einen Happen rohen Thunfischs
vom Nabel. Nachdem er ihn hinuntergeschluckt hat,
beugt er sich, von den übrigen angefeuert, hinab und
küßt dich auf den Bauch. Und jetzt geht das Gerangel
los. Ein paar Männer verzichten ganz auf Eßstäbchen,
fallen einfach mit dem Mund über dich her und nehmen ihre Lippen auch dann nicht weg, wenn sie die rohen Meeresfrüchte zerkauen. Es ist die reinste Freßor-
gie. Die Männer umkreisen dich, holen einen Mundvoll
Reis von deinem Venushügel und lecken eine Zungenspitze Senf von deiner Scheide. An allen Stellen wirst
du beknabbert und geschleckt und geküßt und berührt
und gerubbelt und gestreichelt. Einer zieht dir genüßlich den Tintenfisch aus der Scheide, und ein anderer
hebt mit beiden Händen deinen Arsch an, teilt die Bak-
ken und angelt sich den Aal. Im selben Moment siehst
du, wie einer seine Robe öffnet und dir *seinen* kerzengeraden, glänzenden Aal in den Mund schiebt. Hungrig
lutschst du ihn ab, und kaum hat er sich ergossen und
zurückgezogen, da steckt dir schon der nächste seinen
dunkelroten Thunfisch zwischen die Lippen. An den
Hüften spürst du, wie ein weiterer Mann sich rittlings
auf den schmalen Tisch setzt und plötzlich mit einem
wuchtigen Stoß von unten in dich eindringt. In deiner

Möse steckt noch ein klitzekleiner Tintenfischrest, zufällig direkt neben deinem G-Punkt, und kitzelt dich innen wie einer von diesen Extraknubbeln an den etwas phantasievolleren Dildos. Du kommst innerhalb von Minuten, aber er arbeitet weiter auf Hochtouren, so daß du ein zweites und drittes Mal kommst. Zwei Männer beißen dich in die Nippel, und einer bearbeitet deine Klitoris. Jemand lutscht an deinen Zehen, jemand anderer hat sich deine Hand in den Mund gesteckt, und noch ein anderer läßt seinen Schwanz gegen deinen Schenkel klatschen. Du spürst, wie ein weiterer Schwanz – oder sind es zwei? – durch deine Haare wühlt, auf deinem Kopf tobt, deine Stirn reibt. Die kalten Sashimi sind gänzlich verzehrt oder auf die Reismatten hinuntergefallen, und deine Haut prickelt von dem verschmierten Senf, und plötzlich schwimmst du ganz oben und windest dich und pumpst, und das läßt sie alle gleichzeitig losgehen, sie kommen in dir und auf dir, über Gesicht, Körper, Beinen und Armen, und in deinen Händen hast du natürlich auch jeweils einen, und du hast so viele und so starke Orgasmen gehabt, daß du langsam das Bewußtsein verlierst. In dem Augenblick, als sie dir mit den Händen über die Haut streicheln und den Saft wie Körpermilch einmassieren, schließen sich deine Augen, und du driftest hinüber ins Dunkel.

Als du wieder zu dir kommst, liegst du in einem Schaumbad in einem Luxushotel. Neben der marmornen Badewanne steht ein Silbertablett mit deinem Paß, deinem Portemonnaie, einer warmen Flasche Sake und einer wunderschönen schwarzen Lackschachtel, in der du, nachdem du sie geöffnet hast, ein verschwenderisches japanisches Abendessen vorfindest. Du nimmst die Stäbchen, angelst dir eine dicke Scheibe Sashimi, stippst sie in Wasabisenf und Soyasoße und steckst sie dann in den Mund, wobei du den Geschmack genießt und überlegst, ob alles nur ein Traum war. Plötzlich kitzelt die Haut hinter deinem Ohr. Du langst hoch, kratzt dich an der Stelle und entdeckst eine winzige Spur Wasabisenf.«

Camilla stellte fest, daß sie ihre Oberschenkel fest zusammendrückte. Aber schließlich saßen die Frauen an den umliegenden Tischen in derselben Haltung da.

»Dieser Akt ist wohl kaum zu überbieten«, bemerkte Ellen nach langem Schweigen. »Vielleicht sollten wir unsere Heldin einfach nach Hause schicken und ihr eine Pause gönnen.«

»Gute Idee«, nickte Camilla. Und dann plötzlich entgeistert: »OmeinGott, ich kann's nicht fassen!« Die beiden anderen folgten ihrem Blick. Draußen stand Trent und starrte Camilla an, als sei er nicht ganz sicher, ob sie es war. Camilla riskierte ein dünnes Lächeln.

»Das Leben ist seltsamer ...«, flüsterte Jody fasziniert.

Trent trat in das Café, doch bevor er ihren Tisch erreichte, waren zwei zwanzigjährige Mädchen mit bleichem Make-up und ziegelroten Lippen aufgesprungen und bauten sich vor ihm auf. Er zwinkerte ihnen zu.

»Du bist doch Trent Brent!« rief eine. Die zweite biß sich auf die Lippen und sah ihn unter ihrem dicken Lidstrich kokett an.

»Hm, ja.« Er warf Camilla einen entschuldigenden Blick zu. »Das bin ich wohl.«

»Du bist unser Idol«, erklärte die etwas forschere der beiden. Die zweite nickte kichernd und klebte mit großen Augen an ihm.

Camilla sah der Szene halb entsetzt, halb amüsiert zu.

Trent war böse gealtert, ähnlich wie Bram in »Vernasch mich«, wurde ihr plötzlich klar. Ob Philippa ihn gesehen und ihr nichts davon erzählt hatte?
»Danke, wirklich, aber ich ...« Er rang sich ein Lächeln ab und blickte hinunter auf seinen Arm, den eine junge weibliche Hand fest im Griff hatte.
Camilla schüttelte den Kopf, und ein breites Grinsen umspielte ihre ewig-verlockenden Lippen. »Schön, dich wiederzusehen, Trent«, sagte sie. Dann holte sie eine Visitenkarte aus ihrem Portemonnaie und reichte sie ihm. »Ruf mich mal an, wenn du Lust auf einen Kaffee hast. Das ist meine Büronummer. Normalerweise bin ich da immer zu erreichen.«
»Das mach ich, äh, gern«, stotterte Trent, während die Mädchen ihn entschieden auf einen Stuhl an ihrem Tisch drückten. »Wirklich. Ich ruf dich an.«
Camilla drehte sich wieder zu ihren Freundinnen und zwinkerte. »Je mehr sich ändert ...«, sagte sie leise.
»Was für ein Morgen!« lachte Jody.
Ellen sah auf ihre Uhr. »Ich muß jetzt gleich los«, sagte sie bedauernd. »Um eins hab ich einen Workshop über Göttinnen.«
»Und ich hab Jonathan versprochen, seine Familie mit ihm zu besuchen. Nicht gerade ein phantasieanregender Nachmittag, aber was soll man machen. Die Realität ruft«, sagte Camilla und zuckte die Schultern. »Und was hast du dieses Wochenende vor, Jody?«
»Ich hab ein heißes Date«, erwiderte sie zwinkernd und grinste. »Mit einem scharfen jungen Mann. Es wird das Bewerbungsgespräch für den Nachfolger von Josh.«
»Du bist wirklich ein lockeres Mädchen«, sagte Ellen und schüttelte lächelnd den Kopf.

»Demnächst willst du mich noch übers Knie legen«, setzte Jody provokativ dagegen.
»Jederzeit«, sagte Ellen. »Und du weißt, mir ist es ernst.«
»Und was machen wir jetzt mit dem Buch?« drängte Camilla.
»Ich finde«, schlug Jody vor, »wir verlieren kein Wort darüber, bis Philippa das Thema anschneidet.«
»Einverstanden«, nickte Ellen.
»D'accord«, sagte Camilla.

Verdientes Dessert

Philippa reichte Cara die Wochenendzeitungen und setzte sich neben sie aufs Sofa. Die beiden waren in passende Morgenröcke aus Seide gehüllt. Cara verengte ihre Katzenaugen zu Schlitzen und fing an, die Seiten zu überfliegen.

Philippa stand wieder auf und tigerte hin und her.

»Setz dich«, sagte Cara. »Du machst mich ganz wahnsinnig.«

Sie setzte sich.

Als Cara fand, was sie gesucht hatte, warf sie den restlichen Papierhaufen lässig auf den Boden. Dann las sie schweigend und ohne eine Miene zu verziehen.

Philippa rollte sich zu einer Kugel zusammen und schlug die Hände vors Gesicht. »Und?« piepste sie nach einer Weile.

»Soll ich's dir vorlesen?«

»Bitte.«

»Halt dich fest.«

»Schon passiert.«

»›Unverdauliche Prosa aus dem Sumpf der Sinne‹.«

Philippas kugelige Gestalt schrumpfte noch mehr.

»›Vernasch mich‹ ist eine schale Sammlung von Erotika, die ein gewisser Viktor Steifmann in dem dreckigen Topf seiner stinkenden Phantasie zusammengebraut hat. Das Buch ist der reinste Gorgonzola, sein Gestank so penetrant wie die Erzählung dürftig. Ähnlich der

Veganerin in Kapitel zwei konnte die Rezensentin sich nicht dazu überwinden, das Ganze zu schlucken.‹« Cara drehte den Kopf zu Philippa und lachte. »War nur Spaß, Herzchen. Jetzt setz dich schön gerade hin und hör dir an, was wirklich da steht.«

Philippa hob die Augen, in denen winzige perlengleiche Tränen schimmerten. »Heißt das etwa?« schniefte sie hoffnungsvoll.

»Jetzt bist du aber wirklich ein sehr dummes kleines Mädchen. Ich glaube, du solltest für deine Sünden auf die Knie. Vor mir. Genau.«

Philippa kniete nieder.

Cara hielt ihr die Zeitung vor die Nase. Die Überschrift der Kritik lautete: »Pikant und köstlich, ein erotisches Festmahl.« Philippa grinste unwillkürlich, errötete zart und senkte den Kopf, während Cara den restlichen Artikel laut vorlas.

»Siehst du«, sagte Cara, faltete die Zeitung zusammen und legte sie auf den Tisch neben dem Sofa. »Ich hab dir gesagt, du sollst es dir nicht so zu Herzen nehmen, daß die Mädels kein Wort darüber verloren haben. Ich bin überzeugt, wie ich dir schon hundert Mal gesagt habe, sie sind nicht dahinter gekommen, daß sich hinter Viktor Steifmann dein Pseudonym verbirgt. Vielleicht haben sie das Buch noch gar nicht entdeckt. Sag es ihnen doch einfach, du dumme Person.« Cara schüttelte den Kopf. Sie griff zum Tisch und hob die Schachtel mit den belgischen Pralinen auf. Nachdem sie den Inhalt studiert hatte, entschied sie sich für eine Praline in Form einer Schneckenmuschel. »Woran erinnert dich das?« fragte sie und hielt sich die Muschel kurz zwischen die Beine, bevor sie sie in den Mund steckte.

Philippa lächelte. »Weißt du«, sagte sie schüchtern,

»du hast mir noch gar nicht gesagt, wie *du* das Buch findest.«
»Willst du meine ehrliche Meinung hören?«
»Natürlich.«
»Na ja, es ist ganz gut.« Cara zuckte die Schultern. »Oh, guck nicht so enttäuscht. Du kennst mich doch, ich bin die Herrin der Untertreibung. Es hat mir gefallen. Ehrlich. Bei ein paar Stellen mußte ich sogar laut lachen. Und mein Lieblingskapitel ist natürlich Nummer fünf. Das war ein besonders raffiniertes Stück über Verkleidungskünste.« Sie saß kerzengerade da, und ihre grünen Augen durchbohrten Philippa. »In den meisten anderen Kapiteln war der Sex für meinen Geschmack natürlich ein bißchen zu sehr nach Grundrezept. Und bitte nimm es mir nicht übel, auch einen Tick zu einseitig. Wirklich, Philippa. Haarige Nacken und Phalli machen mich nun mal nicht heiß, wie du weißt.«
»Welche haarigen Nacken?«
»Oh, nimm nicht alles so wörtlich. Du weißt, was ich meine. Männer.«
»Ach so.«
»Außerdem verstehe ich nicht, warum du in dem Roman selber mit Männern vögeln mußtest. Das tust du doch sonst nicht, oder?« fragte Cara mit einem unheilverkündenden Unterton.
»Natürlich nicht«, erwiderte Philippa. »Das war ein Zugeständnis an den Text. Um die Spannung zu erhöhen, verstehst du?«
Caras Augen drangen weiter in sie. »Aber du beschreibst Heterosex, als würdest du dich damit sehr gut auskennen«, schniefte sie.
»Ich bin Schriftstellerin«, gab Philippa zu bedenken. »Ich lese viel und habe eine rege Phantasie.« Und ne-

benbei, dachte sie, hat es auch den einen oder anderen Typen gegeben. Aber das würde Cara nie erfahren.

»Hmm«, meinte Cara, nicht ganz überzeugt, aber auch nicht willens, den Punkt weiter zu vertiefen. »Ich muß bald nach Hause. Dieses Wochenende muß ich haufenweise Lektüre vorbereiten. Für mein Seminar in Frauenliteratur bei Ellen. Also, Sklavin, wollen wir hier rumsitzen und die Zeit verquasseln, oder willst du mich vernaschen?«

»Ja, Herrin.« Gehorsam beugte Philippa sich hinab und drückte ihre Lippen auf Caras Knie.

Anmerkungen der Übersetzerin

S. 23: *Bond* – alteingesessener australischer Bekleidungshersteller; die klassischen weißen T-Shirts sind bei Schwulen sehr beliebt.

S. 23: *Terence Stamp* spielte einen der drei Transvestiten in dem australischen Film »Priscilla, Königin der Wüste«, in dem die drei mit einem auf Priscilla getauften Bus durchs Outback fahren und sich in entlegenen Nestern in höchst phantasievollen Kostümen auf die Bühne wagen und mit Vorliebe Abba-Lieder zum besten geben.

S. 24: *Poppy King* – eine junge australische Unternehmerin, enorm erfolgreich mit einer Lippenstift-Serie, deren Farbtöne sie Namen wie Courage, Anger usw. gibt.

S. 25: *Double Bay* – berühmte, am Wasser gelegene Wohnenklave der Reichen in Sydney.

S. 27: *Australian Women's Forum* – monatliche Hochglanz-Zeitschrift mit eindeutig feministischem Anstrich und Artikeln über weibliche Rockstars, Hexen, Prostituierte, Stripperinnen, obdachlose Frauen usw.; dazwischen erscheinen witzige Kolumnen, Tips für die Lesbenszene, Ratgeberseiten zum Thema Sex. In der Mitte immer ein doppelseitiges Foto von einem nackten Mann, dem einige Seiten mit Aktbildern von jungen wie alten Männern jeglichen Körperbaus folgen.
»Vernasch mich« erschien zunächst als Kurzgeschichte in AWF.

S. 28: *Burke und Wills* – der britische Australienforscher Robert O'Hara Burke durchquerte 1860–61 als erster Europäer mit dem Astronomen W. J. Wills und zwei weiteren Forschern Australien von Süden nach Norden. Auf dem Rückmarsch verhungerten sie.

S. 37: *Seinfeld* – eine sehr erfolgreiche amerikanische Sitcom-Serie auf NBC seit 1990. Jerry Seinfeld (der sich selbst spielt) gibt den gepflegt gutaussehenden New Yorker Single, der sich durch die Höhen und Tiefen des großstädtischen Alltags- und Liebeslebens schlägt und dabei von seinem höchst exzentrischen Türnachbarn Cosmo Kramer (Michael Richards) – groß, schlaksig, komische Bewegungen, todernstes Gesicht und wirr abstehende Haare – beraten, genervt und kommentiert wird.
Norman & Quaine – australische Möbel-Designerinnen.

S. 41: Abwandlung einer Textzeile aus dem Song *I'm too sexy* von der britischen Band »Right Said Fred«, in dem es u.a. heißt: »I'm too sexy for my shirt.«

S. 47: *Anne Rice*, die mit ihrem Romanzyklus um den Vampir Lestat bekannt wurde, war am Anfang sehr verärgert darüber, daß man für die Verfilmung ihres Romans »Interview mit einem Vampir« Lestat mit Tom Cruise besetzen wollte, und prophezeite eine Katastrophe. Nachdem sie den Film dann gesehen hatte, nahm sie ihre Äußerung in einer großen Anzeige in der »New York Times« zurück und lobte Tom Cruise als großartigen Schauspieler in dieser Rolle.

S. 49: *Shakespear's Sister* – amerikanisch/englisches Frauenduo, 1993 wieder aufgelöst, dem von Kritikern »unterhaltsame, intelligente, witzige Tanzmusik« bescheinigt wurde.

S. 51: *Bush Tucker Man* – Anfang der 90er Jahre sehr erfolgreiche Dokumentarserie in Australien, in der Les Hiddins, der Bush Tucker Man, durchs Outback streift und den Zuschauern erklärt, was sich in der Wildnis an eßbarem Wild, Fisch und Pflanzen (= Bush tucker) findet. Sonnengebräunt, mit herb-soldatischem Charme und angetan mit einem seltsamen Hut, spricht er über Vitamine, Nährwerte und eventuell enthaltene Restgifte, um seine Demonstrationsobjekte sodann vor Ort zu verspeisen. Laut Linda Jaivin besaß der Mann eine unglaublich faszinierende erotische Anziehungskraft. (»Ich kenne niemanden, der keine Bush-Tucker-Man-Phantasien hatte«, O-Ton L. J.)

S. 52: *Uma Thurman* – amerikanische Jungschauspielerin, vor allem bekannt geworden durch ihre Rolle in »Pulp Fiction«.
Flacco – verrückter australischer Komiker, glatzköpfig bis auf eine schwarze Locke mitten auf der Stirn; spricht mit seltsamem Akzent und hat einen reichlich abseitigen Sinn für Humor.
Ernie Dingo – gutaussehender Aborigine-Schauspieler; spielte eine kleinere Rolle in »Crocodile Dundee«.
Linda Hunt – sehr kleinwüchsige amerikanische Schauspielerin mit einem markanten ironischen Gesichtsausdruck.
Twin Peaks – heiß diskutiertes, surreal angehauchtes TV-Fortsetzungsdrama (USA, 1990) des Regisseurs David Lynch, in dem der FBI-Agent Dale Cooper (gespielt von Kyle MacLachlan) als rätselhafter Einzelgänger in der amerikanischen Kleinstadt Twin Peaks den Mord an einer 17-jährigen aufzuklären versucht.

S. 53: *Manly* – Badeort nördlich des Hafens von Sydney mit vielen Stränden.

S. 55: *Murphy Brown* – Darstellerin in einer beliebten amerikanischen Fernsehshow mit dem gleichnamigen Titel, in der sie eine sehr erfolgreiche und attraktive Reporterin spielt.
Harold Holt – Premierminister der australischen Liberalen Partei, der 1967 unter mysteriösen Umständen beim

Schwimmen verschwand. Seine Leiche wurde nie gefunden. Es gibt Gerüchte, er sei Haien zum Opfer gefallen, andere meinen, ein russisches U-Boot habe ihn aufgelesen, und er hätte sich in die Sowjetunion abgesetzt. Pure Spekulation.
Andrew Denton – ziemlich kleine, doof (aber niedlich) aussehende, ungemein clevere und schnellredende australische Fernsehpersonality.

S. 59: *Bittersüße Schokolade* – 1991 von Alfonso Arau realisierte Verfilmung des Romans der Mexikanerin Laura Esquivel, in deren Bestseller es um Liebe, Kochrezepte und allerlei Intrigen geht.

S. 60: *Big Merino* – eine Reihe von australischen Städten errichtet der lokalen Industrie/Wirtschaft Denkmäler in Form des jeweils wichtigsten Produkts der Region. Goulburn ist ein Zentrum der Wollindustrie. Des weiteren gibt es die Big Banana, die Big Pineapple etc.

S. 62: *Ocker* – Prototyp des ungeschliffenen, schmerbäuchigen, biertrinkenden Australiers, der statt »I« »Oi«, statt »Simon« »Soimon« sagt. Sein Ruf als lautstarker, vulgärer Typ wurde durch den australischen Schauspieler Ron Frazer in einer Fernsehserie (Ende der 60er) zu einer Art nationalem Charakter institutionalisiert.

S. 65: *Robin Morgan* – amerikanische Feministin, die sich in ihren Theorien strikt gegen Pornographie wendet.

S. 67: *Waltzing Matilda* – ursprünglich als Song der Wanderarbeiter im Outback Queensland entstanden; munteres Volkslied, das gewissermaßen als inoffizielle australische Nationalhymne gilt.

S. 68: *The Road to Gundagai* – ebenfalls ein Renner im australischen Volksliedgut.

S. 71: *ANU* – Australian National University.

S. 77: *Stoli* – russischer Wodka, den es in verschiedenen Geschmacksrichtungen, z.B. auch Zitrone, gibt; beliebtes Szene-Getränk.

S. 78: *DJ* – Spitzname für David Jones, Nobelkaufhauskette mit ebensolcher Lebensmittelabteilung.

S. 97: *Nine Inch Nails* – US-Band, deren Richtung als Hardcore Industrial Techno bezeichnet wird, ziemlich wüst und jedenfalls wenig passend für traute Schäferstündchen.

S. 102: *Batcave* – war ein bekannter Gruftie-Club in London.

S. 111: *Parramatta* – etwa zwanzig Kilometer westlich vom Zentrum gelegener Vorort Sydneys.

S. 115: *David Livingstone* – britischer Forschungsreisender, der Mitte des 19. Jahrhunderts als erster den afrikanischen Kontinent von Westen nach Osten durchquerte.

S. 125: *Tex Perkins* – Leadsänger der australischen Rockgruppe The Cruel Sea. »Er ist Sex in Aktion, ein echter Rock-Gott«, meint Linda Jaivin.
Hugo Weaving – australischer Schauspieler, der einen der Transvestiten in »Priscilla, Königin der Wüste« spielte.

S. 138: *Gadflys* – australische Rockband.

S. 201: *Bart Simpson* ist eine Figur aus der amerikanischen Trickserie »Die Simpsons«. Er ist ungefähr zehn, sieht wie alle Simpsons ziemlich gelb aus, hat eine coole Stehhaarfrisur und eine noch coolere Schnauze. Steht auf Tattoos und quält gerne seine Mitmenschen. Beliebter Spruch: »Don't have a cow, man!« (»Krieg dich wieder ein, Mann!«)

Stimpy ist eine ziemlich verzerrt-groteske Katze aus der amerikanischen Trickserie »The Ren & Stimpy Show«.

S. 211: *Luscious Jackson* – amerikanische Frauenband, mit Vorliebe für angedüsterten Girl-Group-Pop.

S. 224: *Mal Meninga* – berühmter australischer Rugby-Spieler.
Beavis und Butt-Head – ätzende Trickfiguren, die sich seit 1994 täglich zu später Stunde auf MTV rotzige bis makabre Dialoge über Gott, die Welt und Musik liefern und keinen längeren Satz ohne ein dreckiges »Hehehe« beenden können.

S. 230: *Pussycat Lounge* – Striptease-Lokal in Kings Cross, dem Rotlichtbezirk von Sydney.
Hellfire Club – S/M-Club in Sydney, der sich in der Szene eine Zeitlang großer Beliebtheit erfreute.

S. 231: *Good Weekend* – buntes Wochenendmagazin des »Sydney Morning Herald«.

S. 239: *Boot-scoot* – Tanz, bei dem man sich in einer Reihe aufstellt und in alter Wildwestmanier abhottet; sehr beliebt in der schwulen Country-&-Western-Szene. Beim Boot-scoot sind unbedingt Cowboy-Stiefel erforderlich.

S. 252: *tinstool* – Abwandlung von »silverchair«, einer enorm erfolgreichen australischen Teenie-Band, deren Mitglieder allesamt um die sechzehn sind und die in den USA und in Australien in den Top Ten landeten.

S. 253: *Meine Lieder, meine Träume* – amerikanische Neuauflage der stockbiederen Verfilmung »Die Trapp-Familie« (BRD 1956), der Geschichte der österreichischen Baronin von Trapp, die ihre kinderreiche Familie als Gesangsgruppe vor den Nazis in die USA in Sicherheit bringt und dort ihrem musizierenden Clan durch Volkslieder und in Volkstrachten zum Erfolg auf der Bühne verhilft. Die amerikanische Musicalfassung mit dem Titel »The Sound of Music« war in den US-Kinos ein großer Renner.

Dank an Linda Jaivin für ihre Hinweise.